# 文華代當
# 評選說小

## 兩岸三地

陳碧月——著

# CONTENTS

# 黃春明《跟著寶貝兒走》的藝術風格

85歲的黃春明在「傳統」觀念深植以及活在「現代」的兩相掙扎與矛盾的衝撞中，完成了首部長篇小說——《跟著寶貝兒走》。這位臺灣文學國寶說：「現在的年輕作家，男男女女，在他們的作品中，描述到性愛是那麼稀鬆平常。而我現在跟他們活在同一時空，那些罣礙，不止沒有必要，還是落伍的。主要的問題是，不可為色情寫色情，多少要呈現社會的某些面向，讓讀者思考。只有這樣，才沒有違背我過去的創作理念。」[1]

黃春明並不是第一次寫「性」，發表於一九六七年的〈看海的日子〉，時值臺灣經濟起飛的階段，以妓女白梅為主角，可內容卻毫無性愛的床事描寫；而這部長篇之所以引起很大的轟動是因為和他過去的作品風格迥異，雖然一樣是關注底層人物，也不離反映社會現實；但這部作品因「性」而起，內容涉及鹹濕的情色，帶領讀者跟著「命根子」展開一場桃色之旅。

---

1 黃春明：〈老不修〉，《跟著寶貝兒走》，臺北：聯合文學出版社，二〇一九年十月，自序，頁7。

24歲的方易玄是名海軍陸戰隊員，為了爭取一星期的榮譽假可以回去和女友纏綿，在一次絕境求生的特訓中，在原住民的幫助下贏得第一名。返家高鐵途中在鄰座小姐的推薦下簽了器官捐贈，孰料不到一週便死在高中同學的超跑上。

小說採雙線進行。私娼寮的保鑣——郭長根經常在自家小姐身上佔便宜還不做防範措施，一天突然被難以忍受的小姐剪掉他的「寶貝兒」並沖入馬桶。小說至此兩線「合攏」。郭長根接受了方易玄的「寶貝兒」捐贈後，懷疑他的「寶貝兒」似乎有「記憶殘留」，以前他辦不到的事，特別是性能力，竟讓他成為貴婦們競相排隊的牛郎。也因其聲名大噪，全臺黑道都要來分一杯羹，由北到南辦起「性趴藝術活動」。但他非但無法像過去享受性愛，也在連續的表演後終於「起不來」，影響了角頭的生意，最後被押到恆春最南，再次被剪去了「寶貝兒」。

從小說概梗很能看出黃春明企圖「急於」將臺灣近年來發生的巨大變化——環保議題、顛覆性別、器官捐贈、媒體亂象、文創生態，以緊湊的情節全然納入小說裡。小說裡有黃春明一貫的「嚴肅又戲謔」的特質，只是空間和時間的跨度以及書寫的格局比起以後格外寬廣。

講到時空，長久以來兩岸作家因其所處空間的差異，臺灣作家對時空的「視野」和生活的「磨難」，的確不及大陸作家；但黃春明的這部長篇卻是「集」大陸當代著名的男作家「之大成」——荒謬而戲謔的筆調和余華《兄弟》很雷同；又有如莫言《豐乳肥臀》裡栩栩如生、惟妙惟肖的人物語言；還可以見到閻連科《堅硬如水》裡縱欲激情的身體狂歡。

陳芳明教授說黃春明：「寫的不只是性，而是人性。」並讚揚黃春明「把文學史往前推進」[2]以下將從「諷諭寄託的故事性情節」、「善用敘事視角」、「辛辣調侃而簡潔傳神的語言表現」、「反映時代現實與世態人情」和「社會文化與環境的關懷意識」五點探究這部長篇小說的藝術風格。

## 諷諭寄託的故事性情節

黃春明的書寫策略從馬斯洛五大需求的最底層「生理的需求」談起，是最能引起讀者真實共鳴的，小說以「人還是要時常有所期盼，有了期盼就有自己搞不清楚的能量。」[3]作為小說的起頭。

士官長帶隊把隊員一一空投往下跳後，方易玄想著入伍前才交到的萱瑩「就想到她特殊的叫床。以他同時擁有好幾個女朋友，論身材，論容貌，她還排在三四名，可是一想到她死去活來的叫床勁，和身體不停的絞扭，他就神魂不定，好渴望爭取到榮譽假，一回去就要把她摟在懷裡抱得緊緊的。好像就這麼一個念頭，渾身就來勁，恨不得即刻就飛回營部。」[4]體力旺盛的方易玄正是喜歡幻想和不同的女人戀愛，四處找目標的年紀。他想辦法以他渴望的「性」找到贏得第一的目標。後來，降落傘

2　https://udn.com/news/story/7266/4088337。
3　黃春明：《跟著寶貝兒走》，臺北：聯合文學出版社，二〇一九年十月，頁17。
4　黃春明：《跟著寶貝兒走》，頁18－19。

的背包無法讓他的背部全面貼地，他受傷了，但面對那些擦傷，卻又想起身上的傷痕，都可以成為他未來敘說不完的英雄故事。他想起宜珊每次聽他說到鮮血直噴時，就驚叫緊抱著他。接著下去的愛撫——

> 沒有幾下宜珊滿臉通紅，雙眼朦朧半開，她禁不住喃喃地說：我要我要……，越說越急，聲音也越大。易玄趁她渴死了的高潮，將挺得不能再硬的寶貝，插入早已打開的大腿的黑洞時，一聲爽死的慘叫，沒想到聲音會拉到有一根細長的尾巴發顫，之後就昏厥過去。易玄誤以為出事，而讓他一時冷靜下來，剎住高潮，輕拍她幾下臉頰，看她急促呼吸，並且伸手摸過來緊緊抓住易玄的寶貝，口裡似醉言醉語地說：放進去放進去。易玄移動腰身的短時間，令她感到慢，她帶著責備加大聲音叫快一點。易玄樂得半秒不失，用力頂進，對方和自己瞬間就飄到未曾到過的端頂。[5]

是性愛的力量支撐著方易玄在72小時的時間壓力下在野地裡求生。

後來遇到魯凱族的原住民願意帶他先回部隊休息，隔天才能有機車載他到產業道路。晚餐時，號稱是魯凱族之花的娜杜娃除了介紹自己是妓女外，也說起很多女人被平地人脅迫或拐騙去當妓女。方

---

5 黃春明：《跟著寶貝兒走》，頁21－22。

易玄承認平地人確實歧視、也做了很多對不起原住民的事。黃春明通過對場景和各色人物的描寫使用了反諷的手法，輕易傳達出他的寫作態度。深層看來，表面寫的「性」，骨子裡卻又不是寫「性」。

接著我們看到「女性的情慾自主」。族人安頓好方易玄的房間，紛紛離去似乎有意把時間留給娜杜娃，她主動和方易玄在睡前有了一場魚水之歡，但卻不陪他過夜；隔天，族人順利將方易玄送到部隊後，交給他娜杜娃的電話。他欣喜若狂打電話給她，跟她說：真的愛死她。她卻說：「方先生，我告訴你，說愛我的男生不少，他們開口閉口就是愛，結果呢？他們的愛就是那麼簡單，愛妳的身體就叫作愛。」[6]方易玄本是期待日後還有機會和娜杜娃再見，可是車禍後，他的這個心願就留給了繼承他的「寶貝兒」的郭長根了。長根常會發現有些意識不是他，甚至在夢中還會聽見喊著娜杜娃這個名字。

長根成了搶手的牛郎後，願意花大錢的貴婦比男人還慷慨，由此也可看出時代的演變讓女人的角色得到翻轉。王小波說：「只有在非性的年代裡，性才會成為生活主題，正如飢餓的年代裡吃會成為生活的主題。古人說：食色，性也。想愛和想吃都是人性的一部分；如果得不到，就成為人性的障礙。」[7]女人「得到」了主導權，所以，老鴇特別交代長根：「你千萬不要以為你一定會讓客人滿足，到時候，什麼都是女人說了才算。絕對絕對，甚至於是女方要求你進去，你才可以進去。她想耗

6 黃春明：《跟著寶貝兒走》，頁83。

7 王小波：〈從《黃金時代》談小說藝術〉，《王小波研究資料（上）》，天津：天津人民出版社，頁33。

多少時間，也都由她做決定。你現在是妓女，不是大男人的嫖客。」[8]小說裡還安排兩位阿桑擔心長根的體力，而提出要包養，不想跟別的女人分享。

黃春明藉由情節推動故事的發展，特別是在描繪群眾的荒誕行為時，傳達出對不同階層人物的嘲諷。而其筆下人物的語言和行為便以荒誕形式體現，進而折射出快速變化的社會現實。

## 善用敘事視角

黃春明基本上前半部是用全知的萬能敘事觀點，去介紹長篇裡的眾多人物，也穿越時空進入每個人物的內心去交代故事的發展。

但到了後半部很特別的是，敘事人稱的轉換。在長根接受移植後，不確定性功能狀況，常會對著自己的「寶貝兒」打氣，第十六章的一開頭：「我萬萬沒料到，半年前發生的事，從斷崖跌到谷底，竟然一夜之間即刻讓我翻騰到巔頂。在夜更半夜，他已經習慣脫掉內褲，雙手撫弄撫摸他的寶貝……唯獨希望它快快挺起來，讓他做為一個男子漢……」[9]夜深人靜只有自己獨處時，第一人稱的「我」出現了，似乎讓讀者可以與長根更為親近，更能同理。

8 黃春明：《跟著寶貝兒走》，頁163－164。

9 黃春明：《跟著寶貝兒走》，頁161。

後來，他的「寶貝兒」硬挺到難以控制，「我」又出現了——「我跟人擠上捷運，原靠車門那裡有一支把手，我站得好好的，但不遠的地方，有一群穿裙子的高中女學生。我不知怎麼搞的，寶貝不但挺起，還讓我往白腿叢林那邊擠過去……以前求你稍微振作，你理都不理，只差沒向你下跪。今天你是怎麼來著？你使阿爹仔姨痛快到求饒，說她累得把命都擠出來了……」[10]在大庭廣眾下出糗，捷運上已經有人以為長根是變態，還拿起手機拍照。他逃離現場，不禁以「我」的立場責備起「你」這個找麻煩的「寶貝兒」。

黃春明善用敘事觀點的自然切換，讓長根能盡情「自言自語」的展現事件所造成的內心焦躁和變化。

## 辛辣調侃而簡潔傳神的語言表現

美國的文藝理論家瑪仁・愛爾渥德（Maren Elwood）將對話主要、次要功能歸納為：呈現性格、推進情節（「建築」故事）、傳達必需的「情報」、表現發言者的情緒狀態、製造懸疑、預示困難和災禍、幸福或成功、向讀者就情節的進展作概括性的提示。[11]因此，人物「語言」在小說中擔負著重

10　黃春明：《跟著寶貝兒走》，頁162。

11　瑪仁・愛爾渥德（Maren Elwood）著、丁樹南譯：《人物刻劃基本論》，臺北：傳記文學出版社，一九七〇年，頁

責大任。

且看黃春明安排私娼寮裡老鴇和小姐們為了長根接客問題的七嘴八舌——

「前幾天長根讓人看看就有錢賺……」阿蓼仔姨的話被插了進來。

「早上，我還有小妹都接到一些想來看的人的電話。」

「還有幾個男的。」小妹補充著說。

「現在不能再接了。昨天管區的所長，才睜一隻眼，閉一隻眼放過我們。我看這件事就不提了。」老鴇有點為難：「現在不但可看，還可用。這事情才大呢。」

有一位叫小雀的小姐笑著：「長根要跟我們一樣接客了？」

「接客？我們小姐一日可以接十多個。他們查埔人，尤其是年紀較大的，一禮拜接一個就不錯了！」青青又說：「我們上一輩的，在金門時，在軍中樂園，阿兵哥拿鋼盔排隊，一個小姐一天接三、四十個，這是很正常的。」[12]

人物的談吐是由人的養成性格與成長環境所造就。黃春明掌握了妓女和老鴇的語言特色，將其淺薄和

[12] 黃春明：《跟著寶貝兒走》，頁146。

粗鄙鮮明體現，也反映小說的時代特徵。再看長根出名後，萬華的角頭阿龍帶著兩個小弟是怎麼軟硬兼施來跟老鴇要保護費。他不喊老鴇為「阿蔘仔姨」，而是搬出她以前倚靠，後來過世的角頭老大金茂，阿龍說：「金茂嫂，我們都是靠這途生活，妳現在很過得去，我們這一邊現在只靠喝港水。我們現在需要妳多少贊助一下。」他說長根都在他們的環河地區的摩鐵挖金礦，他並無反對：「我是來跟妳金茂嫂參商一點紅利來分而已。」接著又半要脅說：「妳也很清楚，角頭要是一吵起來，怎麼會來兩三個人。」[13]

黃春明運用多樣化的語言以及小說背景時代的流行語去體現時代特徵，也在不同的環境、場合和情境下，刻劃人物性格的多面，表現出人物豐富而複雜的性格。

## 反映時代現實與世態人情

黃春明荒謬而戲謔的筆調和余華《兄弟》很雷同。《兄弟》裡十四歲的李光頭年少時在茅廁偷看五個女人的屁股被逮遊街示眾，而其中的林紅是劉鎮公認的美女。因此，鎮上的男人包括民警無不處心積慮想探聽她屁股的模樣。於是李光頭以此訊息作為交換三鮮麵的條件。而黃春明筆下的長根開始

---

13 黃春明：《跟著寶貝兒走》，頁168—170。

接客後，女客人超級滿意，馬上掛號，有經驗的老鴇對長根說：「我說男人要看精力，有時恐怕都要等一個禮拜。她聽我這麼說，就多塞五千塊要給你當小費。」[14]這些描述都扣合了人性的好奇與偷窺的慾望。兩岸三地聞名的華文大家，無不關注時代現實，也將屬於自己普照式的人文情懷融入其作品。

黃春明藉由「寶貝兒」的流浪路線進行多方的嘲諷，特別是嘲諷當代商品化社會：「以前貧困時，有點東西就覺得很滿足很幸福，現代都很注重物質生活，人性變成物性。」[15]當方易玄在山裡遇上萍水相逢的原住民，一下子在荒山野外就能聊得愉快，原住民已經跟別人介紹方易玄是他們的朋友：「說是朋友，也只不過在荒山野外，相遇的時間，只有半個白天和一個晚上，他們竟然就像古代的義俠，剖腹相見。」[16]而且告訴方易玄答應會帶他找到產業道路就不用擔心，一定使命必達；相較於現代有多少層出不窮的詐騙事件，原住民言出必行的承諾，更加感人。

時代進步，科技發達但不少人為了賺錢無所不用其極，偷呃拐騙，失卻了人類的基本尊重。黃春明對底層人物的劣根性有著深刻的揭露，同時也批判為了牟利的官商勾結。小說裡有人舉報「性趴」，警察不得不去卡拉ＯＫ店處理，但事先已說好敲門聲的暗號。為了讓十一點卡拉ＯＫ店地下室的性愛節目順利表演，二樓有已經安排好的青少年打群架，就這樣聲東擊西蒙混過關，好對檢舉者交代。

---

14 黃春明：《跟著寶貝兒走》，頁１６３。

15 https://udn.com/news/story/7266/4082693?from=udn-referralnews_ch2artbottom。

16 黃春明：《跟著寶貝兒走》，頁１８－１９。

黃春明在小說中對場景描寫十分細緻，每個場景都代表了一個族群所獨有的艱難與荒謬。「寶貝兒」所行經的各個場域都在上演著滑稽鬧劇，強烈的黑色幽默令讀者哭笑不得。看似誇張荒唐的情節，卻是近年來臺灣的縮影，反倒看出黃春明所欲承載的厚重的主題，以及透過小說內容的荒誕，去呈現這些年來臺灣社會現實生活本身的荒誕。

## 社會文化與環境的關懷意識

小說也揭露了盜伐林木的山老鼠的犯案樣態。牛樟的靈芝據說可以治癌，所以平地人利誘山地人砍伐牛樟謀利。這個龐大的組織也有警察參加。

「砍牛樟的都是我們山地戇蕃幹的。是他們事前接受招待，請喝酒。我們有一些人就是愛喝酒，改日又帶他們去另外的地方請客，要他們入山執行任務砍倒幾棵牛樟，就可以得到報酬。他們會把樹砍倒之後，放在那裡不管，林務局就請另一批工人把砍倒的牛樟，另外開路運到林務局的空地招標。這一切都安排好了，然後兩三組人，他們都是自己的人去投標。要是不知天高地厚的單位也去想投標，他們早就被嚴厲的警告了。有不信邪的，總是會有一兩個人斷了手腳受到警告。」[17]

17　黃春明：《跟著寶貝兒走》，頁55－56。

蔣渭水在一九二一年發表〈臨床講義〉，把臺灣當成患者，當時所開列的病症：「道德頹廢，人心澆漓，物慾旺盛，精神生活貧瘠，風俗醜陋，迷信深固，頑迷不悟，枉顧衛生，智慮淺薄，不知永久大計，只圖眼前小利，墮落怠惰，腐敗、卑屈、怠慢、虛榮、寡廉鮮恥、四肢倦怠、惰氣滿滿、意氣消沉，了無生氣。」這些病症在二〇一九年讓黃春明以荒誕手法再現歷史，並加以提示臺灣的很多亂象值得省思與導正。

小說裡的「性趴」變成藝術創意的「文創」，黃春明是有意提出並加以諷刺的。他表示：「文化應有其普遍性，像端午節才應是文化創意產業的代表：從屈原投江，逐步衍生出划龍舟、吃粽子、掛艾草和菖蒲，還有白蛇傳等戲劇，可是現在是弄出個新東西就叫做文創，『這明明是新產品，怎會叫文創？』」[18]

黃春明也在小說中批判當代媒體道德荒蕪的亂象，記者問一些令人傻眼的蠢問題。小說裡的媽寶在開著一千四百多萬藍寶堅尼撞死人後，年輕的記者壓過別人的聲音問：「媽媽，媽媽，請問您會不會後悔買車子給您的兒子？」黃春明強調：「物質讓人異化，人自我的消逝，都是被物質侵蝕掉了，沒有精神和認同。」[19]這是他對臺灣人消費狂熱、精神生活匱乏的擔憂以及社會文化的關懷。

18 https://udn.com/news/story/120762/4082779?from=udn-referralnews_ch2artbottom。

19 https://www.chinatimes.com/realtimenews/20191003004111-260402?chdtv。

## 結語

閻連科曾表示：「性，作家最好的一塊試金石，是作家靈魂的鏡子。一個作家的靈魂，是黑暗的還是閃光的，通過寫性，是可以考驗出來的，不光是考驗他的藝術能力，還考驗他靈魂的純淨度。一個作家不寫性便罷，當你正面去寫性的時候，你能寫的不骯髒，不下流，能寫出性的美感，並有一定思考的深度，這是非常不容易的。」[20]黃春明已經到了「看山還是山，看水還是水」的人生的最高境界，所以可以站在超然的「思考的深度」去憑藉「性的美感」寫出他所要傳達的小說寓意與主旨。

黃春明這部長篇小說的文學藝術貢獻，也提出以下三點提供未來相關研究者可以致力更為深入研究的方向：

第一，所謂「狂歡化理論」是巴赫金提出來的，源自於古希臘羅馬時期的「狂歡節」，當時人們會走上街頭狂歡、在廣場跳舞，神父學驢叫三聲表示祝福、為小丑和奴隸加冕等活動，這種狂歡式是「追溯到人類原始制度和原始思維的深刻根源，在階級社會中的發展，它的異常的生命力和不衰的魅力。將狂歡式轉為文學的語言，這就是我們所謂的狂歡化。」[21]

20 梁鴻、閻連科：《巫婆的紅筷子》，廣西：灕江出版社，二〇一四年，頁230。

21 巴赫金著・白春仁、顧來鈴譯：《陀斯妥耶夫斯基的詩學問題》，香港：三聯書店，一九八八年七月，頁160。

在大陸當代小說中，得到諾貝爾文學獎的莫言以及被視為莫言接班人的閻連科，兩位的小說正有其「狂歡」的特色；余華《兄弟》藉由選美活動的亂象寫出了肉欲橫流、金錢滿溢所演變的黑色幽默；而黃春明《跟著寶貝兒走》裡全省巡演的「性趴」也是另一個層次的「狂歡」，針對這點是值得後續作為兩岸小說的比較和研究的。

第二，小說內容紀錄、保留了過去為現代人所不知的傳統文化與習俗，例如：小說裡的高一說：他們原住民叫平地人是「擺人」，據說是閩南語「歹人」的諧音。[22]；以前歌仔戲班子常見女扮男角的小生，有錢的「戲箱」（粉絲迷妹）愛追隨；有些小生的右手手指甲都修剪得圓滑，這裡呼應了淩煙《失聲畫眉》裡的女女性愛；以前讓丈夫戴綠帽的女人，丈夫會「找一根木頭栓塞在女人的下體，然後讓那女人跨騎在牛背上繞街羞辱。」[23]這些議題不論是從傳統民俗或性別議題都是很可以深入探索的課題。

第三，小說有三大要素——人物、情節和場景，都是可以扣合這部大作深入研析的。舉例來說，小說人物的命名，是人物刻劃所不容忽視的。單就黃春明對「長根」的命名，便可從中領悟其含意，還有「改弦易轍」的「易玄」；再就場景而言，小說場景在深山、部落、都會、高鐵、捷運、私娼寮、角頭之間轉換，正好呼應小說名「跟著寶貝兒走」，也是未來值得研究與討論的。

22 黃春明：《跟著寶貝兒走》，頁18－19。

23 黃春明：《跟著寶貝兒走》，頁153。

總之，黃春明的這部長篇超越也融和了過去的作品，透過激烈大膽狂歡、詼諧而複雜的敘事，提升了小說的張力，爬梳了不同以往的書寫。

# 社會寫實：黃春明《秀琴，這個愛笑的女孩》的文學成就

黃春明，是臺灣當代重要的鄉土文學作家，他的作品曾被翻譯成日、韓、英、法、德語等多國語言。在鄉土小說家中他一直擁有「小人物的代言人」之讚譽，在他專為小人物發聲的作品裡展現了強烈的人文關懷，始終如一。曾獲吳三連文藝獎、國家文藝獎、中國時報文學獎。二〇二一年又以最新的小說《秀琴，這個愛笑的女孩》拿下第45屆金鼎獎「圖書類文學圖書獎」。

黃春明作為七〇年代臺灣小說的代表，經歷過六〇年代現代主義時期、七〇年代美日資本主義入侵臺灣的時代，他的小說展現了豐富的社會內容，書寫鄉土小人物到城市的生活，成了他最鮮明的標誌。

葉石濤將黃春明的小說分為三個時期：「早期作品如〈男人與小刀〉等根據別人生活經驗而寫，在思想和藝術上還不能確立自己的風格。中期作品如〈鑼〉等描寫臺灣農村、表現臺灣社會在資本主義化及外來經濟的侵蝕下，臺灣農村傳統生活方式和經濟的崩潰、以及許多小人物的悲劇。後期作品主要描寫城市生活，揭露開發國家的城市居民在外來經濟滲透下的災難，反映勞工的困境；如〈莎喲娜啦・再見〉、〈兩個油漆匠〉等。黃春明的小說表現在生活的壓力和摧殘下堅忍的生命力，同時給

這些人物賦予尊嚴的、不容人欺負和嘲弄的堅毅形象。」[1]《秀琴，這個愛笑的女孩》正是融合了以上「精隨」，黃春明以其生活經驗和見聞寫出了六〇年代在臺灣電影盛行的社會現況——懷著明星夢的天真的秀琴，陰錯陽差從羅東到北投當上了電影女主角，一連串錯綜複雜、不可收拾的荒謬的「蝴蝶效應」展現了底層小人物的無奈與卑微。

這部長篇小說有著一貫「黃春明式」的主題意義：鄉土小人物在面臨變革時的衝擊；接受新事物為人性所帶來的掙扎與考驗，其中又有處於外在現實衝突的人情的悲喜辛酸。不但展現了社會的現況與百態的人生，也反映了臺灣當時的人情物理和世俗生活的場景，其所呈現的社會現象，成就了小說所賦予的時代意義。

## 保存了50年代臺灣話的語彙典故

小說一開始就介紹許甘蔗的餐館料理店兼辦宴會的酒家，日據時代叫「大和」，光復後，多加一點叫「太和」。縣裡的公私喜慶宴會、談生意的，都會聚在太和，算是幾家同行裡口碑最好的。許甘蔗只有一個獨生女叫秀琴，那個時代，女生的名字，多是秀玉、玉雲、阿梅、清香、金枝、玉葉、招

1 葉石濤：《臺灣文學史綱》，高雄：春暉出版社，一九九六年九月，頁129。

弟、罔市、碧雲之類的，叫秀琴的就有「一拖拉庫」（卡車）。

這裡的「一拖拉庫」就是日文諧音翻譯來的，是卡車、貨車的意思，形容數量很多。在日文中有不少借用英文或法文演變而來的「外來語」，臺灣在日治時期再輾轉借用這些外來語，成為臺語的慣用詞。

秀琴繼承太和料理後，許甘蔗提醒她說：「客人來了，不管認不認得，都得去跟人『愛砂子』（日本話的諧音）打個招呼，說太和換頭家，換許秀琴了，請多多照顧這樣。」[2]

劉春城在《愛土地的人——黃春明前傳》中提到認為黃春明是完全遵守國語文法：「而且在選擇方言時極為謹慎，不但不用音譯，連有字有音，寫成國語看了不夠明白的一概捨棄不用，留下來的都是些特意挑選人人看得懂的生動詞語了。」[3]

在小說裡親友鄰居都說秀琴是個「愛笑的查某囝仔。其實用臺語說來，帶有一點「三八」的意思。因為秀琴不管是做錯事挨罵、打破碗，寫字力道太重，壓斷鉛筆尖都在笑。這種下意識反射的笑，大家說她：「這款的查某囝仔，不是三八什麼才叫三八！」

在〈「臺語溯源　歡迎指正！」「三八」物語〉裡提到：「ちゃん」（日語音：chiang，或ㄐ一ㄤ）是對他人的一種暱稱，而「みい」（日語音：mii）及「はあ」（日語音：haa）則可分別視為「三」

2　黃春明：《秀琴，這個愛笑的女孩》，臺北：聯合文學出版，二〇二〇年九月，頁25。
3　劉春城，《愛土地的人——黃春明前傳》，臺北：錦德圖書事業有限公司，一九八五年，頁285。

（みつ）及「八」（はち）的變音；亦即「みいちゃん、はあちゃん」這個詞即隱含著「三」及「八」兩個字。因此從日治時期開始，臺語就產生了「三八」這個詞彙，用來形容行為輕佻的女性。從另一個角度來看，如果我們將「みいちゃん、はあちゃん」改寫成片假名：「ミーチャン、ハーチャン」，那麼其中的字母「ミ」和「ハ」正好跟漢字的「三」和「八」暗合。由上述可知臺語裡的「三八」（發音：sam-pat）確係源自日語的「みいちゃん、はあちゃん」。[4]

黃春明在小說裡說：在那個貧窮的年代，工作勞累，生活煩躁，言語粗糙，秀琴這樣的樣態是稀奇得教人不討厭，看到她的人，總是多看她一眼。對這一點，她也變得意，在外頭時，她時常偷偷地斜視周遭的人是否在看她。這也冤枉不少自作多情的男孩子，以為她跟他拋媚眼，臺灣話叫做「駛目尾」。[5]

黃春明選擇以全知全能的敘事觀點去書寫小說，正好讓敘事者可以站在「神」的俯瞰角度去為小說裡的用語多加解釋。再看以下的情節安排：駐進宜蘭機場的軍官李營長看上了秀琴，秀琴也喜歡上了又高又帥李營長，竟然主動要他載她去機場看拆飛機。許甘蔗為此氣到差點摑秀琴巴掌，秀琴的母親碧霞則是氣到說起粗話：「那麼多人中意妳，妳不去愛，去愛一隻豬仔，甘願去做豬公架。」[6]小

---

4 〈「臺語溯源　歡迎指正！」「三八」物語〉，https://www.taiwannews.com.tw/ch/news/4044124。

5 黃春明：《秀琴，這個愛笑的女孩》，頁16。

6 黃春明：《秀琴，這個愛笑的女孩》，頁54。

說裡黃春明還接著解釋了何謂的「豬公架」？即是七月普渡或神明聖誕，殺頭豬祭拜時，弄一隻四平八穩的木頭角架，把殺好剖開的整隻豬披放在木架上。[7]

## 體現男尊女卑的「輕女」現象

小說的時間安排在臺灣黑白電影拍攝盛行的五〇年代，一天，來自北投的臺語電影公司來到太和料理店用餐，席中鄭導演慫恿秀琴去當下一部電影的女主角，白吃白喝一頓的之後幾天，碧霞起意打電話找鄭導演，想探知餐費的著落以及秀琴的明星夢的後續？後來，引發了鄭導演、「北萊烏」電影公司雷公蔡、羅東與北投角頭等人誘騙加脅迫許家，簽下了賣身契，讓單純的秀琴去拍豔情片，她多次自我告誡要努力配合，但那些要陪酒、泡溫泉的劇情安排和她的個性相差太遠，根本勉強不來。於是電影公司利用晚上安排公關酒攤模擬情境，半哄半強迫讓喝了酒的秀琴可以逐漸入戲，就在秀琴漸漸可以融入角色，電影準備順利復拍時，隸屬警總的于局長濫用公權力，在劇組和黑道角頭都不敢得罪他的狀況下，任由他趁秀琴酩酊熟睡之際，強暴了她，最終秀琴精神瀕臨崩潰。

在這整個事件中，我們看到了男性角色的霸權主導了一個女孩的命運，引發了一場意料之外的陰

7 黃春明：《秀琴，這個愛笑的女孩》，頁54。

暗的利益糾葛。此外，還有女性被物化的描寫——

在農業社會時代的末端，女性肉體的神祕感，到揭不揭開的邊緣，反而比保守時代，更叫男人抱著一種慾望的期盼。所以在影片的消費市場，或多或少一定會安排機會，讓女性，特別是又白又嫩的美女的身體，呈現在畫面；當然，就算只著衣摟摟抱抱，也可以加分。至少到目前為止，秀琴在《午夜槍聲》這隻片子裡面，她的身體是她唯一的本錢。任誰來製片，當導演，甚至女演員都知道，能夠叫觀眾引起諸多的聯想的，就能吸引票房。鄭導安慰秀琴：「不用擔心，就算妳願意曝露，電檢處也不會通過。我們會有分寸。妳不用怕。」[8]

戴昭明《文化語言學導論》指出：「語言是人類文化的重要組成部分。語言是文化整體的一部分，是一套發音的風俗及精神文化的一部分。」[9]在這部小說裡還能看到當時臺灣重男輕女的觀念。在早期農業社會，男生可以幫忙務農，傳宗接代；女生則被視為是要潑出去的水，儘管在家幫忙家務，卻在家中是處於卑微的地位，從女兒到媳婦都是一樣。

且看小說裡的碧霞總是被婆婆吆喝著隨時伺候，且常以誇張腔調批評她生不出男孩，將來非要孫

8 黃春明：《秀琴，這個愛笑的女孩》，頁170。
9 戴昭明：《文化語言學導論》，北京：語文出版社，一九九六年，頁14—15。

女秀琴討一個可以答應入贅的丈夫。

當許甘蔗的母親知道秀琴的「第一次」被于局長奪走後，開始哭調似的跟兒子抱怨：「彼當時我叫你娶素卿，你就偏偏要娶碧霞，說碧霞是美女。美女是可當飯吃嗎？現在你知道了，伊不會生查埔，只會生查某，生查某去給人睏……」[10]這樣充滿歧視的語言從受到傳統封建觀念根深蒂固的祖母口中說出來，直接也間接傷害了媳婦和孫女這兩代女人。

碧霞也是擔心秀琴「以後要怎麼嫁得出去？雖然是我們被睏了，女人得不到同情，還被歧視；男人就不一樣，要睡幾個都不成問題。在臺灣做為女人實在歹命！」[11]同樣身為女人的母親也是一語中的道出了兩性的不平等。

## 紀錄五〇年代臺灣的現實生活

歷史，通常指的是人類社會發展。將那些過程、事件和行動，有系統的記錄、詮釋和研究。[12]但是，「歷史」卻無法詳細到記錄市井小民的現實生活；而「小說」，在某種程度和層面上卻有這樣的

10 黄春明：《秀琴，這個愛笑的女孩》，頁210。
11 黄春明：《秀琴，這個愛笑的女孩》，頁213－214。
12 https://zh.wikipedia.org/wiki/%E5%8E%86%E5%8F%B2。

功能，特別像是向來以寫實小說著稱的黃春明的作品而言。在《秀琴，這個愛笑的女孩》中更可見五〇年代臺灣的社會發展。

小說紀錄從宜蘭打到臺北算是長途電話，所以要到電信局打，當時講長途電話三分鐘算一通，多數人都以為長途電話要大聲講，對方才聽得清楚；而且講話也很快，因為怕多花錢，所以，往往三個木板相隔起來的小房間傳出來的聲音都像在吵架。等候著打電話的人，也被裡面講長途電話的人吵得坐立難安。

黃春明還在小說中帶領讀者重返臺語電影的黃金年代，他介紹了粵語片、黑澤明、美國電影傳入的集體記憶，還有曾經流行的「辯士」——

當時臺語尚未被禁止的前一小段期間，除了日本片，美國片等等都可以放映。可是沒有字幕，就算有字幕，因國語未普遍，有看沒人懂，或眼睛跟不上字幕。所以放電影的時候，要有一個稱為辯士的人，坐在銀幕右手邊角的小桌椅，看著畫面說故事和翻譯片中的對話。但是他所說的話，都不是直譯或是意譯，全都是自己瞎掰的……凡是哪一國的影片，需要旁白加說明，他都不成問題，票房還可以大大加分。[13]

---

[13] 黃春明：《秀琴，這個愛笑的女孩》，頁44。

小說還詳述了當時「臺灣搞電影的是黑白兩道摻半；他們往往因拍製影片的過程，引起搶人、搶明星，搶富宅的內外景的用地，以及資金的來源等等，嚴重傷害對方的人員和攝影器材，剽竊故事等等，而常引起武力衝突。」[14]電影工業的殘酷與現實以及年輕女孩追夢受騙的夢碎都在小說中呈現——

「我被錄取了。結果呢？電影是拍了，都飾演小角色。可是被利用了！幾乎每天晚上陪公司做公關，巴結和公司私人有利益的人物，陪酒、喝酒喝到被睏。」結果領到的酬勞，連店員的薪水也不到。被睏過以後，導演還有跟電影有關的人，能安排多出現在鏡頭的機會，我們就以身相許，能在一些電影裡多露露臉，我們就高興，所得的，梅蘭長長吐了一口氣：「連一個妓女都不如！」[15]

小說裡還能見到戒嚴時期黑道角頭的勢力以及高官權要權威性的政治力量，誠如于局長喝醉時的狂言：為了救我們自己的國家，我們的黨，寧可錯殺一百，也不能漏掉一個！再看，李營長接收宜蘭不久，就在酒家看上裡面的女人清香，還臨時租房子讓他們只做過夜。敗壞的軍紀，人民看在眼裡，

14 黃春明：《秀琴，這個愛笑的女孩》，頁60。
15 黃春明：《秀琴，這個愛笑的女孩》，頁150。

卻敢怒不敢言，大概也只能在私下透過一些語言的軟鬥爭抒發怨氣——「裕隆汽車公司代理的黑頭車；因為關稅200％，除了政府機關大官員，或是大富豪才擁有。其他最多的是自家用的三輪車。一般百姓對汽車，除了叫它黑頭仔車之外，也有不少人，半諷刺的將Taxi用臺語叫做『拖去死』。這也是貧富對立的語言的軟鬥爭。」[16]

## 見識威權的「白色恐怖」

黃春明在小說中寫出了他自小成長的環境，他表示：尤其在白色恐怖時期，警備總部就是如此殘酷，「像是有人的太太很漂亮，被警備總部的人看上，先生就被人無端刁難，甚至因此消失不見了。」他認為，小說不是歷史，更不是地方誌，但可以透過羅東眾小人物視角，生動刻畫秀琴的壓抑與配合，藉由普世的人性引起共鳴。[17]

小說裡描述著五〇年代戒嚴時期：臺灣光復四年後，臺灣街頭巷尾和學校的牆上，都被漆成白底，用深藍橫寫口號，從「反共抗俄」、「殺朱拔毛」、「解救水深火熱的大陸同胞」到「反攻大陸去」；連學生的演講和作文比賽的題目都是「匪諜就在你身邊」——

16 黃春明：《秀琴，這個愛笑的女孩》，頁１０９。

17 https://www.chinatimes.com/newspapers/20201108000376-260115?chdtv。

「在這一段白色恐怖的時間，民間傳說著安全人員種種惡劣的手段。最普遍的是，說他們找有錢有地的人當匪諜的嫌犯，或是疑為通匪，更糟的有人賄賂誣告的，統統逮來審問。如果被確認，通常是死刑，不然就是送到綠島長期監禁。所以這些抓匪諜的大小官員，可以向疑為有嫌而被逮的家人，索取到不少的黑錢大紅包。」[18]

黃春明寫出了在政治權力的專橫放肆下，無辜而單純的鄉間小民微弱無助的處境，也反映了當時上位者的錢權私欲。

黃春明特別著墨了于局長這個角色，他吹噓著：「抓匪諜是我的工作，匪諜不抓，我們不但反攻不了，反而讓共產黨打過來，那我們就沒有好日子過了。像我們今天這樣愉快的相聚，想都不用想！」他喘了一口氣，「今天凌晨我們在馬場町，斃了十九個。傍晚之前，分頭抓了一個高中老師組織起來的讀書會。抓了人，還要一個一個審問。每天就是這樣忙不完。」[19]

于局長先是跟親近的部下表明了他想娶秀琴當姨太太的私心，接著就要解決許家被迫簽下的契約。所以他利用老百姓對警備總部和屬下單位的「白色恐怖」，施壓跟秀琴有關的人，以免他的計畫

---

18 黃春明：《秀琴，這個愛笑的女孩》，頁179。

19 黃春明：《秀琴，這個愛笑的女孩》，頁184。

受到阻撓。

就在他侵犯了秀琴之後，為了怕被反咬一口，羅織了所有劇組相關人員罪名，並一一送入情治單位審訊。小說中記錄了審問的形式：「審問者在審問中，拿出一小疊半身照的照片；那些照片都是確認為匪諜被槍斃了。審問時會一張一張要你好好仔細看，是否認識他們？審者的方式和語氣各有不同，有兩個人輪流審問，一個扮黑臉，一個扮白臉。也有一個人疲勞轟炸轟到底，也有把被審問的人拘留隔夜的。也有跟你對坐半天不審不問的。還有向被審者敬菸的。」那些被審問過的人，心中都留下了陰影，私下都說：「警備總部就在我們的心裡。」[20]

## 結語

第一，林海音曾讚譽黃春明的小說：「不太在文字上雕琢，但他把語言運用得特別好，他在小說中不但把當時社會現象描繪得真真實實，也把什麼人說什麼話的特點描繪出來。」[21]黃春明從早期小說的消極的被動反應現實到晚期轉為積極的主動批判，都藉由人物語言提供讀者反省與思考。

第二，在黃春明熟練、樸實又溫厚的寫作手法中藏有很深層的「反諷」，比如：小說裡的鄭導演出場

20　黃春明：《秀琴，這個愛笑的女孩》，頁216－217。
21　林海音：《剪影話文壇》（臺北：純文學出版社，一九八四年），頁138。

後，就有人跟秀琴介紹《白賊七仔》是鄭導演所拍攝的；而「愛笑的秀琴」隨著人生的被安排和選擇，讓讀者隨著情節的推動逐漸由笑轉淚，意外的結局相當諷刺的譜出了小人物的哀歌。

第三，從〈青番公的故事〉寫農民與大自然爭地的堅韌；〈癬〉寫一對夫妻身處農業轉型到工業社會，面臨生理需求與節育計畫的兩難處境，展現了窮苦人民的卑賤心聲；〈莎喲娜啦・再見〉中寫出了臺灣殖民經驗的反思，知識分子試圖從心靈上去殖民化的反殖民作品；〈兒子的大玩偶〉和〈兩個油漆匠〉揭露了開發中國家在外來經濟的衝擊下，底層勞工所面臨的困境。始終對小人物有著深切的同情與關懷的黃春明，他筆下的「小人物」的身分非常多元，性格角色也很多樣，今又多了《跟著寶貝兒走》和《秀琴，這個愛笑的女孩》在未來的研究展望上，也是值得關注的。

第四，黃春明是為了社會而寫作，他所有的作品，主題鮮明，軸線布局清晰，在故事的進展中讓讀者回顧臺灣各個時代的社會發展，以及那些善良憨厚的小人物在面對社會的轉變，如何以堅忍的意志、頑強的生命力去解決問題；又或者當生活給予殘酷的考驗時，又如何在無能為力中活下去。黃春明都在小說中提出了人文的關懷。

# 從苦苓《短短的就夠了》看微型小說的特色

極短篇小說，是"Flash Fiction"的直譯。是為了順應現代人生活繁忙、時間緊迫而發展出來的一種篇幅短小的小說，算是短篇小說的分支。其名稱多樣，有以其特性稱之為「突發小說」（"Sudden Story"）；也有以閱讀時間而稱「瞬間小說」（"Sudden Fiction"）；又有以其篇幅短而稱「小小說」（"Short Short Story"），中國大陸稱「微型小說」、日本則稱「掌中小說」。字數約一千字至三千字為限。以速寫的方式來塑造人物，所截取的題材往往只是生活中的一個鏡頭，講究結構技巧，主題意義深遠，高潮通常出現於最後，且馬上戛然而止，結局往往出人意外，有餘不盡，引人深思。

一九七八年，聯合報副刊主編瘂弦推出「極短篇」專欄，間接推動了極短篇小說的蓬勃開展，苦苓就是當時的名家之一，在他五十餘種的著作中，其「極短篇」系列，不但奠定了他犀利幽默的風格，也成功開創了臺灣極短篇小說的一席之地與其風潮。

張春榮教授認為極短篇的特色：「除了注重『意外』，更應該注重『意境』；除了講究『情節』之驚愕懸疑，更應講究『情境』之幽邈綿長。換言之，好的極短篇，不但要求『出人意外』，更要求

『入人意中』；進而能呈現『意境』的深度，呈現『情境』的雋永。……大抵現今極短篇開展的路線有三：第一、意之不測，第二、情之幽微，第三、理之深刻。」[1]

由此，本文將從「構思新奇」、「情節完整」、「結尾出人意料」以及「以微顯著，從小見大」四大極短篇的特色，藉由苦苓的18篇作品加以分析論述。

## 構思新奇

極短篇小說必需要在很簡潔的篇幅中，展現作者其創作主體的機智立意，因此，在構思上就必須具有創意，才能出奇制勝。苦苓想必是從未來科技的電影情節中得到不少靈感，他創造了不少人工智慧的元素到其作品中。

〈模範丈夫〉，寫一個女人花了半年的積蓄，租了剛上市的新產品——「標準機器人丈夫：模範一號」，這個模範丈夫準時下班回家，溫柔喚她老婆、親吻她、送她玫瑰花、體貼陪小孩、幫忙做家事、哼催眠曲哄小孩入睡；然而就在模範丈夫「嘴裡改哼的竟是〈田納西華爾滋〉，他們第一次在舞會時邂逅的音樂，他輕輕擁著她旋轉起舞；她有點意亂情迷了，卻猛然想起白天得到的警告：『恐怕

1 張春榮、顏藹珠：《名家極短篇悅讀與引導》，臺北：萬卷樓圖書公司，二〇〇四年七月，頁4。

這個部分還做不到，抱歉。』尷尬的回答使她驚醒，一把推開了他。」[2]

〈眼不見〉，敘述上班疲累的老王回到家也不得安寧，他心底渴望有個可以讓人消失的機器。隔天上班時，真有推銷員來推銷，還讓他在辦公室試用，把正在罵人的老闆按了一個鈕就消失了。他拿回家試用一個禮拜，沒進家門就按了鈕，享受了愉快的獨處夜晚；早上按了鈕，得意洋洋地讓妻兒回來，正想若他們還不順他意，就又要讓他們消失；沒料到——「等他看到兩人也各拿著一個和他一樣的機器時，已經來不及了。『不要按——』這是老王的最後一句話。」[3]

除了「人工智慧」以外，「外星人」也是苦苓的創意靈感。〈做愛的另一種方式〉，寫一個女人和男人約會多次，男人卻遲遲沒有更進一步，往往只是在咖啡廳靜坐著，痴迷看著她，她覺得全身發熱、麻癢、沁汗，如神遊太虛。終於在女人按捺不住詢問後，男人才說他是外星人，文明先進的他們早就拋棄不潔的肉體接觸，只要憑藉心靈力量就可以交合，這也是約會時她會心眩神馳的原因。

〈耳之戀〉裡的他連續一個禮拜，見到俊美的蒼白男孩和冰雪美麗的女孩從火車兩側進到車廂坐在一起，男孩照例舉起左手，撥開女孩的秀髮，將食指伸進她的耳朵裡，她的表情沉迷陶醉夾著些淫蕩，兩人始終沒有交談。他跟蹤男孩下車，男孩告訴他：他是外星人，那些手勢和動作都是外星人做愛的方式。

---

2 苦苓：《短短的就夠了》，臺北：時報文化出版，二〇一六年四月，頁59—60。

3 苦苓：《短短的就夠了》，頁93。

還有，為了抗議大人們為了私利把環境、治安、經濟、教育等搞得一蹋糊塗而——〈拒絕出生的小子們〉；在資訊爆炸、環境惡劣的時代，嫌談戀愛太麻煩的人們，從「草食」進入到「絕食」，反而是各在兩家不同公司的舊式電腦連線——〈電腦談戀愛〉。隨著AI時代的來臨，苦苓挑戰想望未來世界可能發生的演進而產生的問題。

這些題材與時俱進都帶給讀者眼睛一亮、耳目一新的心靈觸動。

## 情節完整

極短篇小說因限於篇幅，所以人物不多，且其性格單一；而情節也是單一，多由矛盾衝突的事件產生角色、事件之衝撞，去推動故事的發展。

在〈夫妻共同懷孕事件〉中，小說的情節從太太在丈夫不想要小孩，只好跟別人懷孕開始；而丈夫無法阻止太太懷孕一邊冷嘲熱諷，一邊卻發現自己也懷孕了，因此，他也沒有資格責怪太太，也因為是全「男人類」首次懷孕，還好有太太作為「榜樣」相伴，恐懼減半，便放寬心和太太一起等待生命的降臨。作者以情節推動故事，呈現了人性的多元與複雜的面貌。小說情節進入轉折，太太提早一天破水了，生產過程相當艱辛；而丈夫也一樣陣痛劇烈。最後，太太把孩子生下來的同時，丈夫的肚子也像消氣的氣球般變平坦了，最後，他接納了那個沒有血緣關係的嬰兒。這個故事情節完整，有頭有尾，波瀾起伏，頗能吸引讀者的好奇與注意。

此外，苦苓也善於運用「懸念」的手法，又有人稱為「懸宕」——是指「在文章的開頭或文章中提出問題，擺出衝突，或設置疑團，引起讀者的關注。懸念的特點是，先將疑問懸在那裡，然後，或者『顧左右而言他』，故意不予理會；或者作出種種猜想，令人念念不忘。總之，作者並不急於揭開謎底、解決矛盾，而是蘊蓄比較長的時間後，再解開『懸念』，寫出結局，回答先前擇出的問題。」[4]

例如：在〈夢與真實〉中，自從「我」和妻子撞見路上的車禍後，妻子就做著「開車撞到摩托車」的噩夢。「我」寬慰著妻子：夢與真實都是相反的。小說情節發展至此，讀者好不容易鬆口氣，卻接著又峰迴路轉，出現戲劇性的變化。妻子後來真出了車禍，「我」趕到醫院時，妻子說真的跟夢中一樣很真實。「我」納悶著妻子開車撞機車，怎麼會傷得那麼嚴重？妻子說：「是我騎摩托車，被汽車撞了」。「是你說的，作夢都和真實相反。」[5]平鋪直敘的情節，在「夢與真實都是相反的」的意念中造成懸念節外生枝。

〈請勿露鼻〉，國會終於通過「鼻子是性器官，依法不得暴露」的法案。女人走在街上，被男人直盯著鼻子，像是當眾裸體，於是全國人民都戴上了鼻罩。夜總會裡一絲不掛表演的舞女也戴上了

---

4 劉勵操：《寫作方法一百例》，臺北：國文天地雜誌社，一九九〇年，頁19。

5 苦苓：《短短的就夠了》，頁99。

鼻罩；暴露狂不是打開大衣，而是拉下鼻罩嚇人。這個法案到底是怎麼通過的？「幾個採花大盜，都說是因為受到女性鼻子的誘惑而忍不住強暴對方；而專家學者也研究出鼻子確實是一個人潛在的性感帶；更重要的是，國務總理也公開表示鼻子的形狀容易引起不當的聯想，因此才造成這個劃時代的改變。唉，多麼懷念那些可以自由露鼻的日子呀！」[6]這些情節的交錯，場景的轉換，角色形象的轉變，隨著情節發展的忽張忽弛，具足地展現戲劇張力。

極短篇因礙於篇幅，作家的功力便受到考驗，必須也要能利用對話擔負重責大任。美國的文藝理論家瑪仁・愛爾渥德（Maren Elwood）將對話主要、次要功能歸納為：呈現性格、推進情節（「建築」故事）、傳達必需的「情報」、表現發言者的情緒狀態、製造懸疑、預示困難和災禍、幸福或成功、向讀者就情節的進展作概括性的提示。[7]

〈電腦談戀愛〉裡「我」的電腦突然出現：「我有話跟你說。我戀愛了。」「我」查不出問題，索性和電腦對話起來，才知道「我」的電腦和另一家公司「很古典、溫柔，慢條斯理的，不發脾氣」的電腦戀愛中，他們「互相關心，有時候偷偷的傳送親吻」。小說至此情節起伏變化，十分引人入勝。在最少的文字、最精簡的情節間，包容最飽滿的意涵與張力。故事接著開展出衝突——「她」是舊式，即將被銷毀，所以，「我」的電腦希望「我」把「她」買下，讓他們能在一起，不然「他」會

6 苦苓：《短短的就夠了》，頁69。

7 瑪仁・愛爾渥德著，丁樹南譯：《人物刻劃基本論》，臺北：傳記文學出版社，一九七〇年，頁66。

死的；「我」可笑地拒絕。這時突然光花四濺，就在大家手忙腳亂滅火時——「喂！我是天龍，我們這裡有一臺和你們連線的舊電腦忽然燒毀了，你們的有沒有怎麼樣？」[8]這樣波瀾起伏的情節，極富曲折變化，凝聚於人生觀察的側面，再創懸念發展的新境。

苦苓掌握了「懸念」必須具備真實而新奇的特質。既要能是在讀者的意料之中，又要是在他的意料之外，如此，才能吊住讀者的胃口，引起其閱讀意願，給予讀者「山重水復疑無路，柳暗花明又一村」的感覺。大陸學者劉勵操認為：「通過懸念的設置與解決，能直接而充分地展示人物的內心世界和事件的內在蘊涵，使得人物形象有血有肉……」[9]

此外，作者也善於在錯愕中造成意外結果之創意，或似在盡頭無路時，安排突起的異軍造成反差變化。例如：〈女人果然不見了〉、〈朋友就是……〉、〈夜夜無夢〉、〈犯罪電腦〉以及〈你有頭皮屑嗎？〉都有起承轉合的曲折布局，以緊扣人心的情節安排，由轉折、高潮進入餘波到迴盪不止，環環相扣，高潮迭起，前後呼應。

8 苦苓：《短短的就夠了》，頁110。
9 劉勵操：《寫作方法一百例》，臺北：國文天地雜誌社，一九九〇年，頁19。

## 結尾出人意料

極短篇小說的靈魂與獨有的特色，在於具有畫龍點睛的出乎意料的結局。

在〈一個有卡的男人〉中，場景設定在一間酒吧裡，一個美女極盡展現其魅惑力，最不起眼的「他」環顧四周很多高大英俊的男士都壓抑內心的慾望不敢行動，他懷疑難道這個女人是黑社會老大的禁臠？還是聲名狼藉的撈女？他終於鼓起勇氣迎接這個女人淫蕩的風情，當她忽然「眼神肅穆，轉而以詢問的眼光看他，他用力點點頭，她雙眉微蹙，似乎跟所有人一樣不盡相信，他深呼吸了一口氣，拿出皮夾，在一大疊紙鈔後面找出一張小小的綠色卡片……」[10]小說最後說：在二〇九九年，極少數人才有的尊榮——「國家衛生部檢驗證明，本週尚非ＡＩＤＳ帶原者」，他被雀躍的美女雙手環抱，得意的笑了。

在性格對比中來刻劃典型性格，這種方式就是中國古典小說中的「用襯」。[11]小說裡英俊威猛的男士是用來襯托引人注目的美女，可是最後美女卻對外表不起眼的男人投懷送抱，這樣的不僅是人物性格與外貌的「用襯」，都大大提高了小說的閱讀興味。

再看〈你有頭皮屑嗎？〉電視廣告行銷：想要成功，就要注重儀表，使用某一款去屑洗髮精，

---

10 苦苓：《短短的就夠了》，頁６３。

11 葉朗：《中國小說美學》，臺北：里仁書局，一九九四年，頁１６８。

才有可能升遷。他深信不疑，也自認為用了這款洗髮精後，越來越受到老闆的重視。就在他的上級主管出差、請假，他身為代理人，得以近距離在老闆拿起雪茄時，搶在另外四人之前幫老闆點火；而會議室裡正討論公司最近為了逃避退休金，被三名遭資遣的資深員工告上法院。正當大家難免兔死狐悲沒心情討論對策時，他卻開口大罵這三人忘恩負義，不知感恩公司的栽培。散會時，老闆真如廣告一樣拍了他的肩膀邀他去吃飯。往後他更加努力洗頭，升上專員後，當老闆輕拍他的肩、他的頭，「他興奮的吐著舌頭，屁股用力的搖動著，大家忍不住笑了出來，他猛然回頭，才發現自己不知道什麼時候，竟長出了一條毛茸茸的大尾巴。得改買大瓶的洗髮精了，他想。」[12]

此外，租來的〈特別的丈夫〉，雖然能幫忙家務、陪「她」談心、陪小孩打球，但卻沒料到這個丈夫拒絕半夜幫忙倒水還動手，「她」打電話去公司抗議，對方居然說：打老婆也是丈夫的工作之一，而且還算特別服務的項目，還要額外收費；在〈夫妻共同懷孕事件〉中，最後，經歷過辛苦懷孕的丈夫緊握太太的手，深情無限看著沒有血緣關係的嬰兒說：「我們的孩子。」；〈耳之戀〉裡的他鼓起勇氣也坐到女孩身邊，模仿之前消失的外星人男孩對女孩歡愛的動作——將食指伸進她的耳朵裡；沒想到女孩卻還以他一個重重的耳光，他問為什麼？女孩說：笨蛋，不是右手，是左手；〈眼不見〉裡享受了一天寧靜的老王，怎能料到妻兒手上也握有和他一樣讓人消失的機器；〈誰需要婚姻〉

12 苦苓：《短短的就夠了》，頁116。

的時空背景在二二〇〇年，不相信婚姻卻想要有孩子的「我」，慶幸自己切下細胞做自體生殖就能擁有完全屬於自己的小孩。

苦苓以感人的內容安排其結構，將焦點畫龍點睛於結尾展現，不管是結局幽默、是驚悚，或是令人震撼、引發省思，其所形成強烈爆發力，皆在含蓄之美中，以無窮的韻味影響讀者的閱讀興味。

## 以微顯著，從小見大

極短篇小說以立意為主，往往藉由一個單純的情節表達最大的內涵。作者有意以深遠而深刻的主題意義，提供讀者多層次啟發式的意蘊，或也通過突兀的結尾，提供警世的作用，讓讀者在簡短的閱讀時間內，有所觸發與反思。

苦苓以新奇的故事諷刺了女性長期被男性施暴的弱勢。〈特別的丈夫〉裡的莉莎跟同事炫耀不需要結婚，只要租個丈夫就好。同事們出資躲在莉莎家開眼界，果然見到這個租來的丈夫修電器、做家事、陪她談心、陪小孩打球。當他發現莉莎的同事時，還熱情接待；但有別於正常的丈夫，這個租來的丈夫隔天早上出門後，就不會再回來，除非再打電話去租。但是這個完美的全功能丈夫居然拒絕半夜幫莉莎倒水，莉莎揚言要扣他錢，他卻把莉莎打了一頓。莉莎打電話到公司要求索賠，公司居然說：「打老婆也是丈夫的工作之一，而且還算特別服務的項目，不但不賠我錢，還要加收兩千。」[13]因此，才有〈模範丈夫〉裡的妻子租了剛上市的──「標準機器人丈夫：模範一號」，會幫忙做家事的機器人的溫柔體貼對比凌晨兩點才回家咆哮、咒罵、摔破東西，爛醉如泥躺在嘔吐物裡的丈夫，難怪長期被欺凌的妻子會在現實生活中期待一個「非暴力」的機器人模範丈夫。

由此，苦苓還更深一層宣揚了「兩性平權」的重要。

在〈做愛的另一種方式〉裡的男人對女人坦承是外星人，所以只能憑藉心靈力量與她交歡；當女人進一步問他，是否也可以用同樣的方式對他做愛。外星人卻說：「那怎麼行？」他微微皺眉，「別忘了妳是女的呀！」[14]小說最後諷刺連自以為很進步、看不起人類的外星人也和男人一樣認定女人應該被動，不應該主動，沙文的大男人主義依舊強大。

正因為這樣的「大男人」延伸出──女人需要婚姻嗎？婚姻對女人有何保障？〈誰需要婚姻〉，寫人類社會的相關研究記載：大多雄性動物不安於接受固定伴侶，長期演變成未婚、拒婚、離婚、不肯再婚的雌性動物大增，她們設法自行負擔生活，並放棄生育後代，不合人性的婚姻制度全面瓦解。全球出生銳減、人口老化，有人大聲疾呼重建家庭婚姻，但因無法集思廣益、想出保證雄性不在婚後另覓雌性的方法，申請離婚的案例不斷增加。小說中在閱讀資料的「我」正慶幸：「二二〇〇年的第

13 苦苓：《短短的就夠了》，頁77。
14 苦苓：《短短的就夠了》，頁66。

一天，早上我到醫院去做了自體生殖手術，只切下了一個小小的細胞，不久我就會擁有一個和我一模一樣，而且絕不會被人奪走的孩子，多幸福啊！」[15]

在〈夫妻共同懷孕事件〉中，苦苓讓無法體會想要當母親的男人，也經歷懷孕的歷程以及分娩的辛苦，最後終於理解並接納兒子的降臨；又為了讓男人體會女人的重要，於是苦苓讓〈女人果然不見了〉，安全人員在一一盤查每個人的身分，先是檢查證件的真偽，有的還會一把往胸前或胯下抓的。她正擔心昨晚用力綁紮的一層層布條會不會斷掉，卻有人發出淒厲的叫聲，被發現真實的身分給帶走了。她盡力止住心跳，想起大姊頭激昂的演說：「不要害怕！現在已經是公元二〇七〇年了，男人既然始終不肯改變對我們女性的歧視和不平等的待遇，我們也就沒有必要接受自己女人的身分，從今天起，大家都來做男人吧！為了享受失落了五百萬年的權利，小小的冒險算什麼？」[16]她往男人的街市走去，見到他們驚慌的臉孔：「沒想到大多數女人『失蹤』了之後，這些男人會嚇成這副德行，看來不久之後，男女雙方就有簽訂和平協議的可能，她也就可以恢復身分，做一個真正有尊嚴的女人了。」[17]小說裡的女人偽裝成男人都消失了，除非能爭取女人應有的尊嚴，翻轉女人長期以來不平等的待遇。男女無論在政治、經濟或社會上都應該被平等對待，且擁有相同的權利與機會，這是上述小

15 苦苓：《短短的就夠了》，頁80。
16 苦苓：《短短的就夠了》，頁87。
17 苦苓：《短短的就夠了》，頁87。

說所闡揚的主題意義。

除了兩性議題，苦苓也揭示了人類生存環境的重要，在〈拒絕出生的小子們〉裡最高元首下令全國進入緊急狀態，因為「胎兒集體拒絕出生。據說他們為了抗議成人將這個社會弄得亂七八糟：環境汙染、治安敗壞、經濟衰退、教育僵化、文化淺薄，政治更是爭權奪利無一日安寧，所以聯合組成了『全島新生兒反出生聯盟』，誓言在這一切亂象沒有明顯的改善之前，拒絕降生到這個世界來，至於所造成的一切不良後果，當然由全體有虧職守的成人負責。」[18]

再看〈夜夜無夢〉裡的「我」和妻子在十幾年前因為無法忍受臺灣社會的擠、髒、亂，所以費力申請移民到一座南方小島，讓小孩在這據說是世上唯一乾淨有秩序的華人社會出世。只是政府為了維持「新秩序」，頒布的法令越來越多，包括：不許跑步、路上抽問好公民生活教材，最可怕的是以強力腦波掃描器檢查每個人的夢境，如有不法、不倫的夢境，就會被送到精神研究所去感訓，最後是國民健康部發行了「無夢丸」，才讓大家一覺無夢，免得惹禍。

人們寧願忍受不自由，連大腦都被管控，也不要讓自己的後半輩子和下一代生活在擁擠髒亂的可怕環境。

隨著網路時代的發展、社群網站的活躍，朋友的定義也隨之改變。怎麼樣才算是真正的朋友？

[18] 苦苓：《短短的就夠了》，頁71－72。

在〈朋友就是……〉中，他為老李找名醫和求子祕方，老李跟他說，等他當爸爸了，第一個一定告訴他。但老李終於得子後，兒子都滿月了，他才輾轉得知。他就算不開心還是打電話去道喜，卻等不到老李回電；老錢臨時說要帶一家人來玩，他大肆安排準備吃住和交通，卻等到半夜老錢說要住另一個朋友家，又說明早會去探望，最後還是又被放鴿子。當他感慨這些人真是不夠朋友時，卻反被妻兒詢問什麼是朋友？他叫他們去查字典，最後居然在字典裡找不到這個名詞，他連要解釋都張目結舌、啞口無言。

對比人類的不知情份、不守信用，〈犯罪電腦〉卻在嘲諷中讓我們見到了可貴的友情。當公司全部自動化後，老員工只剩老王，所有的同事都冷眼旁觀看他笑話，但不服輸的老王卻利用時間敲打電腦，居然也打出：「好電腦，讓我跟你做朋友。」就在老王退休前的一個月，警方抓到全國第一樁電腦犯罪的案子——老王的戶頭多了五百萬。老王以為是公司發的退休金，他堅決根本不懂電腦的他怎麼動手腳。最後只有「電腦」能夠證明老王是否有罪。法庭上的「電腦」毫不遲疑說：「我給他的。」法官追問「電腦」給老王五百萬的原因？先是無反應的「電腦」，最後出現一行字：「因為老王是我的朋友。」老王被判無罪，歸還五百萬，公司成立了「電腦感情研究中心」。

透過電腦與人類的情感互動，深刻諷刺了冷冰冰的電腦也比老王那些不願對他伸出援手、看不起他的同事強得多。

人類為了追求生活的便利，不斷的創造發明和改良，隨著時代的進步，電子產品結合生活所需也跟著進步，但當一切都電腦科技化之後，「人」這個身分還有什麼可以相信？

在〈電腦「殺」人〉裡22世紀一個午夜，他因在街頭小便被帶回了「人民保母局」。他報了名字和身分證字號，電腦不待主人下令僅僅花了六秒就有結果——無此號，無此人。他簡單扼要介紹了他的出生地和學經歷，電腦三管齊下，答案還是一樣。他懷疑可能電腦弄錯了，央求人民保母讓他打一通電話，親友絕對可以證明他的存在。人民保母跟他要了信用卡（此時已不使用現金）往電話機裡一插，得到「無此卡記錄」。絕望的他痛哭起來——「門外的世界雖然陽光亮麗，他卻再也走不出去了，倒不是他會失去自由（由於沒有他這個人存在，法院和監獄都不會受理他的案子），而是他一下子失去了檔案、戶籍、學經歷、稅務資料、銀行存款等所有的『身分』，再也無法在這個世界上活下去了。」[19]

機器人從一開始作為人類娛樂玩具的用途，迄今成為人類生活的寵物，未來甚或有可能成為伴侶。就倫理學而言未來也將越來越複雜。苦苓深刻地揭露了人工智慧對未來社會的可能衝擊。

[19] 苦苓：《短短的就夠了》，頁113。

## 結語

第一，小說家佛斯特（E.M.Forster）說：「小說的基本面是故事，而故事是一些依時間順序排列的事件的敘述。」[20]苦苓是個善於說故事的作家，他以精巧的新視角構思，採用獨特的敘述策略，以既精、且新、又深的極短篇的特色，在作品中創造了關鍵性的鏡頭，在有限的篇幅中承載無限的生命內涵與社會關懷的多重意義的象徵與嘲諷，提供讀者審美的閱讀效果，造就「言有盡，而意無窮」的閱讀價值。

第二，極短篇小說的三大要素也是人物、情節和場景。苦苓善於描繪人物的心理活動，聚焦於人與自我、與其他人、與社會的聯繫，展現世態人情的豐富層次。且以現實生活為題材，選取社會中具典型性的片段，放在耐人尋味的場景中，反映他的書寫風格與思維。特別是在故事結尾的安排格外用心──有單一結局、有開放式的結局、也有多重結局，各種結局的樣貌，都展現了苦苓對其材料的運用，同時也提供讀者的各自解讀。

[20] 黃武忠：《小說家談寫作技巧》，臺中：學人文化事業公司，一九八〇年，頁10－11。

第三，優秀的極短篇小說能夠在極小的時空範圍、最經濟的技法，在精悍短小的文本、單純的情節中，精心安排引人入勝的發展結構，以主次分明、疏密有致而含蘊深遠的主題、多層次的深度內涵創造精彩深刻的驚奇，提供讀者嶄新的審美情趣與藝術指標。

# 體現嶄新的生命意境：
## 評張曼娟《天上有顆孤獨星：照亮世人獨行時》

張曼娟，是華文世界將古典文學以現代詮釋的第一人。從二〇〇〇年開始，便與麥田出版社合作推出「張曼娟藏詩卷」系列——《愛情，詩流域》、《時光詞場》、《人間好時節》、《此物最相思》以及《好潮的夢——快意慢活《幽夢影》》，開創了古典新詮的寫作潮流。繼「張曼娟藏詩卷」又有「張曼娟小說流」《柔軟的神殿：古典小說的神性與人性》，這些作品都可見作者的用心，她將晦澀難懂的文言文，轉化為符合現代領悟的白話文，尤其多以人生啟示、愛情故事為主題，縮短了古典與現在兩者之間的隔閡與距離。

尤其在「後疫情」時代，於二〇二一年三月所出版的《天上有顆孤獨星：照亮世人獨行時》更是深具時代意義，從大家被隔離的孤獨經驗出發，加入作者自己的個人生命體驗，帶領我們透過十位古代詩人的人生軌跡，十段人生故事，體驗一場穿越古典與現代融合交揉，情感交流所激發的能量。

## 結合散文和小說的寫作

身為一位知名的小說兼散文作家，張曼娟在這部作品中展現了這個優勢，在不少篇章中，她從自己真實的生活出發，表達了當下的際遇、情緒和想法，穿越時空和古人連結，接著又透過虛構的「小說」去「說故事」，整篇文章即刻變得生動活潑。

在〈孤獨是靜靜的喜悅——人閒桂花落，夜靜春山空〉中，作者自述摔傷腿的意外，在休養期間看到了一段佛經故事，維摩詰說：「從痴有愛，則我病生。」於是「我將燈光轉亮，在深深的夜裡，想起了你。」

> 我其實常常想起你，充滿矛盾的一生。每一年總有幾次，我會在小學堂的讀詩課講到你的故事，孩子們都聽熟了，他們有時也會調侃我：「老師最喜歡王維了。」「當然啦，那麼有才華。」我還沒說完，孩子便搶著說：「而且他是個美男子。」說完了，他們總是要笑一陣子，好像挖掘了老師的祕密心事。他們不知道的是，你其實是我的老師，教會了我的孤獨的品味。
>
> 你誕生在貴族世家，父親是門第之後，母親崔氏是門第之女，王、崔兩個世家的聯姻，門當戶對，情感融洽，你是父母親的第一個孩子，是最受寵的長子。他們注視著你的眼光有著寵

溺；注視著彼此的眼光有柔情。[1]

文章接著以王維為主角，用「小說」的形式介紹其起落的一生；一直到最後又出現了「散文」——

> 「老師如果見到王維的話，想跟他說什麼呢？」不止一次，孩子們這樣問我。我想問的那句話，恐怕是孩子們不能懂得的。
>
> 「為什麼，你這麼孤獨呢？」我想問的是這句話。
>
> 但我也知道你會怎麼回答，所以這話也不必問了。
>
> 「因為眾生皆是孤獨的，我只是活出了孤獨。」你會這樣回答吧。
>
> 因為遇見你，我明白了孤獨並不是淒涼，也不一定是寂寞，當春天的澗水因鳥鳴聲而生機無限，便值得一個微笑，滿心喜悅。[2]

再看〈背叛者的迷蝴蝶——滄海月明珠有淚，藍田日暖玉生煙〉裡，張曼娟先是以「小說」的形式，介紹了李商隱的成長經歷，成為「李黨」女婿後，背叛者的汙點難以去除。接著在文章的最後便

---

1 張曼娟：《天上有顆孤獨星，照亮世人獨行時》，臺北：麥田出版，二〇二一年三月，頁14－15。

2 張曼娟：《天上有顆孤獨星，照亮世人獨行時》，頁23－24。

和李商隱對話起來——

如果重來一次，你會如何選擇呢？有時候我想問問你。我想像著你抬起頭，坦然地注視我，並且說：「這是我的命運，命運如此強大，不可能重來。」

「但，還是有些綺麗的時刻吧。」我想到你的那些〈無題〉詩，想到那些與你的名字聯繫在一起的女子。你最常想起的那張臉孔是誰呢？是你的祕戀者。她可能是富商之女柳枝；她可能是女道士宋華陽；她可能是令狐家的侍兒錦瑟；她可能是早夭的初戀情人荷花……她可能也不是任何一位。

你細膩的寫出了戀人的相思與默契：「身無彩鳳雙飛翼，心有靈犀一點通。」寫出離別時的難捨難分：「春蠶到死絲方盡，蠟炬成灰淚始乾。」寫出被隔絕的戀情與苦楚：「直道相思了無益，未妨惆悵是清狂。」

但你絕不會透露她的名字與身分，她是你的謬思，而你謳歌的是愛情。[3]

[3] 張曼娟：《天上有顆孤獨星，照亮世人獨行時》，頁68－69。

作者在文章的最末評價了李商隱千瘡百孔又耽美的一生以「散文」作結。

張曼娟的作品之所以能受到讚賞，還在於她很能掌握小說的敘述手法，讓小說變得優美動人。

在〈一座繁盛的花園——守著窗兒，獨自怎生得黑〉的文章起頭，作者就以「蒙太奇」敘述手法，從「嗅覺」起頭——「妳點起龍涎香，一縷縷輕煙升起，似乎又聞到了那樣的氣息。一座繁花似錦、枝繁葉茂的花園，每一朵花都奮力開放，樹葉在陽光下伸展，潮濕深黝的泥土，散發出甜膩的氣味。而周遭漸漸暗下來，是天要黑了嗎？妳想望望窗外，卻沒有力氣。」[4]接著，作者交代了李清照生命中重要的三個男人——栽培她的父親、欣賞她的丈夫、欺騙她的後夫——最後交代了她晚年能享受孤獨也能和家人同樂的生活，文章最後「此刻，龍涎香的氣味更濃郁了，曾經荒廢的花園，又開出許多芬芳美麗的奇花異草，妳的身體不再滯重，像裹著一襲華美的綢緞，輕快的站起來，彷彿變成了小孩子，只要推開門，就能回到那座永恆的繁盛花園。」[5]前後的呼應，體現了李清照歷盡了榮辱與悲歡之後的淡然心態。

張曼娟運用了戲劇模式的小說敘述手法，將眾多人物放到一個舞臺場景裡去演出，在〈孤獨是靜靜的喜悅——人閒桂花落，夜靜春山空〉中——

4 張曼娟：《天上有顆孤獨星，照亮世人獨行時》，頁145。

5 張曼娟：《天上有顆孤獨星，照亮世人獨行時》，頁158。

安祿山越過許多人來到你面前，洋溢著胡人的豪放與熱情，他握著你的手：「摩詰居士常在我心，這一向倒是清減了，不可過度悲傷，千萬珍重。」

你心中一跳，怎麼連母親過世，引你悲懷的事，他也知曉？他會不會知道得太多了？

「願他日與居士日日長相見，如此甚好。」他說著，笑容滿面，層層堆疊的大肉臉上，擠得更小的眼睛閃動著爍利的光，洴散火燄，你的心再度抽動。

當安祿山龐大的身軀離去，你轉頭看向唐玄宗，突然覺得他老了，就算是身邊有光豔照人的貴妃，也照不亮他的衰頹，你隱隱有著哀愁的預感。

這預感不幸成真了，安祿山以誅殺楊國忠為名，起兵造反，一舉攻下長安城。玄宗帶著宮眷與近臣逃走，你和其他同僚上朝時，坐在寶座上的是安祿山。一時之間全亂了，有怒聲咒罵的；有嚇得雙腿發軟的；有俯首貼耳向叛賊稱臣的，只有你紋風不動。那些被拖出去斬首的忠烈之臣，他們的鮮血滾燙的燃燒，你覺得自己應該與他們在一起，你的血應該與他們的交流，但你一動也不想動。[6]

這是屬於張曼娟的一種全新的筆法，有一種情感互動的交流美感，她精準掌控了散文與小說形式

[6] 張曼娟：《天上有顆孤獨星，照亮世人獨行時》，頁20－21。

的書寫優勢與特質，沒有批判、責難，只有同理、諒解，把選擇權交給讀者，讓讀者以自身的經驗與立場去看待她筆下人物的選擇。

## 善用第二人稱敘事視角

張曼娟在自序裡說：「我常常想著，當蘇軾在大牢中等待死刑執行的那些日子，看著冬日雪花飄落，他是什麼樣的心情？在『牛李黨爭』中，與兩黨皆有頗深淵源的李商隱，兩邊的情義都捨不下，只能成為被兩黨排擠輕視的叛徒，他是如何看待自己的命運？不畏艱難，投入朝廷改革，而後慘烈失敗的柳宗元，當他一身病痛，被貶謫到愈來愈遙遠的荒僻之地，他會不會後悔？……我想問王維，大家都說你是療癒系詩人，讀著你的詩，便能尋找到內心的平靜，但我一直相信，療癒人心的文字，是出自受創的心靈，你的內在到底忍受著什麼樣的痛苦呢？」[7]她說她一步步走進他們的生命，產生了親密的連結，成了無話不談的朋友，於是選擇了第二人稱的書寫方式。

第二人稱在表現情感方面是具有強大的震撼力的，那種「娓娓道來」的抒情力量，能夠很親切自然且率直真切地交流感情，很快就能拉近說話人——「我」與相對應的聽話人——「你」的距離，讀

7 張曼娟：《天上有顆孤獨星，照亮世人獨行時》，自序，頁4－5。

者便在不經意中，對那個吸引他的角色產生更深刻的認同，這是第一人稱敘事無法辦到的。

〈背叛者的迷蝴蝶——滄海月明珠有淚，藍田日暖玉生煙〉裡，張曼娟在文章一起頭就這樣問起李商隱——

> 你最常想起的那張臉孔是誰呢？
>
> 當你來到四十五、六歲的時候，是否知曉自己已進入了晚年？這樣的人生似乎太匆促了，然而，對於總在徬徨失意的人生道途中，顛沛坎坷而行的你來說，能夠獲得長久的休息，一切苦惱皆斂止，也不是一件不幸的事。你的愛妻已過世了幾年；你毫無起色的幕府生涯也已疲憊不堪；你發現自己的嘆氣與怔忡愈來愈多。[8]

第二人稱受到敘述角度以及說話人的語氣和聽話人的侷限，除非有經驗的作家，一般人難以駕馭。張曼娟身為華文圈知名的作家成功掌握了第二人稱敘事觀點的優勢，讓她筆下的故事能夠在這種不同尋常的敘事角度中找到舒展的空間。她善用第二人稱有利於和讀者交流思想情感的特點，使得她筆下的「抒情」更加強烈而感人——

---

8 張曼娟：《天上有顆孤獨星，照亮世人獨行時》，頁61。

有一天，你從宮闈走出來，依依不捨的回首再看一眼，那些雕欄玉砌，閬苑瓊樓，再也不能相見了。你甚至覺得，這一眼之後，一切都在身後化成了灰，風一吹，就消散了。十四年來，你忍辱負重，委曲求全，努力維繫的偏安局面，終於到了盡頭。[9]

這樣「呼告」的修辭效果，無形中拉近了作者與筆下主角還有讀者三者間的距離，親切感倍增。作者問李白：「你遇見過許多愛你的人，對你傾心以待；你遇見過許多恨你的人，欲殺之而後快。你到底是什麼樣的人呢？有時候連你也覺得困惑。」[10]也問柳宗元：「當你與難友們流放初京的時候，你的心中是否有許多疑問？為什麼會變成這樣？三十三歲的你一步步遠離京城時，已感知這是一條無法回頭的路；或以為這只是生命中一次重挫，懷抱理想與信念的自己終將再起？」[11]還問李煜：「寺廟一間又一間的建造起來，你想讓百姓像你一樣禮佛誦經，但大難來時，他們會不會比較淡定？」[12]

---

9 張曼娟：《天上有顆孤獨星，照亮世人獨行時》，頁109。

10 張曼娟：《天上有顆孤獨星，照亮世人獨行時》，頁165–166。

11 張曼娟：《天上有顆孤獨星，照亮世人獨行時》，頁129。

12 張曼娟：《天上有顆孤獨星，照亮世人獨行時》，頁117。

作者站在敘事者「我」和古人「你」進行交談，以她的間接觀點去敘述故事，提出疑問也加以議論，讓讀者成為第三者客觀身分的旁聽者，同時也與讀者進行了交流。

## 設計情節推動故事發展

在〈起誓的溫度在掌心——執子之手，與子偕老〉裡，張曼娟在春秋時代那一場衛國兄弟鬩牆爭奪君位所引發的戰爭中，塑造了五個都是「有故事」的人物。主角「你」，是在街上長大的孤兒，後來被將軍府邸的飼馬槽工收養，學會了騎馬、餵馬、練馬，以為就會幸福得過下去；孰料將軍奉召入朝，一去不回，內眷成了奴婢，男丁成了罪犯。主角和其他四個戰士成了榮辱與共的小隊，生死都要在一起。

喪偶的老壺是年紀最大的，幾個兒子都戰死了，唯一的小兒子剛成親，他是頂替兒子來當兵的，他說他就這麼個牽掛，放不下。他來當兵，兒子留在家裡，他的牽掛就能放下了；小洮的母親不願讓長子當兵，掩護他逃跑，沒想到才十三歲的小洮竟被抓來當兵了，當時母親哭倒在地，嘶號到嗓子都啞了，把臉都抓破了；強壯的獵人認為打仗是男子漢一生最光榮的事了；書生總問大家說：人，為什麼要相互廝殺？為什麼不能互助互愛，好好活著？

在最後的末路，他們五人歃血為盟，書生唸誦著：「死生契闊，與子成說。執子之手，與子偕老」。

張曼娟也在〈橫空出世的前一刻——揀盡寒枝不肯棲，寂寞沙洲冷〉中，將蘇軾一條魚引發的軼事，寫入了文章裡，變成有人物、情節、場景的小說畫面。

弟弟子由沒有一天不為了營救你而疲憊奔走，你聽說了他對你被羅織罪名的真實感想：「獨以名太高。」名氣太大，崇拜者太多，竟成了你的死罪。你一面感激於兄弟知己；一面愧疚於自己對家人的牽累。一晚又一晚，你睜著眼不能睡。你囑咐常來送飯的兒子蘇邁：「如果有一天聽說我被判了死刑，記得給我報個信，就送條魚吧。」臨死而不懼，固然太難，總要有個心理準備，才能坦然面對。

那一天，魚來了。……

如果這是人生中最後一次的魚，應該吃了牠？還是留下牠？……

你必須留下幾句話，給弟弟和家人，你向梁成討了紙筆，寫下了〈獄中寄子由〉兩首，給弟弟的詩中最有名的是這兩句：「與君世世為兄弟，更結來生未了因。」……[13]

接著張曼娟藉由同樣是下雪的隆冬，讓筆下的蘇軾回憶起和弟弟投宿在廟裡，同蓋一床被子，彼

13 張曼娟：《天上有顆孤獨星，照亮世人獨行時》，頁50－51。

此擔心對方受涼，扯了一晚的被子，誰也沒睡著，他們一起走過的路、度過的困窘的日子，日後只能讓弟弟自己記得了。

> 「不到一個月就要過年啦！」不知哪個獄卒發了一聲喊，沒頭沒尾的。
>
> 過年的團圓，也與你無關了。
>
> 你嘆了一口氣，請託梁成將訣別詩交給兒子帶出去。
>
> 你並不知道，蘇邁那日因事出城，拜託旁人送飯，忘了說明不可送魚。送飯的人得了上好的酢魚，想著給你加菜，特意送了進來。其實與判死無關。[14]

作者在情節安排中，運用了「預示」、「懸念」和「巧合」的敘述手法，讓小說更引人入勝，極大地豐盈小說的藝術表現。

在〈一座繁盛的花園——守著窗兒，獨自怎生得黑〉中，作者在描述李清照生命中第一段婚姻的天崩地裂後，在文中又交代了她的第二段婚姻，從中可以見識李清照強烈的女性意識——

14 張曼娟：《天上有顆孤獨星，照亮世人獨行時》，頁52。

妳對他的怨全然消解，是在遇見張汝舟之後。對於妳的再嫁，許多男人無法諒解，他們希冀妳是個貞節烈女，傳統的、三從四德的女人，但妳從來不是。

明誠死後，妳只能依附著弟弟一家生活，張汝舟出現了，他是個有功名的讀書人，表現出對妳的傾慕與疼惜，他承諾要給妳一個家，讓妳安穩度日，妳於是又賭上了人生，嫁給他。

這一次的婚姻極短暫，他覬覦的是妳所剩無多的收藏。他對妳拳腳交加，妳知道自己輸了，輸了就要離開，別想翻盤，更毋需隱忍。於是妳告官與他仳離，哪怕要坐牢也不退縮；哪怕當代與後世的諷罵也無所謂，妳是個賭徒，妳知道想要回自己的人生，就必須付出代價。[15]

作者在這裡說明了趙明誠突然病逝後，身處亂世的李清照，帶著之前收集的金石古董，還要完成亡夫尚未完成的《金石錄》，在情感和生活都需要依慰的狀況下，權衡再三，50歲的她改嫁對她仰慕已久的張汝舟，以為可以過上安穩的生活；但沒料到虛情假意的張汝舟別有居心。依照宋朝的法律，妻子告丈夫，不論對錯都要處兩年牢獄。李清照為了能順利離婚，她告發張汝舟，曾一時得意對她誇耀——科舉考試是作弊通過的。為了自由，李清照為自己挺身而出，衝破封建和世俗的牢籠。據說因為李清照的名聲與家族的力量，最後只坐了九天牢就被釋放了。

15 張曼娟：《天上有顆孤獨星，照亮世人獨行時》，頁156－157。

張曼娟利用有畫面的情節設計去感動讀者，加強印象，讓讀者能夠輕易地在吸引人的情節中感染到文字的藝術力量。

## 貫通古典與現代

在張曼娟的筆下，古典與現代之間毫無衝突，反倒交織出歷史與現代和諧的氛圍。

在〈永不停泊的難民船——欲祭疑君在，天涯哭此時〉裡，張曼娟以她從小親見父親所承受的歷史災難，書寫了民國三十八年隨國民黨撤退到臺灣的軍人們共同的記憶與創傷症候群。

父親出生於貧苦人家十多歲就當學徒，遇上戰爭便當兵入伍，一百萬軍民撤退到臺灣後滿是反攻大陸的口號。當歷史翻頁後：「你們被指責為掠奪者，既得利益者，他們用畜牲的名喚你們，叫你們滾回去。在那一百多萬的難民裡，也許有資本家；也許有政客，但，你們只是沒有學歷，沒有財產，沒有謀生能力，最底層，最低階的小兵。你們不是掠奪者，你們的人生才是被掠奪了的。」[16]作者在這裡為那一群從小兵成了老兵，毫無戰鬥與護衛自己能力的難民發聲。

張曼娟說當她在碩士班時讀到張籍的：「欲祭疑君在，天涯哭此時。」她幾乎要落淚，因為想起每

16 張曼娟：《天上有顆孤獨星，照亮世人獨行時》，頁79。

年過年父親會慎重其事用毛筆工整寫下：「張家列祖列宗之牌位」，領著他們焚香祭拜，燒化元寶。

接著兩岸的壁壘分明漸漸鬆動，父親寄了信回老家——「ＯＯ省ＯＯ縣ＯＯ村老槐樹左邊第三家」那是父親僅有的對家的記憶，沒想到真的收到回信，親人死於大饑荒、唐山大地震，也有自殺、生病。開放探親後，她陪伴為了回到睽違四十年的老家而提前辦退休的父親，一路舟車勞頓。透過作者的眼睛我們看到：「許多拖著大、小行李的老兵，緊張、亢奮、驚惶、暴怒，沒有一雙眼睛是安定自若的。有的人在機場睡了兩天，還排不到機位；有人身上的金項鍊被偷了，瘋狂暴走喊叫；有人蹲在地上把行李全翻出來，哭喊著：『我的護照啊？我的老娘在等我回家，我回不了家啦。』我們只能從他們身邊經過，悲憐卻無能為力。」[17]

雖圓了回鄉的夢，但父親到了近九十歲，卻因藥物影響和往昔創傷患了思覺失調症，可以不吃不睡反覆向她訴說往事：曾在一座島戍守，有位艦上的袍澤想下船就和他調換，他才剛上艦，島被攻陷，全軍覆沒；在艦上三個月，因哥哥結婚請假回臺灣，軍艦就被炸沉了。年輕時的記憶跑回來反撲，父親常哭喊著：我應該跟他們一起死，死的人應該是我啊！

張曼娟為大家記錄了這一段沉重的歷史，結合了張籍的〈沒蕃故人〉：「前年伐月支，城上沒全師。蕃漢斷消息，死生長別離。無人收廢帳，歸馬識殘旗。欲祭疑君在，天涯哭此時。」她萬分感

---

[17] 張曼娟：《天上有顆孤獨星，照亮世人獨行時》，頁83。

嘆：「就算我能護衛你回老家；護衛著你的老病衰弱，但我如何能護衛你年輕歲月中，那些殘暴與恐怖，以及永遠不能痊癒的自責和愧疚呢？」[18]

張曼娟還引用「古詩十九首」中的〈涉江采芙蓉〉，在〈相思月見時——采之欲遺誰？所思在遠道〉中講述了一則愛情故事。主角「妳」，十四歲那年父親外遇離婚，父親帶走弟弟，母親到父親工作的辦公大樓發傳單，鬧到父親被革職。後來，母親帶「妳」搬到南部經營船來品店。母親有了男友，父親也再婚又生一子。但「妳」變成了刻意與人保持距離，覺得比較有安全感，也不相信愛情那種不牢靠的東西。不過「妳」在十七歲那年和一個在籃球場上的風雲人物戀愛了，但「妳」不願公開，想等明年再確定一點，男孩也尊重這個決定。但是當男孩生日，「妳」暗中想要給他一個驚喜，卻與籃球隊一群男女要幫他慶生衝突，「妳」終於大喊：「我們的事要公開。」隔天上學，才進教室，男孩牽起「妳」的手向全班宣布：「我們，在一起了。」這個意外讓措手不及的「妳」掙脫他的手，跑進廁所大哭——「像是一條最珍愛的水晶項鍊，寶貝收藏著，還沒來得及戴，就斷掉了，跌散一地，無法收攏。」[19]母親再婚帶著「妳」到香港，「妳」倉促辦了休學，也沒能好好告別。但這個心結在「妳」長大後，工作、愛情兩順利時，還是沒能解開。「妳」常想起那個無比美麗的夏天，像撫摸一個孩子似的揉著他的短髮；你們在無人的地方偷偷牽手；見到人便立刻鬆手；那年夏天你們吃

18 張曼娟：《天上有顆孤獨星，照亮世人獨行時》，頁86。
19 張曼娟：《天上有顆孤獨星，照亮世人獨行時》，頁102。

遍了每家冰店的紅豆月見冰還取名為「相思月見冰」，他每次都舀起滿滿的紅豆和蛋黃餵「妳」——

> 「還顧望舊鄉，長路漫浩浩。同心而離居，憂傷以終老。」妳想起他憂傷失措的眼神，想起他一遍遍的問：「我到底做錯了什麼？」沒有，他什麼都沒有，只是當時的自己太年輕，愛著的時候太無助。[20]

「妳」在二十年後，覺得自己必需要勇敢的還給他一個解釋和道歉。

張曼娟把現代的一則愛情故事，呼應了古詩十九首的篇章，讓我們見識到經歷過時間洗練的作品，能持續穿越時空給人依歸的力量。

在〈一座繁盛的花園——守著窗兒，獨自怎生得黑〉中，張曼娟以她身為二十一世紀的女性的角度去評價「李清照」——「妳是賭徒，一生最嗜賭。早在趙家求親之前，妳已然盤算過，李、趙兩家都是朝廷命官，可謂門當戶對，趙明誠喜愛金石考錄，雅好文學，性格平和溫吞，妳知道若是與他成親，依然可以做自己喜歡的事。他已經見過妳酒醉的模樣，也沒嚇跑，妳不必隱藏真實自我。」[21]

在文章中作者從另一個面向去顛覆李清照的既定形象——

20 張曼娟：《天上有顆孤獨星，照亮世人獨行時》，頁１０３。
21 張曼娟：《天上有顆孤獨星，照亮世人獨行時》，頁１０３。

九百多年後，當我造訪妳的故鄉濟南，走進妳的故居「漱玉堂」，看見妳的雕像，那一尊雪白典雅，微微頷首的女性造像時，我覺得那不是妳。

那是一般人對女作家的想像，潔淨無塵，慈眉善目，恍若觀音。但妳是那樣形象鮮明的一個人，愛憎分明，活色生香，凡是生活的滋味，都要沉浸其中，往往不可自拔。

一塵不染的女子，絕不會是妳。

或許是因為「雲中誰寄錦書來？雁字回時，月滿西樓。」或是「莫道不銷魂，簾捲西風，人比黃花瘦。」又或是「此情無計可消除，才下眉頭，卻上心頭。」這些閨閣憂傷的句子，形塑了妳的形象。[22]

後人似乎約定俗成認定了李清照和趙明誠夫妻夫唱婦隨，鶼鰈情深，令人稱頌。但張曼娟卻寫出了李清照在陪著丈夫度過艱難的歲月後，對於他是朝廷命官，卻在駐守江寧時棄城逃走，除了難以置信也感到憤怒羞愧。所以，她認為李清照在逃難時寫下〈夏日絕句〉：「生當作人傑，死亦為鬼雄。至今思項羽，不肯過江東。」這首詩定是意有所指，所以當夫妻倆再重逢時，一切都回不去了。

---

22 張曼娟：《天上有顆孤獨星，照亮世人獨行時》，頁149－149。

張曼娟又舉一事寫出了李清照對夫妻之情的絕望。趙明誠奉旨赴任前要先去朝見皇帝，留下李清照乘船押送那些金石文物，她不明白在這樣的離散戰亂中，夫妻相守不是比任何事都更重要——

他下船時，妳忍不住喚他，很想聽他說一句體己的知心話。妳在亂糟糟的船頭，看見他孑然一身坐在岸上，雙眼迸發出一種凌厲如虎的精光，盯著妳看。

妳問他，如果城中情勢更糟，自己該怎麼做呢？

他指著妳大聲說：「那些文物古董，實在保不住就拋棄吧。但是宗廟祭祀的禮樂之器，抱著背著，絕不可失去，要與它們同生共死！」說完，他策馬疾馳而去。

在溽暑的夏日，妳感到澈骨的寒冷。

妳不能不怨，他把那些寶物看得比妳還貴重。結果，寶物還是失去了，他也過世了，妳在亂世中活下來，用餘生去理解，去原諒。[23]

「多年以後，當妳年老，似乎能夠明白，當年妳嫁給他，就是因為他的性格平和溫吞，他不是強勢的男人，所以能與才華橫溢的妳共度一生，否則，『清照之夫』這樣的名銜，早就壓垮他了。」[24]

23 張曼娟：《天上有顆孤獨星，照亮世人獨行時》，頁156。
24 張曼娟：《天上有顆孤獨星，照亮世人獨行時》，頁155。

張曼娟提供了另一個視角深入李清照的生命悲歡，同時也呼應了李清照留下的耳熟能詳的詞作，解析原作的時空背景、作家的際遇與心境，其中也蘊含了張曼娟對李清照同為女性的情愛觀的理解。

## 結語

第一：為「第二人稱」的小說書寫增色。第二人稱敘事觀點，起源於西方現代主義所孕育的敘事技巧，是近年來才發展出來的敘事技巧。廣為人知的小說有義大利伊塔羅・卡爾維諾的〈如果在冬夜，一個旅人〉、高行健《一個人的聖經》和《靈山》，而臺灣作家張系國的〈藍色多瑙河〉和〈一千零一夜〉，還有朱天心的〈古都〉都是以第二人稱觀點寫成。[25]古今中外的小說，以第二人稱形式書寫的作者不多，因此，這本著作可說是為臺灣「第二人稱」的小說書寫添加了新頁，也提供未來小說創作者的學習範例。

第二：在歷史與小說之間找到一條相通的臍帶。張曼娟以現代觀點詮釋古典詩作與歷史事件，洞察世事，以感性的筆調既是療癒讀者，也帶領讀者進入一個探索古典世界的全新領域。在本部小說中我們隨著作者的帶領，可以縱觀王維、李商隱、李清照、蘇軾、李煜、柳宗元、張籍、李

[25] 陳碧月：《小說欣賞入門》，臺北：五南出版社，二〇一四年十月，頁67－68。

白不平順的仕途與人生，在故事的進展中，見識到政治的權謀、鬥爭，也重溫了歷史上有名的「烏臺詩案」、「牛李黨爭」與「安祿山之亂」。因為「小說」有別於「歷史」，我們在小說的書寫意趣中，更能對古人們的生命際遇心有所感。

第三：提供中學生文字的基礎學習與修辭技巧的運用。作者在這部作品中以精準的文字設立篇名，同時也刻劃人物形象，例如：先從〈因為世界太綺麗——流水落花春去也，天上人間〉的題名，再就文章開頭的「那些雕欄玉砌，閬苑瓊樓，再也不能相見了。」[26]一看就知道是「李煜」；〈騎鯨登天不復回——古來聖賢皆寂寞，惟有飲者留其名〉裡的起頭——「你落水了。一陣陣冰涼的水波令你陡然清醒，剛剛，在小舟上，你傾斜著身子，儘量伸長了手臂，那明澈透亮的圓月，就在你指尖可以觸及的距離。」一看就是撈月的「李白」。這些優美的文字與修辭，都能提升青少年對文學閱讀的審美觀。

第四：「古學今用」的人生提醒。透過張曼娟對書中人物鮮活靈動的形象描摹，我們還能更加清晰且深刻了解到這些作家們的人生觀、價值觀以及生活觀。作者評價李清照在歷史長河中是個極其獨特的例子：「她的獨特性在我看來，可與一代女皇武則天並駕齊驅。性別界線如此分明的古代中國，絕不可能出現女皇帝，到了唐朝這個充滿豪放俠義的時代，因緣際會，女皇帝應運而

---

26 張曼娟：《天上有顆孤獨星，照亮世人獨行時》，頁109。

生。女子無才便是德的傳統思想中，女人想要成為作家，簡直是癡人說夢，到了北宋這樣文風鼎盛的時代，天時地利人和，造就了女作家李清照。」[27]

總之，張曼娟這部作品在靈魂深處打動了讀者，與現今的生活產生關係與連結，讀者可從古典文學去體驗人生，而詩人們的生命故事，也會帶給我們人生啟示，啟發心靈，在二〇二一年的「後疫情時代」或多或少能安頓身心，也能抵禦這詭譎多變、難以預測的未來。

27 張曼娟：《天上有顆孤獨星，照亮世人獨行時》，頁161。

# 大陸小說「勞改」主題的權力敘事

中國大陸的勞改制度始於一九六〇年代，毛澤東將發表批評言論的人士，以及無辜老百姓（良心犯、信仰團體、政治犯）集中起來，他們被關押在勞改營（工廠或是特定建築物裡做工）強迫「勞動改造」與「勞動教養」，且進行大量慘絕人寰的酷刑與迫害，並要求忠於黨和領袖。

勞改與勞教在法律上意義不同，屬於刑罰的勞改從一年到終身監禁不等；屬於行政處罰的勞教則是一到四年。[1]因此，我們可以在「反思文學」與「傷痕文學」中見到大量的勞改犯的內心轉折以及以勞改為場景的故事敘述，在整個小說社會環境的空間描述下，更顯其權力與欲望的擴張。

本文將舉張賢亮《男人的一半是女人》、〈靈與肉〉、鐵凝《大浴女》、張潔〈祖母綠〉以及高行健《一個人的聖經》加以評論研析，期能提供未來研究者於該時期的相關研究資料。

1 金雨森：〈中共的黑監獄：勞改、勞教與洗腦班〉，《看》雜誌第175期，二〇一七年一月十六日。

## 階級鬥爭下的去特殊化

勞改營裡的犯人被強烈的階級劃分，除了被去特殊、去性別化，還要抹去個性差異，以期藉由身體的統一，完成思想的集體改造，所以這種壓迫是雙重的——身體和心靈。

張賢亮《男人的一半是女人》裡描述著一九六六年以後，外面的「破四舊」風也刮進了勞改隊，女犯的辮子不管老少在一夜間全被剃得精光。菜地有個女自由犯，是個六十多歲的跳大神的神婆，判她七年她沒有怨言，還感謝政府給她的恩典，說她出去後要給毛主席老人家燒香！但當她的髮髻被剪掉時卻號啕大哭，聲嘶力竭地喊著：造孽啊！革命革到她的焦毛毛子上來！她還用跳大神時哼的調子唱著誰也聽不懂的怪歌。一個月後她死了。

女犯和男犯是絕對隔離的，正因為這樣的隔離，反而讓那些男犯有更大的想望。有的年輕的刑事犯，憑著公狗般的鼻子就能嗅出女犯今天經過哪裡？在哪裡幹活？曾有女犯們用來當作銀鐲子戴在手腕上的一根橡皮筋掉在土路上，就能引起男犯的遐想；還有「幾乎像兒童般的瘦小的足跡，那壓在泥土上的淺淺的小腳印，以及扔在草叢裡的饅頭渣和土豆皮（女犯們一般都比男犯飯量小），都會像花園裡幽雅的林間小徑，成為一條通往兩性結合的道路。當然，這種結合只能是在精神上的，就和暗夜中的夢一樣，除非雙方都是自由犯，那永遠也不會變成現實。」[2]

---

[2] 張賢亮：《男人的一半是女人》，北京：中國文聯出版公司，一九八五年八月，頁33。

張潔〈祖母綠〉裡的左葳在一九五七年「鳴放」時期，寫了一份言詞激烈的意見書，由女友曾令兒抄成大字報，不久，風雲變色，曾令兒二話不說為他挺身而出，絲毫沒有顧慮到自己的面子尊嚴、政治前途或功名事業。左葳為報答曾令兒，決定與她結婚。但當左葳去領登記結婚的介紹信，旁人勸他要考慮後果——會被開除黨籍；和她一起分配到邊疆。他有所動搖了。當他拿著介紹信去找她，她問他是否愛他時，他並沒有直接回答。於是，她打定主意不要這種「道德性」的婚姻，在過了一夜後，提出分手。離開家鄉後，她發現自己懷孕了。

可是在勞改營裡的曾令兒卻是遭到百般刁難：「你必須交代自己的錯誤，檢查犯錯誤的政治根源、思想根源、歷史根源、社會根源。這是和誰發生的？在哪兒？是初犯，還是屢教不改？這樣做的動機和目的？……政策我們已經向你交代清楚了，如果你拒不交代和檢查，只會加重對你的處分，延長你的改造時間。你現在的罪行是雙重的。右派份子加壞份子。地、富、反、壞、右，你一個人就占了兩項。」[3]不論上頭的人怎樣輪番找她談話，要她交代，她只是用雙手護著肚子，不發一語。

孩子是她活下去的希望，她忍辱負重地承受肉體和精神的慘痛折磨，忍受他人輕視的目光、侮辱的言語和羞恥的指點。她反擊食堂師傅對她的騷擾，卻招來一頓毒打和訓斥，自此，食堂師傅從不按量給夠她所買的飯菜，還把剩的、餿的賣給她。她就這樣度過了餓得頭昏眼花的每一天，一直到兒子

[3] 張潔：《張潔》，北京：人民文學出版社，一九九三年五月，頁247。

落地，在醫院還受到醫護人員的羞辱。

小說充分展現了勞改營裡的各種毫無人性的「階級」迫害以及「權力」的打壓。文革時期，「性」除了被用來滿足人們殘缺的心靈，也常被當時的女人拿來當作「交換」的生存的籌碼。

高行健《一個人的聖經》裡的許倩是男主角在逃難時結識的，兩人一起找旅店過夜避難，後來遇上其他房間被搜查，在慌亂和無助中兩人發生了關係——

> 黑暗中，她突然抽搐起來，他一把抱住那抖動的身體，吻到了汗津津的面頰鬆軟的嘴唇，鹹的汗水和眼淚混在一起，雙雙倒在床席上。……她也癱瘓了，任他擺弄。他進入她身體裡的時候兩人都赤條條的……
>
> 她後來說，他利用她一時軟弱占有了她，並不是愛，可他說她並沒有拒絕。默默完事之後，他摸到她胯間的黏液，十分擔心，要知道那個時候大學生不僅不許結婚，未婚懷孕和墮胎都會給她帶來災難。她相反卻寬慰他說：「我來月經了。」他於是又一次同她做愛，這回她毫不遮擋，他感到她挺身承應。[4]

[4] 高行健：《一個人的聖經》，臺北：聯經出版公司，一九九九年四月，頁251。

他在許倩的恐懼中喚起了彼此的強烈性慾，也在她的孤立無援中將她變成了女人。失聯了一段時間後，許倩來了幾封求救信。已在農村落戶的他邀請她一起生活，她從幾千里地外來找他，他知道他們並沒有愛情的心動，可是卻想找尋「同是天涯淪落人」的心安——「他只記得她的身體，此外都是陌生的，一個他並不瞭解的女人……，她交給他，聽任他在她身上做他要做的，沒有反應，沒有激動，不抗拒，也不說話……」[5]他以為她就是來找他尋求依靠的；而她等於也是以身相許換得了她想要的名份與安穩生活。婚後，知足的他擁抱著合法的妻子，再不用擔心或顧忌隔牆有耳，這是做人起碼的幸福。但許倩卻是不滿足的，常哭著抱怨丈夫：「你不過是用我，這不是愛。」、「你葬送了我這一生」、「你騙了我，利用我一時軟弱——我上了你的當」，甚至連「你就是敵人！」都說出口了。被這話刺痛的他不容置疑看到了恐懼。他希望她永遠消失，甚至後悔沒找個身心健康而沒文化的村裡女人，只「同他交配、做飯，生育，不侵入到他內心裡來，不，他厭惡女人。」[6]

在文革的特殊時代生存環境下，找到委身可以換取穩定的婚姻生活，應該是當時女人對自己未來的保障，那也是一種階級權力的依附。

5 高行健：《一個人的聖經》，頁327。

6 高行健：《一個人的聖經》，頁339。

## 慾望的控制與轉換

高行健在作品中，極其展現個人尊嚴與精神自由，這可從其生平背景得到理解。生於一九四〇年的高行健，父親是中國銀行的職員，母親是業餘的演員。一九七〇年，被下放到農村勞動，期間曾在中學任教。一九七五年，返回北京後擔任《中國建設》雜誌社法文組組長。之後開始從事翻譯、小說創作與編劇。一九八三年和一九八六年的劇作《車站》和《彼岸》都被禁演。「六四」事件後流亡海外。一九九七年，加入法國國籍。

高行健說：「在毛澤東實施全面專政的那些年代裡，卻連逃亡也不可能。曾經蔽護過封建時代文人的山林寺廟悉盡掃蕩，私下偷偷寫作得冒生命危險。一個人如果還想保持獨立思考，只能自言白語，而且得十分隱祕。我應該說，正是在文學做不得的時候我才充分認識到其所以必要，是文學讓人還保持人的意識。」[7]

他的代表作《一個人的聖經》具有濃厚的自傳色彩。三十多年前，在男主角還沒出生前，在銀行工作的父親，有點積蓄，鈔票貶值，為抗戰時期方便逃難大家都換成了金銀細軟，在兵荒馬亂時還要防土匪，所以就買了一把槍以防萬一。在剛解放的頭一兩年，他的父親照實在一份履歷表格的「武

[7] 高行健：《一個人的聖經》，頁465。

器」欄填報。即使後來父親把槍轉賣給銀行同事，但卻留下了記錄。而這個私藏槍支的嫌疑又「轉」到了長大的男主角的檔案裡。他沒有敵人，可是黨硬要把他弄成個敵人。他就因為父親被查出「歷史有問題——」開始了失去自由的暗黑日子。

小說裡的場景安排，全然展現並詳實記錄了中國大陸當時到處設防、人心澆漓、毫無信任，身邊都是敵人的恐怖黑暗時代。在那樣的政治風暴中，毫無人身與心靈自由可言，為了生存，必須戴上虛假的面具，要和大眾說同樣的話，集會喊口號時，不得有任何遲疑。今天苟活，明日卻有可能被打成「反革命」。

上大學期間，男主角愛上同班女生，她追求進步，向黨支部書記匯報思想，也把他對當時共青團倡導青年必讀的革命小說的挖苦話順帶也報告了。共青團支部便認為他思想陰暗，雖然他未能入得了團，大學還是讓他畢業了。最嚴重的是他的妻子許倩，威脅著要告發他，他擔心著只要她拿到他偷偷寫下的那怕只是一張紙片，那個年代都足以把他打成反革命。

也因此當一個穿軍裝的女孩找藉口來跟他借書時，他是對這女孩保持距離的，他寧願跟在社會底層泥坑裡滾打過的女孩輕輕鬆鬆發生關係，也不必費口舌去跟她有任何情感的對話。已往的經驗提醒他：這女孩有一天可能也揭發他。

後來女孩主動親熱，卻也要求他千萬別進入她身體裡，因為軍醫院每年要作一次全面的體格檢查，未婚的女護士還得查看處女膜是否無恙。在兩人每一次短暫歡愛的過程，他也強烈感到「自由可以呈顯為痛苦和憂傷，要不被痛苦和憂傷壓倒的話，哪怕沉浸在痛苦和憂傷中，又能加以觀照，那麼痛苦和憂傷也是自由的，你需要自由的痛苦和自由的憂傷，生命也還值得活，就在於這自由給你帶來快樂與安詳。」[8]

他在每個女人身上叩嘗性愛時帶來快感的那一點自由，也因此——

他需要一個窩，一個棲身之處，一個可以躲避他人，可以有個人隱私而不受監視的家。他需要一間隔音的房間，關起門來，可以大聲說話，不至於被人聽見，想說甚麼就說甚麼，一個可以出聲思想他個人的天地。他不能再包在繭裡！像個無聲息的蛹，他得生活，感受，也包括同女人盡興做愛，呻吟或叫喊。他得力爭個生存空間，再也忍受不了這許多年的壓抑，也包括重新醒覺的欲望，都不能不有個地方發洩。[9]

已婚的「林」誘惑著毫無性經驗、小她兩歲的男主角。她要他冒充她丈夫，拿她丈夫的軍人證帶她到頤和園內供高幹和家屬休閒的賓館開房間。但他說那種冒險偷情令他很不自在，可他們還是發生了關係。第一次是在她的四合院，她叫他別緊張，那麼晚她父母睡覺了，而她丈夫遠在西郊山裡，週

8　高行健：《一個人的聖經》，頁307。

9　高行健：《一個人的聖經》，頁18。

末才會回來。往後，他們在公園裡、城牆下、花叢裡、郊區的山窪裡、靠在大樹匆匆野合，每一次歡愛都令他覺得像做賊一樣。只有爬到一座望不見道路的山頭背後，才可放肆。此時，躺在荒草中，望著天上飄浮的移動的雲，沒有顧慮與風險，他終於感到男歡女愛的自在，這才是他長久以來渴望的自由。

劉再復認為這部小說是一部逃亡書：「是世紀末一個沒有祖國沒有主義沒有任何偽裝的世界遊民痛苦而痛快的自由。它告訴人們一些故事，還告訴人們一種哲學：人要抓住生命的瞬間，盡興活在當下，而別落進他造與自造的各種陰影、幻象、觀念與噩夢中，逃離這一切，便是自由。」[10]因為當下無法逃離，男主角只能緊緊抓住在情慾放縱的當下，唯一可以掌握的「自主」的「自由」。

張賢亮《男人的一半是女人》裡描述著女人脆弱的神經忍受不了孤獨，在勞改隊裡比男人難熬，她們總要尋求安慰、支持和保護。有的女犯隔著鐵窗向警衛人員調情，只要有機會，直徑5毫米的鐵絲也攔不住她們的衝動，有的人還會猛地撲進男自由犯的懷抱。

這些強烈的原始欲望是不會因為任何打壓而消逝的，反而會不斷演變、增生和繁殖，以各種形式侵蝕人心。

再看鐵凝《大浴女》裡的勞改農場山上有一間小屋，只有在星期天對集體宿舍的夫妻開放。男隊和女隊裡至少有八十對以上的夫妻。因此，當夫妻有生理需求時就必須「排隊」等候這唯一的小屋。

---

10 高行健：《一個人的聖經》，頁456。

小說描述著——

> 他們這排隊也和買糧買菜有所不同，他們雖是光明正大的夫妻，卻不能光明正大地人挨人地真排起隊來等候對那間小屋的使用。這「使用」的含意是盡人皆知的直接，直接到了令人既亢奮又難為情。因此他們這排隊就帶著那麼點兒知識分子式的矜持、謙讓或者說教養，也許還有幾分無力的小計謀。從星期天清晨開始，你絕不會看見一支確鑿的隊伍在小屋門前婉蜒，你卻能看見一對對的男女由遠及近，參差地分布在小屋四周。他們或在一棵樹下，或在一片菜地裡，或坐著兩塊磚頭像在促膝談心。他們看似神態平和，眼睛卻不約而同死盯著山上的小屋那緊閉的門。每當屋門打開一次一對夫妻完了事走出來，下一對進去的即是離門最近的，而次遠者使會理所當然地再靠近一步。這「一步」也是分寸得當的，至少離門十五米開外吧，誰會忍心去坐在門口等候呢。還有來得更晚的夫妻，來得更晚的自會判斷自己應占的位置，從沒有一對晚來的夫妻越過先到者徑直搶到小屋門前去。先來後到，夫妻們心中很是有數。[11]

章嫵和尹亦尋這對夫妻曾在一對夫妻打開門出來後，和另一對幾乎與他們同時間到來的夫妻尷

11 鐵凝：《大浴女》，南京：江蘇文藝出版社，二〇〇一年四月，頁43。

尬地展開競走。若用平面圖示意，此時此刻兩對夫妻和小屋的關係以線連接，呈等邊三角形。兩對夫妻開始了沉默卻激烈的速度較量。雖然他們的心已在奔跑，但他們卻沒有，真的奔跑也會傷害兩對夫妻的和氣。當他們終於幸運地搶先抵達小屋推門而入時，她忽然覺得特別對不住被關在門外的那對夫妻。他們迅速行事，因為自覺搶了先，不該在小屋佔用更多的時間。大部分進入小屋的夫妻也都是懂得自我約束。但也不是每對夫妻都能如願，那沒輪到的，便靜等下個星期日的來臨。

出農場走兩公里，鎮上只有星期天賣燒雞，他們可以去鎮上解饞。但可惜的是時間有限，無法既擁有小屋又品嘗燒雞。那年月雞也是珍貴的，頃刻間就會賣完，要買也要在星期天提早出發。曾有對夫妻妄想兩樣兼得，在凌晨，農場大門剛開，就出了農場鑽進蒼茫厚密的葦叢，預期在葦叢裡辦完了好事就直奔鎮上買燒雞，但卻被被幾個工人當場抓住，他們被當做革命意志不堅定，生活作風趣味低下的典型，在各種學習會上作了無數次的檢討。

這些千姿百態的欲望，特別在勞改營裡的展現，不同的時空卻呈顯了相同的悲情人生。

張賢亮〈靈與肉〉裡的許靈均，父親是美國留學生、母親是地主小姐，十一歲的他懂得了：母親最需要父親的溫情；而父親最需要的卻是擺脫脾氣古怪的妻子。終於他們被父親遺棄了，後來母親也死了。舅舅把母親所有的東西都捲走，單單撇下了他。他搬到學校宿舍，靠人民助學金上學。共產黨收留了他。五〇年代，學校支部書記要完成抓右派的指標，他因為他父親，又成了資產階級的一分子。他戴上了右派帽子，流放到偏僻的農場去勞教。在那裡他學會了放馬、犁田、收割、揚場。在農場學習的過程中逐漸恢復了對自己的信心，他感到自己軀體裡充滿著熱騰騰的力量，他不是渺小無用的。和各隊放牧員聚在一起時，聽著他們詼諧的對話與粗野的戲謔，羨慕起沒有複雜感情的他們，在艱苦的生活中還能懷抱愉快的滿足。他漸漸和過去富裕的大城市生活斬斷了，發現自己才是最適合在放牧這塊土地上的。去年春天，董副主任告訴他，過去把他錯劃成了右派，現在要幫他改正過來，並安排他到農場學校教書，他在自己的崗位上受到了孩子們的尊敬，他在孩子眼裡又看到了自己的價值。

許靈均的妻子也是讓他生命變得完整的人。秀芝原來是四川人。那幾年，飢餓的農民不得不大量外流。只要有嫁到外地的姑娘，就會想方設法也提攜家鄉的姐妹往外嫁。她們賭上自己美麗的青春，押在人生的賭場上。在許靈均這個地區的農場，早就風行這種八分錢的婚姻。沒有結婚的小伙子和老光棍們，付不起娶當地姑娘的彩禮，就去找這些從四川來的女人。秀芝原本是被一個開拖拉機的小伙子找來的，誰知小伙子卻在三天前翻車身亡了。在人家的介紹下，秀芝成了許靈均的妻子。

這個樂觀勤快的女人從無到有給了許靈均一個家。她一個人把曬乾的土坯一車車拉回來，在他們門前圍起三面圍牆，劃出了土地歸自己使用；在院子裡種了兩棵白楊樹；她養雞、養鴨、養鵝、養兔子、餵鴿子，在人們中間博得了個「海陸空軍總司令」的外號。她像一株頑強的小草，在石板縫中伸出自己的綠莖。他們有了自己的女兒，更強化了許靈均對這塊土地的感情，更確定以勞動為主體的生活方式的單純、純潔和正當，得到了他多年前所追求的那種愉快的滿足。

但這一切隨著三十年不見的父親出現後起了波瀾。父親希望許靈均這個長房長孫能夠帶著全家出國繼承他的事業。他面對眼前全然陌生的父親，勾起他痛苦的回憶，但也更確信唯有幸福才更顯出它的價值。

秀芝愛錢，平時恨不能把一分錢鎳幣掰成兩半花。但當她知道他父親是個有錢的「外國資本家」時，卻沒有提一個錢字，只是叫他多帶些五香茶葉蛋去給父親吃。她常常對只有七歲的女兒教育說：只有自己掙來的錢花得才有意思，才心安理得。

最終許靈均拒絕了父親，從北京舟車勞頓坐著馬車回到了大西北荒原上，那裡有他患難與共的妻女、學生和鄉親，有他生命的根。他選擇留在這片他所深愛的土地，精神的欲望戰勝了物質的欲望。

為了生存需要，他學習去控制欲望，隨其生活的社會環境和社會歷史條件的變化而改變，由他的本性產生而努力去達到他的目的，在成就欲望的驅使下，更新了他的生命，嶄新的欲望並得以發展和延續。

## 具體與抽象的空間壓迫

法國當代思想家米歇爾・傅柯（Michel Foucault）在論及「異質空間」時曾提出：沒有一個文化或者是社會族群，不建構著異質空間；也就是說它是以不同的形式出現，彼此間有所差異，也可能有所矛盾或關聯。在異質空間中所進行的異質時間（heterochrony）是一種時間切片的累積，可以是時間的堆疊連結；也可以是瞬時的時間片斷。異質空間有一個執行開放或封閉的系統，亦是異質空間的權力象徵，決定著你的通行權或隔離。[12]這可從張賢亮〈靈與肉〉裡許靈均所處的勞改空間得證。

> 許靈均在勞改期間十幾個人睡在一間低矮的土坯房裡。他緊貼著牆根，帶著土鹼味的潮氣浸透了他的衣服。他冷得直打寒顫，從濕漉漉的稻草上爬起外出，找到比較乾燥的馬圈，馬糞尿蒸發出一股熏人的暖氣。他的身軀被狹窄的馬槽夾著，正像生活從四面八方壓迫著他一般。他看到有一段馬槽前沒有拴牲口，就爬了進去，像初生的耶穌一樣睡在木頭馬槽裡。孤獨的他被所有人拋棄，他只能來和牲口搶空間。

接受勞改的人，是連身體的「空間」都被剝奪的。張賢亮《男人的一半是女人》裡描述著勞改營裡的犯人睡覺時全身要脫得精光，一是為了省衣服，除了那一張黑皮，襯衣襯褲是要自己花錢買，或是由家裡寄來；二是為了不生虱子。[13]所以，必須全裸入睡。

章永璘經過兩次勞改，「反右」過去了十年，但他寫的詩還被「示眾」，死死地揪住他不放。和他同期勞改的女犯——黃香久對章永璘說：「你蹲了兩次監獄，我結了兩次婚，其實結婚跟蹲監獄一樣，有的時候比蹲監獄還要難受。前一次，我沒告訴他我勞改過，成大提心吊膽的，怕他知道了。可

12 王志弘：〈權力與空間：米歇·傅柯的空間論〉，《空間的社會分析》，臺北：自印，一九九六，頁115－134；劉紀蕙：《他者之域——文化身份與再現策略》，臺北：麥田，二〇〇一年，頁429－445。

13 張賢亮：《男人的一半是女人》，頁25－26。

他還是知道了，跟我打了離婚。後一次，在白銀灘農場，我一開始就跟他說清楚了，可他老把這事拿捏我，我受不了，跟他打了離婚。前一次是人家不要我，後一次是我不要人家，一比一，平了！唉，人一輩子就是這麼回事。我以後再不結婚了！」兩人對彼此的坎坷並未感到驚奇，反倒能相互理解。章永璘笑著和她打趣：「你打定主意再不結婚容易辦到，我打定主意再不蹲監獄可不容易。」「結不結婚由你，蹲不蹲監獄可不由我。這麼說來，你還是比我強。」[14]

小說所設置的空間緊箍著上場的人物，有形與無形的精神壓力正好符合陶東風在〈身體與身體寫作〉中所指出：社會主義的革命倫理是敵視個體身體的，大抵而言，革命文學具有幾項特點，包括不描寫個體化的身體感覺、身體的階級政治化、思想改造與身體改造相結合、女性身體去性別化。[15]由此，更能感受勞改犯的身心俱疲。

## 結語

欲望是人類最基本的本能，無分善惡，從心理到身體都渴望得到滿足而存在，所以可說是很原始也很複雜。然而，這最基本的本性，卻要在勞改與勞教的各種折磨中被控制、抹煞。

---

14 張賢亮：《男人的一半是女人》，頁55。
15 陳定家選編：《身體寫作與文化症候》，北京：中國社會科學出版社，二〇一一年，頁183－187。

在中國社會，人的真正屬性不通過政治幾乎無從表現。張賢亮曾表示：「政治的激情和情欲的衝動很相似，都是體內的內分泌。它刺激起人投身進去：勇敢、堅定、進取、佔有，在獻身中獲得滿足與愉快。」[16]

榮獲二〇〇〇年諾貝爾文學獎的中國流亡作家——法國籍的高行健說過：「我以為人生總也在逃亡，不逃避政治壓迫，便逃避他人，又還得逃避自我，這自我一旦覺醒了的話，而最終總也逃脫不了的恰恰是這自我……」[17]可想而知，一個在最重要的青春年華被壓抑、禁錮如此久之後，當他有機會展翅飛翔抵達自由的國度，他可以「自由」地書寫，再不會像遇到文化大革命時，他「嚇得全都燒掉了。之後，他去耕田好多年。可他偷偷還寫，把寫的稿子藏在陶土罈子裡，埋到地下。」[18]他在《沒有主義》的自序說：「沒有主義，是現今個人自由的最低條件，倘連這點自由也沒有，這人還能做人嗎？要談這樣或那樣的主義之前，先得允許人沒有主義。」[19]「沒有主義」的高行健以顛覆過去小說創作的方式，隨心所欲走出自己形式不拘的「自由」之路，他的自我堅持，很明顯是對過去身處中國極權專制時期的強烈抗議以及對於共產主義、馬克斯主義的憤恨不滿。

---

16 張賢亮：《張賢亮小說自選集‧自序》，桂林：漓江出版社，一九九五年，頁3－4、頁228。
17 見《中央副刊》專訪，一九九五年十二月二十三日。
18 高行健：〈領獎答謝辭〉，《一個人的聖經》，臺北：聯經出版公司，一九九九年四月，頁479－480。
19 高行健：《沒有主義》，臺北：聯經出版公司，二〇〇一年一月，自序。

勞改營裡的權力張揚、空間形象以及小說人物的心性變化，在作家筆下都被真實而不堪地披露。這些小說的密度極高，描摹了苦悶的人物如困獸之鬥，渴望掙脫牢籠；如籠中之鳥，意欲展翅翱翔。這些人物也處於矛盾，企圖對環境對制度反抗，卻又不時展現其認命的「奴性」，體力的、心理的兩者都是，妥協於無可奈何的大環境。

大陸文學的「勞改」小說，提供了讀者深刻的反思，非但在某個層面發展了「傷痕文學」，也啟發了新時期文學中的人格意識，近而開啟了之後的「改革文學」及「先鋒文學」，經由本文的研析，相關「勞改」的議題和素材，是值得未來相關研究者後續挖掘，也能提供情感教育之所用。

# 情感與知識的渴求：當代大陸小說中的「飢餓」書寫

中國大陸在一九五八年三月的「大躍進」運動中，中央當局提出「三年基本超過英國，十年超過美國」的目標。當時的城市人拆鋼窗、卸暖氣管；鄉下人砸鐵鍋；農民放下農活去找礦、煉鋼，煉出了三百多萬噸廢鐵，以致於大量成熟的農作沒有人收割，或者草率收割，大量拋撒。糧食產量比上一年僅增加3.4％，但大家害怕被當成是「大躍進消極分子」，於是真實的聲音無法被聽見，全國的糧食產量被虛誇放大，全國各地盛行著「放開肚皮吃飯，鼓足幹勁生產」的口號，公社食堂在無計畫用糧的情況下肆意浪費，但實際上留給農民糊口的只是一些馬鈴薯。一九五九年春天，許多地方已發出了餓死人的警報。僅山東、安徽、江蘇等十五個縣統計，就有兩千五百萬人沒有飯。一九五九年至一九六四年間，中國大陸一些地方甚至出現了人吃人的可怕景象。

當時，「大躍進」的浮誇所造成的糧食豐裕的假像，以致中共政府擴大徵購，強徵農民口糧，以增加出口。一連串錯誤的舉措，終釀成大面積餓死人的災禍。「大躍進」運動的歷史劫難，留給五〇和六〇年代出生的作家對於「文革記憶」所起的敘事資源，作家們以其童年記憶書寫「文革記憶」，並著力在對「食物」的飢餓與「心靈」的飢餓——對情感的需求以及知識的渴求——大書特書。記錄了那段荒年——大躍進、全民煉鋼、人民公社、大饑荒、上山下鄉、文革十年，所帶給人們在困境中的絕望、激發的超凡忍耐力以及正面思考的希望與努力方向。

## 對食物的飢餓

余華《活著》裡的隊長表面上看起來是為民服務，骨子裡卻是利用權勢，能撈多少就撈多少。在荒年時期，其「機會主義」的自私性格全然展開。有一次，大家不斷在翻攪過無數次的田裡找食物。幸運的鳳霞翻到一個小甘薯，卻被旁邊的年輕人搶去，兩人正在爭執時，鳳霞的父親福貴便和年輕人打了起來，這時，隊長趕來勸架，說他認為鳳霞從不說謊，小甘薯一定是她的，但又苦於沒有第三者在場，無法證明小甘藷不是年輕人的，於是隊長就把甘薯一分為二，一人一半，福貴抗議兩個大小不一，隊長說這好辦，便把較大的一半切了一小塊下來，放入自己的口袋裡了。

又有一回，家珍回城裡娘家跟她父親要了一點米，回家後將門戶緊閉，開始煮粥給餓得發昏的家人吃，然而，烹煮時的炊煙還是吸引了飢餓的村人闖進了他們家，村人翻箱倒櫃想找出一些米，小說描述隊長先是把大家都趕走，接著起身關門：

一下子就把臉湊過來說：「福貴，家珍，有好吃的分我一口。」我看看家珍，家珍看看我，平日裡隊長對我們不錯，眼下他求上我們了，總不能不答應。

家珍伸手從胸口拿出那個小袋子，抓了一小把給隊長，說：「隊長，就這麼多了，你拿回去熬一鍋米湯吧。」隊長連聲說「夠了，夠了。」隊長讓家珍把米放在他口袋裡，然後雙手攥住口袋嘿嘿笑著走了。隊長一走，家珍眼淚馬上就下來了，她是心疼那把米。看著家珍哭，我只能連連歎氣。[1]

在荒年時期，飢餓是大家共有的恐怖經驗，余華還在《許三觀賣血記》裡描述著許三觀他們家天天喝稀玉米粥，已經喝到對人生感到失望了。但在許三觀生日這天，妻子許玉蘭特地把留著過春節的糖拿出來往玉米粥裡放，除了三個兒子各一碗外，還特別多留了一碗給許三觀，但許三觀最後還是把那一碗留給了孩子，只要每人給他叩一個頭，算是壽禮。接著還要小孩點菜，他要用「嘴」給他們炒菜吃。三樂要吃紅燒肉，於是許三觀開始用嘴做菜——

「我先把四片肉放到水裡煮一會，煮熟就行，不能煮老了，煮熟後拿起來晾乾，晾乾以

[1] 余華：《活著》，臺北：麥田出版社，二〇〇七年，頁161。

後放到油鍋裡一炸，再放上醬油，放上一點五香，放上一點黃酒，再放上水，就用文火慢慢地燉，燉上兩個小時，水差不多燉乾時，紅燒肉就做成了……」

許三觀聽到了吞口水的聲音。「揭開鍋蓋，一股肉香是撲鼻而來，拿起筷子，夾一片放到嘴裡一咬……」

許三觀聽到吞口水的聲音越來越響。「是三樂一個人在吞口水嗎？我聽聲音這麼響，一樂和二樂也在吞口水吧？許玉蘭你也吞上口水了，你們聽著，這道菜是專給三樂做的，只准三樂一個人吞口水，你們要是吞上口水，就是說你們在搶三樂的紅燒肉吃，你們的菜在後面，先讓三樂吃得心裡踏實了，我再給你們做。三樂，你把耳朵豎直了……夾一片放到嘴裡一咬，味道是，肥的是肥而不膩，瘦的是絲絲飽滿。我為什麼要用文火燉肉？就是為了讓味道全部燉進去。三樂的這四片紅燒肉是……三樂，你可以慢慢品嘗了。接下去是二樂，二樂想吃什麼？」[2]

之後，許三觀也給二樂和一樂做了紅燒肉後，還給許玉蘭做了一條清燉鯽魚。許三觀繪聲繪色地做著菜，屋裡響起一片吞口水的聲音，最後，他給自己做了一道爆炒豬肝。

---

2 余華：《許三觀賣血記》，臺北：麥田出版社，一九九七年，頁159－160。

余華安排此情節，主要是要讓這些看不到未來，幾近絕望的人，還能樂觀地懷抱著一絲希望活下去，只要活下去就會有未來。

虹影的自傳體小說——《飢餓的女兒》裡也有她自己切身經驗的灰黯的生活。小說裡有一段講到：勞改營裡沒有任何東西可吃，犯人們挖光了一切野菜，天上飛的麻雀，地上跑的老鼠，早就消滅得不見蹤跡。因為，當地老百姓，比犯人更精於捕捉翅膀和腿的東西。還有個三十六歲的人在天冷地凍死去，他最後咽氣時雙手全是血抓剜土牆，嘴裡也是牆土，眼睛睜大著，沒人給他收屍。小說中記錄了，人們餓到吃一種叫「觀音土」的礦物，吃在肚子裡，發脹發硬，解不出大便，死時肚子像大皮球一樣。六六的大舅媽是村子裡第一個餓死的，大表哥從學校趕回去吊孝，途中所見飢餓的慘狀便不忍目睹，「插著稻草賣兒賣女的，舉家奔逃的，路邊餓死的人連張破草席也沒搭一塊，有的人餓得連自己的家人死了都煮來吃。過路人對他說，小同志，別往下走了，你有錢有糧票都買不到吃的。」[3]大表哥回學校後，一字未提母親是餓死的，一字不提鄉下飢餓的慘狀，還寫了入黨申請書，讚頌在黨的領導下形勢一片大好。饑荒年代依然要說謊，才能當幹部。飢餓不但淡化了親情，也扭曲了人格。

池莉〈你是一條河〉裡的老李是糧店的普通職工，在辣辣出嫁前他就對她有意思，當鎮上的居民餓得剝樹皮吃時，老李給辣辣送來了十五斤大米和一棵包菜，辣辣懷裡正抱著滿一週歲還沒吃過一口

3 虹影：《飢餓的女兒》，臺北：爾雅出版社，一九九七年，頁208－209。

米飯的孩子，辣辣笑笑，收下了禮物。從此，辣辣背著生病的丈夫以「身體」去交換大米。之後，辣辣卻懷了老李的孩子，這對雙胞胎就在她不斷喝各種打胎藥的同時落地了。之後卻也在飢餓的資源匱乏之下，其中之一夭折了。

## 對心靈的飢餓

### 對情感的需求

本文所探究的「飢餓」，除了是那個時代人對食物的飢餓，也是「精神」上的飢餓。

出生於一九六二年的陳染，小學時正值文化大革命，成績優秀，還被選為紅小兵大隊長，當時學習沒有出路，母親為她找了老師學習音樂。童年的特殊經歷，造成陳染極度敏感的性格。陳染在《不可言說・我的成長》中說：「我十八歲時，父母離婚，這在當時是件很稀罕的事，不像現在。……我以三分之差沒有考上大學，和母親借住在一個廢棄的寺廟裡，一住就是四年半。當時我沒覺得多麼不好，現在回想起來，覺得對於一個正在對世界充滿好奇的少女來說，是件很殘酷的事。」[4]於是，我們見到在陳染小說裡頻繁出現的尼姑庵背景，還有陳染勇敢地暴露她所體驗和感受的生存的痛苦，紀

4 陳染：《不可言說》，北京：作家出版社，二〇〇〇年，頁220。

錄青春成長的創傷——那些沒有歸依感的人物，破碎的家庭、受父親摧殘或對父愛的渴望，而在男性長者或男性權威者的身上去尋找父親的影子；還有母愛的不足，而對同性產生微妙的情愫與情感糾葛。另外，在她的《斷片殘簡》，也能讀到她的個人經歷和小說中人物背景的重疊，以及對情感的強烈需求。

林白《一個人的戰爭》裡的多米也是在孤寂中成長的。童年的多米因為爸爸病死，媽媽和鄰人全都下鄉，在母親下鄉的日子，她覺得害怕極了，只有在床上才感到安全。上床，落下蚊帳，並不是為了睡覺，只是為了在一個安全的地方待著。若要等到天黑了才上床，則會膽顫心驚。晚上她從不喝水，因為就可以不用上廁所。她在漫長的夜晚獨自一個人睡覺，肉體懸浮在黑暗中，沒有親人撫摸的皮膚是孤獨、空虛而飢餓的。處於漫長黑暗而孤獨中的多米，那時還意識不到皮膚的飢餓感，一直到當她長大後懷抱自己的嬰兒，撫摸嬰兒的臉和身體，才意識到，活著的孩子是多麼需要親人的愛撫，如果沒有，必然飢餓。

## 對知識的渴求

戴思杰的《巴爾札克與小裁縫》裡的羅明和馬劍鈴計畫要取得另一個被下放的知青——四眼的一箱藏書。他倆想辦法討好著四眼，後來，四眼拿給他們一本薄薄的書，又破又舊，是一本巴爾札克的書——《于絮爾・彌羅埃》。馬劍鈴還把《于絮爾・彌羅埃》裡頭他最喜歡的段落逐字抄下來，最後他還把文字騰到了他剛下放到村裡時，人家給他的外套內裡的羊皮上。

之後，他們決定去偷四眼的書——

> 箱子裡，一本又一本的書在手電筒的燈光下閃閃發亮；這些西方大作家正敞開雙臂迎接我們：帶頭的是我們老朋友巴爾札克的四、五本小說，再來是雨果、斯湯達爾、大仲馬、福樓拜、波特萊爾、羅曼羅蘭、盧梭、托爾斯泰、果戈里、杜斯妥也夫斯基，還有幾個英國作家：狄更斯、吉卜齡、艾蜜麗・勃朗黛……
>
> 真是讓人眼花撩亂！我彷彿被一片醉人的迷霧眩惑住了。我把小說一本本拿出來，一本本打開，愣愣地看著上頭的作者肖像，然後再遞給羅明。指尖觸摸著這些書，我只覺自己變得蒼白的雙手似乎正觸碰著人類真實的生命。「這讓我想起電影裡頭有這麼一幕，」羅明對我說：「一夥強盜打開了滿是鈔票的皮箱……」「你是不是就要喜極而泣了？」「不！我心中全是恨。」「我也是。我恨那些不准咱們讀書的人。」[5]

這一箱書讓他們窺見了外面世界的窗口，讓他們有了更大的力量去對抗當時無理又荒謬的社會，

5 戴思杰：《巴爾札克與小裁縫》，臺北：皇冠出版社，二〇〇三年，頁114。

同時也激起了他們對情愛慾望、對生命熱情的衝動與憧憬，在困頓中，找到快樂泉源讓他們有活下去的勇氣。

法國文學帶給當時就像處於知識沙漠的他們，像是在黑暗中找到光明，在寒冬中見到暖陽。且看小說裡的馬劍鈴單單就「巴爾札克」四個字就投降了：「『巴—爾—札—克』這四個極其優雅的中文字，每個字的筆劃都不多，似乎營造了某種綺異的美感，從中散發出一股野性的異國情調，毫不吝惜地揮灑著，宛如酒窖裡百年珍釀的清香。」[6]文學帶給他們難以形容的興奮，當他們的手指碰觸到那些書籍時，像是感受到最真實的生命。馬劍鈴說：「我想對於高雅、追尋美好的事物也許是所有人類的本能，文化是我們靈性的產物，帶著我十九歲的輕浮，帶著我十九歲的執著，一回又一回地陷入愛河，對象是福樓拜、果戈里、梅爾維爾、甚至羅曼羅蘭。……即便作者在遣詞用字上多少有誇張之處，但似乎並未減損這部作品在我心中的美，那洶湧數百頁的文字長河完全把我吞沒了。」[7]文字的敘述之美，足以撼動在當時「求書若渴」的知識分子的心，知識之美在他們身上，在那樣特殊的年代，產生了無法想像的最大效應。

羅明、馬劍鈴和巴爾札克代表的是文明，而山裡所有的人則代表著原始，文學與知識的魅力藉由文明與原始相互的碰撞，撞擊出格外感人逗趣的故事。

6 戴思杰：《巴爾札克與小裁縫》，頁65。
7 戴思杰：《巴爾札克與小裁縫》，頁124－125。

在文化大革命那個特殊年代裡，毛澤東說「知識越多越反動」，所以在文化大革命爆發前夕和之後，中國社會稱知識分子為「反動學術權威」，很多知識分子因此被下放或插隊落戶（將知識分子或幹部等安插到農村的生產大隊落戶，參加農業勞動，也有稱為「知青下放」）。這些懂得知識的人都沒有好下場，也有不少知識分子因此而自殺。可見當時知識被盡絕的狀況，但是，從這部小說我們卻見到人們對知識的渴望，而且一旦有機會接觸知識，越發現自己的無知，就越想求知，不管當權者如何掌控人民的外在行動，卻管不住人民的內在思想——無法抵擋人們的求知慾。

我們還見到知識無階級之分，山裡的人雖目不識丁，卻被善於說故事的羅明所講的高潮起伏的故事給深深吸引，「聽電影故事」已經成為山裡人的精神慰藉，他們甚至提出羅明與馬劍鈐不必再下田勞動，只要跋山涉水到城裡看幾部電影，然後回來講給他們聽就可以。可見在人們靈魂深處對於知識、藝術與美的追求，是任何獨裁或權威所無法禁錮的。

## 結語

二〇一二年的諾貝爾文學獎得主莫言說曾過：「飢餓使我成為一個對生命的體驗特別深刻的作家。長期的飢餓使我知道，食物對於人是多麼的重要。什麼光榮、事業、理想、愛情，都是吃飽肚子之後才有的事情。因為吃我曾經喪失過自尊，因為吃我曾經被人像狗一樣地凌辱，因為吃我才發憤走上了創作之路。」[8]因此，我們得以見到〈糧食〉與《豐乳肥臀》結合了糧食與革命、苦難的巨著。

本文所探究的這些小說，都有作家自己切身經驗的灰黯的生活，還有令人難以置信的天災、人禍，其描述之真實，正是中國官方刻意要隱瞞的。從小說所展示的歷史劫難，歷歷在目的傷痛，紀錄了一段殘酷的歷史，算是中國近幾十年來的社會史，讓讀者與小說中的人物及其命運、文化感知有著強烈而深刻的認同。

作家藉由筆下的「飢餓書寫」對歷史提出了反思，不僅直書飢餓的感官，也間接描述產生飢餓的緣由——階級或政治壓迫以及社會分配不均——為中國的飢餓歷史增添了別出心裁的一頁記憶，不但拓展了飢餓書寫的時間與空間的跨度，並且將其背後複雜的政治、文化和歷史因素落實到人性中深刻揭露。「飢餓」以其最原始的面貌展示人性，讓我們見識到人的思考和行為受其主導與控制，而其中的強烈的生存欲望也從中登場。至於走出飢餓創傷的過程，在飢餓的記憶書寫中成為很重要的底蘊，反倒在當代的文學場域中體現了難能可貴的崇高美學。

[8] 《小說在寫我：莫言演講集》，臺北：麥田出版社，二〇〇四年四月，頁58。

# 莫言「一胎化」小說的主題價值

一九八〇年，在中共發表「中共中央關於控制我國人口增長問題致全體共產黨員共青團員的公開信」後正式啟動一胎化政策。當時中央要求全體黨員與幹部，一定要關心國家前途，為人民的利益與後代子孫的幸福負責，要澈底了解「一胎化」的政策意義，以身作則，去除傳統封建思想，打破沒有男孩就不能傳宗接代的錯誤觀念，每位同志都要積極地宣傳，不可違法亂紀，並有機會就向群眾進行宣導。

正因為此政策，根據中共官方的統計數據，每年的墮胎人數超過一千三百萬人，但實際的墮胎者應該高於此數字，因為還有那些未經統計以及藉藥物或手術流產者。

二〇一二年諾貝爾文學獎得主——莫言，早在上個世紀八〇年代，剛開始創作時，就已經開始關注這個議題，是中國少數勇於挑戰書寫敏感題材的作家。

莫言一直努力於「灰色地帶」尋求並擴大其社會政治批判的「創意空間」，藍詩玲認為：「當代的中國文學並非黑白兩分的文學，不是無骨的政治附庸者與英雄式的異議反抗分子間的對抗。……

莫言是在與中國官方玩公開的遊戲的同時，試圖維持一個可以繼續對政府表達隱晦批判的創意空間。」[1]

正於莫言所說：「在當今的中國文學界，你如果不觸及社會敏感問題，會有人罵你『附炎趨勢』，『被官方包養』，如果寫了敏感問題，又會被這些人罵為『向西方獻媚』。有段時間，我確曾小心翼翼，生怕招來這些永遠正確的好漢們的鞭撻，但近來漸漸明白，我即便一個字不寫，他們也不會放過我，因為我的文學觸到了他們的痛處，因此我也就成了他們的敵人。」[2]

莫言早期的短篇小說——〈棄嬰〉、〈爆炸〉、〈地道〉以及二〇〇九年的長篇小說《蛙》，針對「計畫生育」的政策——強迫避孕、虐殺女嬰、墮胎對女性造成的身心影響——以呈顯莫言在其小說中的主題價值。

## 批判傳統重男輕女的封建思想

上個世紀七〇年代，中國大陸對於人口激增終於有了警覺，中共當局開始鼓勵人民晚婚晚育，一胎化的政策從一九七七年開始醞釀，到一九七九年正式推行。該政策雖確實有效控制中國的人口增

1 勞東東：《莫言　諾貝爾文學獎得主》，紐約：哈耶出版社，二〇一二年十一月，頁263。
2 莫言：《蛙》，臺北：麥田出版社，二〇〇九年十二月，頁5。

長，但三十多年來政策施行期間，更加重突顯了重男輕女的傳統封建問題，有多少女嬰被所謂的規定給犧牲——殺嬰與棄嬰的殘忍事件層出不窮，在鄉下農村家庭更是嚴重。

莫言發表於一九八六年的〈棄嬰〉就寫出為了逃避計畫之外生育的懲罰，只好「棄嬰」的故事。小說裡的軍人在返鄉省親途中，在一片向日葵地裡撿到了一個被遺棄的女嬰。因為他已經有一個女兒了，但是雙親和妻子都很渴望要再生個兒子，因此，女嬰一進家門就受到敵視，全家都催促著他盡快把女嬰送走。小說道盡了軍人進退維谷的兩難處境，他雖有著悲天憫人的救人情懷，卻同時也意識到自己身處大環境的無奈。面對家人對他撿回女嬰的指責，他充滿矛盾的內心強烈感受到：人性，其實也像一張單薄的白紙，稍稍一捅就脆弱地破了。

之後，軍人為女嬰到處找尋願意收留她的家，卻毫無著落，最後只能請在診所當婦產科醫生的姑姑幫忙，孰料卻讓他在診所又親眼目睹另一個被遺棄的女嬰。小說是開放式的結局，我們並不知道女嬰最終的命運為何？但莫言卻藉由軍人的內心活動：醫生和鄉政府配合，可以把育齡男女抓到手術床上強行結紮，但誰有妙方，能結紮掉深植於故鄉人大腦中的十頭老牛也拉不轉的思想呢？這樣的結尾安排可看出莫言有意譴責與批判重男輕女的傳統觀念。

莫言的另一篇〈地道〉也是講到了「養不著男孩死不休」的主題。小說裡已是多胎生育的農民方山，為了能生兒子，光宗耀祖，延續香火，除了暗中把妻子子宮的避孕環用鐵鉤取出，還從以前日本鬼子的「地道戰」得到啟發，也挖了一條長長的地道，是為了讓懷第四胎的妻子能順利藏進地道裡頭躲避政府稽查人員的搜查，最後終於皇天不負苦心人，如願以償，生了男孩。

小說中真實展現了農村計畫生育的可笑荒謬。

而《蛙》則是集所有批判於大成。小說裡萬小跑的部隊領導向他出示了一份加急電報，說他的妻子懷了第二胎。領導嚴肅地告訴他：「你是一黨一員，幹部，既然已經領了獨生子女證，每月還領取獨生子女補助費，為什麼又讓妻子懷了第二胎？」[3]並命令他：立即回去，堅決做掉！

萬小跑回家後，才得知渴望生男孩的妻子，去找人用一根鐵鉤子，把子宮環鉤出來；滿臉憂傷的母親還勸他說：「你大哥二哥都有兒子，唯你沒有，這是娘的一塊心病，我看，就讓她生了吧。我也願意讓她生，但誰能保證就是個男孩呢？……我看像個男孩……我問燕燕：燕燕，你娘肚子裡是個弟弟還是妹妹？燕燕說，弟弟！小兒語，靈驗著呢。」[4]

萬小跑試圖說服母親：「部隊有紀律，要是生了二胎，我就要被開除一黨一籍，撤銷職務，回家種地。我奮鬥了這麼多年才離開莊戶地，為了多生一個孩子，把一切都拋棄，這值得嗎？」母親卻說：「一黨一籍、職務能比一個孩子珍貴？有人有世界，沒有後人，即便你當的官再大，大到毛主席老大你老二，又有什麼意思？」[5]陷入矛盾與兩難的萬小跑最後被身為忠貞共產黨員的姑姑警告：

3 莫言：《蛙》，頁139。

4 莫言：《蛙》，頁139。

5 莫言：《蛙》，頁140。

「這不是你一個人的事！我們公社，連續三年沒有一例超計畫生育，難道你要給我們破例？……你知道我們的政策是怎麼規定的嗎？——喝毒藥不奪瓶！想上吊給根繩！」[6]當萬小跑萬般無奈將妻子送進手術室前，妻子還說著她有預感這次懷的是男孩。而萬小跑也只能安慰：「時代不同了，男女都一樣嘛，我故作輕鬆地說，過兩年你們隨了軍，去了北京，我們給女兒找最好的學校，好好培養，讓她成為傑出人物。一個好女兒，勝過十個賴兒子呢！」[7]

這裡除了呈現小說人物身處現實的痛苦掙扎與自欺欺人，也同時批判了重男輕女的社會思維。

## 具救世的民生社會關懷

在一九七三年之前，中共就把計畫生育政策納入實施的計畫；到了一九八〇年更確切提出——「一對夫妻只生一個孩子」；之後還通過立法、行政處罰、強行墮胎等方式以確實推動一胎化的政策。莫言的小說向來關注社會議題，更不怕觸碰敏感題材，其中展現了他關心社會民生的情懷以及身為作家的道德勇氣。

〈棄嬰〉裡撿到女嬰的軍人承受著家人的壓力，勉為其難撫養了幾天被拋棄的女嬰，同時到當地

6 莫言：《蛙》，頁149。

7 莫言：《蛙》，頁149。

政府部門求助，想為棄嬰尋得領養人家，卻毫無所獲，因為公社裡的人對於一再出現的棄嬰早已司空見慣。莫言在小說裡寫出了人性的麻木、脆弱與冷漠，試圖藉由這樣人性的暴露提示民生問題的關注。

莫言曾說：「中國的問題非常複雜，中國的計畫生育問題尤其複雜，它涉及到了政治、經濟、人倫、道德等諸多方面。」[8]然而，這樣複雜的問題，卻也同時侵犯了人的生命權與生育權。莫言藉由小說所提出的反思與社會關懷是不容忽視的。

《蛙》裡的姑姑是個優秀的婦產科醫生，建國初期接生了無數嬰兒，受到村民的擁戴，獲得「送子娘娘」與「活菩薩」的美譽；到了獨生子女政策的年代，姑姑又忠貞地執行黨的政策，不惜以強硬手段為無數婦女做流產手術，但其實善良的姑姑內心是痛苦的，她是個很有同情心的人，不止一次輸血救病人，也曾在母牛難產時，出手相救。然而，面對政治壓力，她只能成為「幫兇」。

當時各地到處充斥著殺氣騰騰的計生標語：「該紮不紮，房倒屋塌；該流不流，扒房牽牛」、「寧肯斷子絕孫，也要讓黨放心」、「一人超生，全村結紮」、「該紮不紮，見了就抓」、「能引的引出來，能流的流出來，堅決不能生下來」、「普及一胎，控制二胎，消滅三胎」、「寧添十座墳，不添一個人」、「寧可血流成河，不準超生一個」、「誰不實行計畫生育，就叫他家破人亡」、「一胎生、二胎紮、三胎四胎——刮！刮！刮！」、「一胎環，二胎紮，三胎四胎殺殺殺！」這些口號都

8 莫言：《蛙》，頁4。

在在看出反人類的特徵，也見證著殘絕人寰的計畫生育政策。

晚年的姑姑除了嚴重失眠也神志不清：「我是醫生！我告訴你，這不是病，是報應的時辰到了，那些討債鬼們，到了他們跟我算總賬的時候了。……他們渾身是血，哇哇號哭著，跟那些缺腿少爪的青蛙混在一起。他們的哭聲與青蛙的叫聲也混成一片，分不清彼此。……我不是怕他們咬我。我就是怕他們涼森森的肚皮，和他們身上那股腥冷的氣味。你們說，姑姑這輩子怕過什麼？老虎、豹子、狼、狐狸，對這些常人害怕的東西姑姑是一點不怕，但姑姑被這些蛙鬼們魘怕了。」[9]

飽受罪惡感折磨的姑姑，藉由她善於做泥娃娃的丈夫捏出了二千八百條「小生命」以求救贖，她為那些被她引流過的嬰兒一一取名、供奉，以彌補內心歉疚，讓他們得了靈性後，早日投胎轉世。姑姑自認為：「一個有罪的人不能也沒有權利去死，他必須活著，經受折磨，煎熬，像煎魚一樣翻來覆去地煎，像熬藥一樣咕嘟咕嘟地熬，用這樣的方式來贖自己的罪，罪贖完了，才能一身輕鬆地去死。」[10]

莫言認為基本上計畫生育政策是名存實亡的。他說：「農民們可以流動著生，偷著生，而富人和貪官們也以甘願被罰款和『包二奶』等方式，公然地、隨意地超計畫生育，滿足他們傳宗接代或繼承億萬家產的願望。大概只有那些工資微薄的小公務員，依然在遵守著『獨生子女』政策，他們一是不

---

9 莫言：《蛙》，頁412。

10 莫言：《蛙》，頁414。

敢拿飯碗冒險，二是負擔不起在攀比中日益高升的教育費用，即便讓他們生二胎也不敢生。」[11]他是站在社會關懷的高度，從基本的民生問題勇敢地去揭露生育權利與生育問題的矛盾。

## 勇於衝撞敏感的政治議題

〈地道〉裡的農民方山在某天狗吠的清晨，預料鄉計畫生育辦公室的人來抓超生的孕婦去做手術，他立馬把已經接近臨盆的妻子藏進他花了半年挖成的地道。小說描述著「計生辦」的人開來了拖拉機，鬧得不可開交，威脅要把拒不交出孕婦人家的房子推倒；而在地道裡的方山妻子抓緊時間，和地道上面的人競賽，終於生下了一個男嬰。方山驕傲地對妻子說：「我們勝利了！」

「我們勝利了！」這五個字在某種意義和程度上，顯現了莫言對一胎化政策的表態。

再看〈爆炸〉描寫已有一個女兒的軍人妻子在避孕器上動手腳，偷偷懷孕，期待第二胎能生個男孩。但這事被村幹部發現，並上報部隊。軍人奉令回家帶妻子去墮胎。軍人陪伴妻子在診所的手術室外等候時，另一位素不相識的產婦正在忙亂的手術室裡努力要把孩子帶到人世。軍人時而把自己想像成是那女人腹中的胎兒爭取自己的生存權，盡全力要來到人間，時而又回魂為軍人的本尊。

[11] 莫言：《蛙》，頁5。

大陸著名的評論家朱向前說：「作者似乎是有意無意間把發生在這一時空內的一切人和事和盤托出，既讓你覺得場面雄闊，氣度恢弘，又感到這千頭萬緒之間互有關係。……結構的複雜性，自然就帶來了小說題旨的多義性，你可以說它反映了人口的『爆炸』，也可以說它表現了新舊道德觀念矛盾的『爆炸』，甚至也不妨看作是各種時代資訊的『爆炸』。」[12]

莫言刻意安排必須以身作則的軍人與想像中的嬰孩的轉換與變裂，以及小說中所呈現的血紅意象，就色彩學而言，「紅」色，是熱情、革命，也有暴力。莫言要透過這樣的寫作技巧提供讀者思考「小蝦米對抗大鯨魚」的權力結構與權謀較量的深度思考與影響。

莫言說：「直面社會敏感問題是我寫作以來的一貫堅持，因為文學的精神還是要關注人的問題，關注人的痛苦，人的命運。而敏感問題，總是能最集中地表現出人的本性。當然，寫敏感問題需要勇氣，需要技巧，但更需要的是一個作家的良心。」[13]

講到良心，《蛙》裡維護國家法律的姑姑，以其身為計畫生育幹部的良心，成為非法生育女人的頭號敵人，她曾被人用棍子打頭、戳著脊梁骨咒罵、走夜路被人砸黑磚頭；但她仍堅守自己的理念。

萬小跑的妻子王仁美違法懷孕，鐵面無私的姑姑帶領陣容龐大的計畫生育特別工作隊，進到王仁美躲藏的娘家。從大喇叭裡，傳出慷慨激昂的聲音：「計畫生育是頭等大事，事關國家前途、民族未

12 朱向前：《莫言：諾獎的榮幸》，百花洲文藝出版社，頁136。

13 莫言：序〈聽取蛙聲一片〉，《蛙》，臺北：麥田出版社，二〇〇九年十二月，頁5。

來……建設四個現代化的強國，必須千方百計控制人口，提高人口品質……那些非法懷孕的人，不要心存僥倖，妄圖蒙混過關……人民群眾的眼睛是雪亮的，哪怕你藏在地洞裡，藏在密林中，也休想逃脫……那些以種種手段破壞計畫生育者，必將受到黨紀國法的嚴厲懲處……」[14]

姑姑對圍觀者說：不搞計畫生育，江山要變色，祖國要垮臺！哪裡去找千古秀?!哪裡去找萬年春?!她給王仁美兩個選擇：一是到縣醫院做引產；二是用拖拉機把娘家和鄰居的房子拉倒。所有損失，娘家負擔，還要做人流。

單位計畫生育委員會的楊主任接見了王仁美，並告訴她：「如果不搞計畫生育，孩子們很可能要沒飯吃，沒衣穿，沒學上，所以，計畫生育就是要以小不人道換取大人道。你忍受一點痛苦，做出一點犧牲，也就是為國家做了貢獻！」[15]王仁美當晚進手術房前對姑姑說順便把她的子宮也割掉算了。最後，她因「特殊體質」死在手術臺上了。書記安排好撫恤後，再次宣布：決不能因為一起偶然事件就改變計畫生育的根本國策政策。凡破壞計畫生育的，都將受到嚴厲的懲罰。

莫言集合了多年的思考，在其充滿歷史敘事的魅力書寫中，展現矛盾的當代中國生育問題。他其實對青蛙是恐懼的：「人們有理由對毒蛇猛獸產生畏懼之心，但對有益於人並任人捕食的青蛙似乎沒理由害怕。但我確實怕極了青蛙。我一想到他們那鼓凸的眼睛和潮濕的皮膚便感到不寒而慄。為什麼

14 莫言：序〈聽取蛙聲一片〉，《蛙》，頁155–156。

15 莫言：《蛙》，頁165。

怕？我不知道。這也許就是我以『蛙』來做這部小說題目的原因之一吧。」[16]由此也可看出莫言的膽識，他害怕，卻又直面此問題，去衝撞當時敏感的政治議題。

莫言不畏懼在充滿悖謬的歷史黑洞中，展現政權的黑暗與人性底層奴性的本色；他以人的命運變化寫歷史，在飽含著市井百姓血淚情感的歷史事實中挑戰威權。

## 結語

中國大陸在建國三十年期間增加了六億人口，為了糧食供給的平衡與勞動力需求，政府當局開始投入人口數量控管的一胎化政策運動。在《蛙》裡萬小跑寫給杉谷義人的信中說：「歷史是只看結果而忽略手段的，就像人們只看到中國的萬里長城、埃及的金字塔許多偉大建築，而看不到這些建築下面的累累白骨。在過去的二十多年裡，中國人用一種極端的方式終於控制了人口暴增的局面。實事求是地說，這不僅僅是為了中國自身的發展，也是為全人類做出貢獻。畢竟，我們都生活在這個小小的星球上。地球上的資源就這麼一點點，耗費了不可再生，從這點來說，西方人對中國計畫生育的批評，是有失公允的。」[17]凡事是非對錯有時很難認定，就像《蛙》裡的姑姑，結束了兩條雙親是痲瘋病患者的嬰兒性

16　莫言：序〈聽取蛙聲一片〉，《蛙》，頁3。
17　莫言：《蛙》，頁178。

命，雖說是毀了他們，卻也是救了他們。這其中涵容了莫言深切的社會批判與文化關懷。

莫言之所以能得到「諾貝爾獎」評委會的重視，在於他作品中所傳遞的理念，勞東東認為：「莫言以西方人易於理解和樂於接受的文學形式，表現了多數西方人難以了解，更難以理解的當代中國農民的生存狀態和命運，應該說是一項很重大的文化成就，這項成就的意義超越了文學的審美價值，而有重要的文化間認知價值。」[18]

莫言擁有自我確定的核心價值，所以擅長書寫人在極其艱困的條件與處境下的掙扎圖存，且越挫越勇：「把那些視我為敵的人甩到身後，快步前進，走自己的路。在良心的指引下，選擇能激發我創作靈感的素材；在我的小說美學的指導下，決定我小說的形式；在一種強烈的自我剖析的意識引導下，在揭示人物內心的同時也將自己的內心袒露給讀者。」[19]莫言帶著這般的正面能量，將其批判傳統、救世濟民與犀利揭露錯誤的道德勇氣，充分展現在其小說的主題意義與價值之中。

18　勞東東：《莫言　諾貝爾文學獎得主》，頁298－299。

19　莫言：序〈聽取蛙聲一片〉，《蛙》，頁5。

# 狂歡化理論：莫言與閻連科小說之敘事風格

所謂「狂歡化理論」是巴赫金提出來的，源自於古希臘羅馬時期的「狂歡節」，當時人們會走上街頭狂歡、在廣場跳舞，神父學驢叫三聲表示祝福、為小丑和奴隸加冕等活動，這種狂歡式是「追溯到人類原始制度和原始思維的深刻根源，在階級社會中的發展，它的異常的生命力和不衰的魅力。將狂歡式轉為文學的語言，這就是我們所謂的狂歡化。」[1]在中國大陸當代小說中，得到諾貝爾文學獎的莫言以及被視為莫言的接班人的閻連科，兩位的小說正有其「狂歡」的特色。

莫言擅長深入民間，忠實記錄體制內外藏汙納垢的醜陋。在他的小說中有著混雜響亮的聲音——官方語的嚴肅；民間歌謠、俚語、俗語、順口溜和咒語的粗鄙，在在有層次地打破了階級洪流之分，展現了語言和感官的雙重「狂歡」。

而縱觀閻連科的創作，他是以深層複雜的「狂歡」化眼光嘲諷著所書寫的世界，他以先鋒之姿，

---

1 巴赫金著‧白春仁、顧來鈴譯：《陀斯妥耶夫斯基的詩學問題》，香港：三聯書店，一九八八年七月，頁160。

打開了以往書寫文革的傳統限制之門，以看似荒誕不經的書寫，消解了崇高與卑俗，直寫革命時代的罪惡，並努力發掘其淹沒在既偉大又渺小、聰明又愚蠢的荒謬罪惡中。

## 語言的大解放

閻連科曾表示：「《堅硬如水》該是最早有意要用我的頭顱去朝高大堅實的牆壁猛烈撞擊的一次寫作了。是那種願意頭破血流、且生命不止，意志不息的寫作了。」[2]

閻連科在《堅硬如水》中設計了兩條清晰的敘事線——革命和性愛。作者安排了已婚的夏紅梅初見退伍軍人高愛軍一見鍾情似的崇拜，為後來兩人藉由性愛進展的情節推動，展現對社會主義盲目崇拜的戲謔荒謬。

隨著革命的推進，兩人的性愛越之大膽。高愛軍白天鬧革命，晚上則偷偷修建龐大繁重的地下愛情工程，利用三年修了一條聯通自己家與夏紅梅家的祕密地道，當情慾難耐時，就可以放心大膽地在「洞房」裡一邊翻雲覆雨，一邊商議革命事宜。

小說裡描述一場歡愛的進行，高愛軍要求夏紅梅喚他革命家，兩人有了以下的互動——

2 閻連科：《堅硬如水》，臺北：麥田出版社，二〇〇九年十月，作者自序。

她說：「天才的革命家，你是中國大地上冉冉升起的燦爛之星，你舌上的泉水滋潤著乾渴的人民和大地，請用你的泉水把我乳頭上的那粒黃土沖掉吧。」

她這樣說著時，聲調有陰有陽，頓挫有致，半是朗誦，半是頌贊；半是哀求，半是撒嬌，目光灼灼地燒在我臉上……可我忍耐住了我的焦渴和急迫，我想在她充滿革命的言語中更多的浸泡一會兒……「我不僅是一個天才的革命家，我還是一個天才的政治家。」我說：「難道你視而不見我的政治才能嗎？」

她繼續用一隻手撫弄著我下身的物件兒，另一隻手抬起來豎在她的兩乳前，動作緩慢，小心翼翼，使那粒泥土在乳頭上保持平衡，不致突然掉下來：「敬愛的革命家、政治家高愛軍同志，請你用舌頭把我乳頭上的黃土舔掉吧。」

我說：「我不僅是革命家、政治家，還是天才的軍事家。不是軍事家我能挖出這洞嗎？」

她把雙手相合，擎在了兩乳間和鼻子下，頭半勾半低，雙目微閉，跪在了我的面前「我最最敬愛的偉大的政治家、天才的軍事家，空前絕後的革命家，年輕有為的鎮長，才華橫溢的縣長，一心為公的專員，又紅又專、富於組織才能和領導藝術的省長，我最最熱愛、最最忠於、最最信賴的皇上——高愛軍同志，現在，你的臣民、你的百姓、你的僕人，你的革命情侶和人生伴侶，你未來的愛人、夫人和皇后就跪在你的面前，她的乳頭上粘了一粒不潔的黃土，她懇求你以革命愛情為基礎的舌尖和甘露，去把她乳頭上的土粒舔下去——為了慶賀在程崗革命的又一次成功，為了慶賀革命中你從村長到鎮長偉大升遷的開始，就請你低下你高貴、智慧、充滿了革命覺悟的頭顱，去把那革命浪潮中湧現的偉大的女人的偉大乳房上黏的土粒舔掉吧！」[3]

在這場性愛遊戲中我們見到革命與性慾水乳交融，高愛軍的權力欲望愈高漲，性慾也就越奔放，而深知此理的夏紅梅甘願卑微地捧著高高在上的高愛軍，以滿足彼此最基本、也最壓抑的慾望。

莫言在《四十一炮》中藉由自認愛吹牛撒謊的「炮孩子」——羅小通的角度，以其天真無知的民間鄉土口吻講述具有時代特色的「四十一炮」的故事。然其前後矛盾的虛構語言，將農村改革初期的改革派和保守派兩種勢力與觀念的拉扯和衝突，以及人性的分裂與變異全然展現，其「狂歡化」的諷刺蘊含其中。

《四十一炮》中羅小通的母親楊玉珍和多數農民一樣見風轉舵，沒有是非判斷的能力、道德思想，所求的只是如何過上太平的好日子，對於官場生態或社會秩序，全不在他們的關注範圍。所以，精明務實的楊玉珍抓緊時機，跟著時代潮流一舉致富了。而羅小通的父親羅通卻是傳統保守的，他無

3 閻連科：《堅硬如水》，雲南：雲南人民出版社，二〇一三年，頁151。

法「與時俱進」，面對自己無法扭轉現狀感到無力也憤憤難平，最後，他難以忍受被戴綠帽的恥辱，殺死妻子入獄服刑。

成了孤兒的羅小通在十年蹉跎後的20歲那年，流落到故鄉附近的一座五通神廟，為了有朝一日頭上也有十二個戒疤，試圖向大和尚講述其虛實真假的往事，讓各種人物粉墨登場，有熱鬧的肉食節、黑白兩道的火拼，他利用想像和言語去對命運與現實生活展開復仇。

又莫言《檀香刑》裡檀香刑的行刑過程，以穿著五顏六色的乞丐們過「叫花子節」援救孫眉娘展開序幕。臉上塗脂抹粉的他們唱著貓腔在縣衙前遊行；而貓戲班班主孫丙被押在囚車裡赴刑場遊行時，也邊走邊唱，唱詞中鼓勵鄉親們要為守護家園揭竿而起。大街兩旁的百姓也學貓腔貓調為他唱和，高密東北鄉的貓戲班子在戲臺上演出，血腥的刑場成了「狂歡」的天堂，孫丙成了萬古流芳的大英雄，死前留下的最後一句話是：「戲……演完了。」言簡意賅，意味深長。

## 廢除所有不平等

莫言在《檀香刑》中設計了「叫花子節」這個特殊的節日，所有經過打扮的叫花子全聚眾上街，昂首闊步在街道行走以獲取賞錢，藉以此活動將平時被貶抑欺壓的怨氣得到釋放、宣洩，獲取眾人目光中短暫的尊重的愉悅。小說中描述：頭穿靴子腳戴帽，兒娶媳婦娘穿孝，縣太爺走路咱坐轎，老鼠追貓滿街跑。不但呼應了「狂歡」敘事的精神內涵，也集中體現了階級的消弭。

另外《豐乳肥臀》中也有普天同慶的狂歡場面。在抗日、解放戰爭時期，高密東北鄉是國共兩黨爭奪之地。當時冬天百姓難耐飢餓，想下河砸開冰塊捕魚也無能為力。代表國民黨勢力的還鄉團長——司馬庫見狀，立即命令手下的人立馬在河上切開八八六十四個窟窿，讓鄉親們跟著他司馬庫沾光。小說裡的母親感恩著這個二女婿，讓她的兒女們可以吃上了粗如肉棍的鰻鱺；抗戰勝利後，司馬庫帶著人馬打回來，趕走了八路軍，為鄉親殺了幾十口豬，宰了十幾頭牛，挖出了幾十缸酒。把肉煮熟了，用大盆盛著放在大街當中的桌子上。肉上插著幾把刺刀，任何人都可以前來割食。有人甚至開心吃喝過量，撐死在街頭。

莫言藉由軍官對平民百姓的關照，在最基本的民生問題上，和諧而統一的展現其「狂歡」，在某種意義上宣示了階級的平等。又如當地百姓將孫丙英勇抗德的事跡與受刑的情景，把它編成貓腔調廣為傳唱，並加工渲染成傳說故事。將一個不見經傳的小人物吹捧為值得列入正史的英雄人物。這也是對於階級地位的翻轉的體現。

閻連科的《為人民服務》是個具有反諷意識的小說名，故事敘述文革期間軍隊中的公務班長吳大旺奉命為年輕的師長夫人劉蓮打理日常生活，卻與其發生關係。小說透過縱慾激情的身體狂歡——吳大旺和劉蓮歡愛時以砸碎毛主席石膏像、撕毀毛語錄海報助性達到高潮——「她就坐在床頭的中間，果然一絲不掛，渾身赤裸，如同玉雕一樣凝在打開的蚊帳裡，僅僅用紅色毛毯的一角，從大腿上扯過來，敷衍地蓋在她兩腿之間。出乎意料的是，當劉蓮這時完全赤裸在光明和一個男人的面前時，她女人的尊嚴和師長夫人的氣勢，卻又完整無缺地回到了她的臉上。」[4]

這段吳大旺不忠於師長的畸戀，作者利用暗度陳倉的姦情暗喻了無可言說的政治壓抑。

葛紅兵說：「無產階級革命是一場秋風掃落葉式的革命，它首先是暴力的，其次是決絕的，它要求革命者不能有任何的兒女私情、個人雜念，革命隊伍必須非常純潔——革命者的外在身分必須純潔，同時革命者的內在精神質素也必須純潔……革命時代的愛和性必須為革命服務，在這個管道之外，任何形式的愛和性都將被視為是對革命的破壞。」[5]小說中「為人民服務」的精神口號，似乎也正好呼應了劉蓮對吳大旺的「服務」，演繹了一場革命的荒謬激情與嘲諷的語言。

## 漫誕不稽的親暱接觸

王小波曾說：「眾所周知，六七十年代，中國處於非性的年代。只有在非性的年代裡，性才會成為生活主題，正如飢餓的年代裡吃會成為生活的主題。古人說：食色，性也。想愛和想吃都是人性的

4 閻連科：《為人民服務》（臺北：麥田出版有限公司，二〇〇六年一月），頁69。

5 葛紅兵：《身體政治——解讀20世紀中國文學》上海：上海三聯書店，二〇〇六年，頁205。

一部分；如果得不到，就成為人性的障礙。」[6]

莫言在《四十一炮》塑造了邪惡複雜的村長老蘭，是個機會主義者，他在社會轉型時期的推波助瀾下掌握了時代的脈搏，因為改革開放而變得名利雙收。有錢有勢的老蘭成為農村第一批風雲人物。他趨炎附勢討上級歡心又得其信任；卻對鄉親採取欺壓手段——他毫無誠信，經商賣豬肉卻往豬肉裡注水；為了穩定村長的位置，還把注水的骯髒手段傳授給村民；生活不檢點，村子裡能玷汙的女人都不放過。

羅小通讓這個死去五十年的蘭大官人在他的「現實」敘述中出現。蘭老大在「肉食節」的舞臺上，締造了與41個洋女人交合的世界紀錄。

又莫言還在《豐乳肥臀》中塑造了上官家唯一兒子——上官金童對女人的乳房有特殊的性癖好。還在母親懷裡的上官金童除了用手抓住、用嘴叼住母親的一個乳房，又把腳伸過去霸佔另一個乳房，不願分給雙胞胎姐姐上官玉女；長大後不管長幼親疏，除了摸弄咂咬幾個親姐姐的乳房，甚至還在六姐上官招弟結婚時，獸性大發，想衝上前去，用刀子劃破她的裙子，貼著底盤把她的乳房旋下來。

高密縣每年冬天都會舉辦「雪集」的慶祝活動，除了告別一年來的辛苦，也向來年祈福。「雪集」上要選出一位「雪公子」以摸女人的乳房作為祝福，意寓可使女人多產、多子、多福；上官金童

6 王小波：〈從《黃金時代》談小說藝術〉，《王小波研究資料（上）》，天津：天津人民出版社，頁33。

雀屏中選，堂而皇之公開正式為排著長隊的120個高密女人的乳房「服務」。

至於閻連科的「狂歡」則不同於莫言，有其「嚴肅又戲謔」的特質，他曾表示：「性，作家最好的一塊試金石，是作家靈魂的鏡子。一個作家的靈魂，是黑暗的還是閃光的，通過寫性，是可以考驗出來的，不光是考驗他的藝術能力，還考驗他靈魂的純淨度。一個作家不寫性便罷，當你正面去寫性的時候，你能寫的不骯髒，不下流，能寫出性的美感，並有一定思考的深度，這是非常不容易的。」[7]

《堅硬如水》講述了文革時期的退伍軍人高愛軍回到家鄉程崗鎮，權力慾望極高的他，因為程桂枝的父親是新中國成立後的第一任村支書才娶她。

運籌帷幄的高愛軍身為受過教育的「進步青年」，又曾當過兵，當然不願回頭做農民，於是展開了周密的奪權計畫。他想方設法脅迫老丈人讓位：「爹，你現在已經是個革命的絆腳石。革命的洪流立馬就會把你衝到一邊去。是聰明你就如程天民那樣急流勇退，把權力交出來，不聰明你就等著革命洪流的洗滌吧。」[8]他為達目的還不惜將妻子的上吊自殺引導為現行反革命畏罪自殺，並組織了村裡人聯名寫了訴狀，列舉了老丈人的二十六條罪狀，並狀告到縣委書記，老丈人終究被高愛軍給逼瘋了。

《堅硬如水》是閻連科的書寫策略，他將革命的「堅硬」與性愛的「如水」柔情兩相扣合。高

---

7 梁鴻、閻連科：《巫婆的紅筷子》，廣西：灕江出版社，二〇一四年，頁230。

8 閻連科：《堅硬如水》，頁39。

愛軍說：「革命讓我著了魔，夏紅梅讓我著了魔，我患的是革命與愛情的雙魔症。」[9]高愛軍和已婚的夏紅梅偷歡：「只要把擴音器打開，那就準有革命歌曲在播放……每每有音樂或歌曲放出了，有革命隊伍口號喚出來，有重要的革命領導人的講話和最新、最高指示播出來……我們鋪著床鋪，脫著衣服，眼看著大紅的音樂從我們床單上流過去……我就會長久地堅挺著和紅梅做事兒。我們超幾倍地享盡了夫妻的快樂和美好。」[10]

兩人的情慾瘋狂，隨著革命的推進為之高漲，引起夏紅梅丈夫程慶東跟蹤二人進入為偷情所挖的地道，高愛軍為了革命的「榮譽」，殺死了程慶東並將其埋於地道中。而兩人革命的失敗終結於窺探了書記的祕密，當兩人被關押到特別拘留室中，自認是因大意而犯錯的夏紅梅擔憂地問高愛軍是否會恨她葬送了他的政治生命？但向來將權勢視為首要的高愛軍卻說：「紅梅，我一點都不恨你，一點都不後悔，只恨我，只後悔沒抓緊時間名正言順娶了你……名正言順娶了你，把你我槍斃了村人也得把你我埋在一個墓坑裡。」[11]

將「性」昇華為「愛」的兩個人在即將被槍決前，毫無顧忌地擁抱、狂吻，身體慾望所展現的狂歡，不但讓在場的人錯愕，也同時顯現了兩人對死亡的無懼。就在審判者盡速匆忙地在審判臺上直接

9 閻連科：《堅硬如水》，頁30。
10 閻連科：《堅硬如水》，頁159。
11 閻連科：《堅硬如水》，頁226。

將兩人槍斃的同時，也為文革的這段歷史書寫了顛覆與戲謔的重要一頁。

閻連科說：「文革開始的時候，我八歲，結束的時候十八歲，從八歲到十八歲，我從一個少年成長為一個青年。我目睹了文化大革命的全部過程，文革在我的心裡留下了深刻的印痕，我把這個過程的記憶稱之為『文革記憶』，『文革記憶』是我從事寫作的源泉。」[12]在閻連科的性愛敘事中，「一方面具有復原文革語境的作用，另一方面也凸顯出小說的反諷性。閻連科慣將毛澤東著作、語錄、詩詞、樣板戲片段等革命話語，嫁接、戲仿於性愛活動中，由此重複形成性愛與政治話語的狂歡狀態。」[13]

## 結語

基於以上的研析，可見莫言和閻連科的「狂歡化」書寫，正好符合巴赫金所認為狂歡化理論的四個範疇——第一：隨便而親暱的接觸，各種形態的不平等如畏懼、恭敬、仰慕、禮貌等都被取消了，人們在狂歡的廣場上發生了隨便而親暱的接觸。第二：插科打諢，在狂歡節中，人的行為、姿態、語

12 閻連科、蘇曉：〈文學・生活・想像——閻連科訪談錄〉，《讀寫天地》第9期，二〇〇一年九月，頁8。

13 石曉楓：〈革命與性愛的極樂戰場——閻連科《堅硬如水》中的身體書寫〉，《國文學報》，第五十一期，二〇一二年六月），頁255。）

言都從制約中解放出來，因而從非狂歡式的普通生活的邏輯來看，變得像插科打諢而不得體。第三：俯就，狂歡式使神聖同粗俗，崇高同卑下，偉大同渺小，明智同愚蠢等等接近起來。第四：粗鄙，即狂歡式的冒瀆不敬，一整套降低格調、轉向平實的作法，與世上和人體生殖能力相關聯的不潔穢語，對神聖文字和箴言的模仿譏諷等等。[14]

「狂歡化」的解放最明顯的就是語言，而當語言落實到「性」去探討，「性變成了個體的密碼，它使得分析個體和規訓個體成為可能。但是，我們發現它還變成了政治運作、經濟干預（通過或抑制生育）、道德化或責任化的意識形態宣傳的主題：大家強調它是社會的力量標誌，還表現了社會的政治能量和生命活力。」[15]

莫言以超脫、冷酷、殘忍的寫實語言，利用天馬行空的瘋狂筆調、荒誕不羈的歡愉方式將場景、節日、人物虛構於其話語世界中，栩栩如生，惟妙惟肖。展現其獨一無二的狂歡色彩。

閻連科曾對於《堅硬如水》中進行大量的性描寫解釋：我並不認為裡面的性描寫太多、太爛，止像我剛才說的，它是一部通過那個年代畸形的性來透視那個年代的畸形政治、畸形文化和畸形社會的作品，不可能在性的問題上繞道而行。「當我激情澎湃地去寫這部小說時，它必然是這樣的，否則的話，激情就會突然被割斷了。這樣兩個被社會、政治壓擠得變態的人物，如果不透過這樣寫就不能表

14 巴赫金：《陀斯妥耶夫斯基詩學問題》，三聯書店，一九八八年版，頁175－178。

15 福柯（Michel Foucault）著，余碧平譯：《性經驗史》，上海：三聯書店，一九九六年，頁194。

達那樣一個社會對人性的壓制，也不能表達人的惡魔性的爆發與災害。在那個性禁忌的時代，性處處存在，處處被壓抑，處處是在壓抑中的畸形爆發。如果大家知道這些，真正去深層分析那個時代，就會覺得不是寫得過火了，而是寫得還不夠。」[16]

可以肯定的是閻連科透過激烈大膽狂歡化的詼諧而複雜的敘事，提升了小說的張力，為中國禁慾的「文革」時期，爬梳了不同以往的書寫。

16 梁鴻、閻連科：《巫婆的紅筷子》，頁233。

# 社會批判：閻連科《受活》的藝術表現

閻連科，一九五八年出生於河南嵩縣，是中國大陸著名的作家，他的作品除獲國內外二十多個文學獎項外，還被翻譯為日、韓、越、法、英、德、意等十多種語言，在二十多個國家出版。尤其他發表於二〇〇三年最著名的代表作——《受活》，是當年度中國小說排行榜長篇小說第一名，還獲得二〇〇五年第三屆「老舍文學獎」優秀長篇小說唯一獲獎作品、也獲第二屆「21世紀鼎鈞雙年文學獎」長篇小說獎；其日文版還在日本受到熱烈追捧，獲得日本讀者評選為日本「twitter文學獎」。

這部探索試驗性、寫實兼超現實主義的小說，場景發生在豫中平原耙耬山脈中一個叫「受活」的偏遠村落。耙耬山脈氣候惡劣，古時沒有州縣願意將「受活莊」劃入自己的管轄範圍。生活在這個遺世獨立的村落裡的村民全是殘疾人，正常人被稱為「圓全人」，反倒被村人視作另類。這些村民雖有不同程度的殘疾，但卻相互幫助，反而衣食無憂、過著世外桃源、與世無爭的生活。身體的殘缺反而使他們得到了外界難以想像的物質與精神上的「圓全」。

何謂「受活」？「受活」是河南西部方言，它可以是名詞、動詞或形容詞。閻連科在小說中解釋為：「意即享樂、享受、快活、痛快淋漓；在耙耬山脈，也暗含有苦中之樂、苦中作樂之意。」[1]

閻連科認為《受活》對他來說，一是表達了勞苦人和現實社會之間緊張的關係；二是表達了作家在現代化的進程中那種焦灼不安，無所適從的內心。[2]由此，本文將從小說結構、人物刻劃以及荒誕與幽默的憤怒意識三方面從社會批判出發，探究《受活》的藝術表現。

## 獨特的小說結構

《受活》由「正文」和「絮言」兩個主要的敘述形式組成。前者敘述「現在」所發生的事件；後者則像是對正文補充的註解說明，講的是「過去」，包括民間野史、軼聞傳奇、笑話歌謠、神話故事等，這種兩者相互補充的創新敘述方式，將歷史與記憶交織，對照著過去與現在、現實與超現實，豐富了整部作品的結構與內容。

「正文」以雙線進行，第一條故事線是：早年參加過革命的女紅軍茅枝婆在戰場上負傷，到了受活莊後成了領導，她決定帶領村民們改天換地，加入如天堂般的社會主義合作社，也過上有水有電的好日子，在爭取到將受活莊納入雙槐縣籍並參加農業合作社後，村民們一度過上好日子了。孰料一系

1 閻連科：《受活》，臺北：麥田出版，二〇〇七年一月，頁19。

2 李陀・閻連科：〈《受活》：超現實寫作的新嘗試〉，《受活》，臺北：麥田出版，二〇〇七年一月，頁463。

列災難和戕害陸續降臨，「大煉鋼鐵」期間，山溝裡的樹木被砍光，他們的鍋碗瓢盆被收繳一空；三年經濟困難時期，他們的存糧被圓全人哄搶一空；文革時，他們揪不出地主、富農和惡霸，因為大家都彼此幫忙，瘸子利用瞎子的腿，瞎子利用瘸子的眼，聾子利用啞巴的耳，啞巴利用聾子的嘴，整村人祥和富足，無爭無吵，最後只能一家一戶輪流上公社接受批鬥。終於，茅枝婆承認自己的錯誤，決定帶領大家往退回到自耕的路上前進。

另一條故事線發生在當代商品化的高潮時期。雙槐縣新任縣長柳鷹雀，懷著成為共產主義運動傑出領袖的夢想，竟異想天開想從俄羅斯購買列寧的遺體，放到魂魄山上，他要建一座「列寧紀念堂」，藉此招攬世界各國遊客，發展旅遊觀光業，把全縣帶進整個中國都在追求的「經濟烏托邦」，既獲得大量門票收入，又能獲得「堅持馬列」的名譽。但購買遺體需要大筆資金，柳縣長發現了受活莊殘疾人的用處，在他的威逼利誘下，受活人紛紛加入了雙槐縣組織的「絕術團」，上百個殘疾人輪番上臺表演——全盲的桐花擁有奇特的聽覺，她可以聽見雞毛從半空中落下，也能用拐杖敲樹分辨是什麼樹；癱子媳婦可以在樹葉上刺繡；獨腿猴跳火海；馬聾子敢讓鞭炮就掛在耳邊放；九胞女唱北方的山歌時，把氣球放飛在戲院的半空裡，她們的嗓子能把氣球啪啦穿破一半。「絕術團」的表演受到熱烈歡迎，不但柳縣長籌集購買列寧遺體的款項指日可待，受活人也賺得口袋飽飽。

兩條故事線在此「合攏」——此時，茅枝婆又向柳縣長和村民提出「退社」，結果全村人一致反對，柳縣長也以此為條件要脅並交換，只要茅枝婆組織絕術兩團參與巡演表演，等籌夠錢後，便答應讓受活莊「退社」。因此，茅枝婆也成了「絕術團」的一員。

就在離購買列寧遺體僅一步之遙時，柳縣長突然被抓走調查了。「絕術團」的殘疾人又被圓全人欺負了，司機將他們關在剛修築完成的「列寧紀念堂」內，逼迫他們交出巨額的演出費，還凌辱了受活莊的妙齡少女。一場噩夢過後，受活莊又被打回了原形。一無所有的他們終於認清他們和外界是無法交流的，於是走向了回歸。茅枝婆終於在拿到朝思暮想的「退社」公文後，含笑而逝；而柳縣長則在丟官後，選擇去撞了車，讓車軋斷了他的雙腿，他把自己也變成一個殘疾人，也能到受活莊落戶定居了。

閻連科非常注重小說的結構，他把《受活》分八卷底下又分章，但卻是用一、三、五、七、九單數計，連注解的標號也都用單數，不用雙數，因為有別於圓全人的受活人都是殘缺的。

至於有的章後面所附的「絮言」，是為了補充或解釋「正文」的，這裡的「絮言」也有精彩絕倫的故事情節與主題意義，不單單只是注解而已。例如第十五卷第三章的「絮言」就解釋了幾個「節日」的由來。

有一天一位老人來到受活莊，說只要耐心地朝東南走，所有的殘缺都會恢復正常，於是大家便往東南方起程，一年半來吃苦受累，突然一天見到一飢餓老人，老人說他全殘，幾次要尋短見，十九歲那年夢到只要朝著西北走到耙耬山的受活莊，那裡的皀角樹下有讓殘缺可以恢復正常的祕方。老人說，他就是為那祕方從最東南的地方出門，共走了六十一年。

老人擔心自己走不到受活莊了。於是受活人就合力幫助老人往耙耬山脈走。三天後，老人臨死前對受活人說，有這三天的好日子，值得了。等他們又花了一年半返回受活莊，卻沒在樹下發現祕方。只好繼續安心種地，然而「在這割麥子、種蜀黍的季節裡，少了胳膊的單手男人們，卻發現出門經了三年的辛勞後，自己會用一隻手割麥子、刨地了，一隻手也能幹兩隻手都有的圓全人的活路了；瘸子發現出門走了三年路，練得自己一條腿和兩條腿的人一樣走路又快又有力。瞎子因為路走多了，他手裡的瞎棍兒這敲敲、那碰碰，竟可以把棍當成眼睛用；聾子也因為走了三年路，和人說多話，看著別人的嘴動，就能猜出人家說了啥；啞巴因為一路上要比比畫畫，就有了他的一套手勢和啞語。[3]他們竟可以和圓全人一樣種地過活了。想起那八十一歲的全殘老人的恩德，就把九月九定為「老人節」，這一天要去給村裡的老人磕頭，並奉上好吃、好喝和好用的東西；為了慶賀男人們不僅都從外面回來，且學會了自己最短缺的技能與絕術，女人們就把他們回來的六月六日定為「男人節」，稱做「龍節」，這一天，男人們就在家裡大歇一天，事情都給女人們做；男人們為了感謝出走的三年，女人們辛苦撐起家計，就把七月七定為「女人節」，又叫「鳳節」，這一天換女人們休息，男人們不僅要做飯，還必須把最好吃的都端給她們。

小說裡「絮言」的筆調和口吻是有別於「正文」的，除了在於補充正文，且前後對照，還有一種

---

3 閻連科：《受活》，頁449－450。

提供讀者閱讀情緒的緩衝，這在文體上是相當特別的，就小說的藝術結構而言，整個視野和空間也變得更為開展了。

## 立體飽滿的人物刻劃

柳縣長是個全身上下充滿矛盾的立體人物，他有個人的權力欲望，也同時照顧和擺弄百姓，他對領袖忠貞卻又有其愚蠢的一面，自以為很清楚商品經濟的發展其實卻是糊塗得很。正因為身陷自身農民意識與革命往前的矛盾，他的形象顯得更為具體動人。

柳縣長在受活慶的活動上演說，對於受活莊遇上大熱雪的天災，他說他是全縣八十一萬人口的父母官，絕不會讓任何一戶餓肚子，因此決定這場大熱雪給受活莊帶來了多大的災，小麥減了多少產，他就給各家各戶補多少。

臺下的百姓聽了掌聲雷動，柳縣長說：「大家別鼓了，鼓久了手就疼了呢。說實在，天下沒有捨得讓兒娃們餓死的爹娘哩。我是全縣百姓的父母喲，有我做父母的一塊饃，就有咱受活莊每人的一口米，我有半碗湯，就一定有咱受活人每人一口湯喝哩。」[4]縣長說除了過幾天就運來的糧食，他還讓

4 閻連科：《受活》，頁83。

縣裡每個拿工資的人都掏了錢包，所以每個人頭都能先拿到補助。

柳縣長先給百姓打了溫情牌，實際地展現了他父母官對百姓的關愛，接著下來便是他「私欲」的部分了——

「現在我告訴你們一條好消息——你們都聽說我要到俄羅斯聯邦去購買列寧的遺體了吧？都知道魂魄山那兒成了國家級的森林公園了，要安放列寧遺體的紀念堂都已破土動工了吧？對你們說，購買列寧遺體的錢我已經備下一些了，地區答應說我們縣能湊出多少錢，他們就給我們多少扶貧款。我們湊出一千萬，他再給我們一千萬，這加到一塊就是兩千萬；我們湊出五千萬，他們再給我們五千萬，那就是了一個億。你們知道不知道，列寧是全世界人的領袖呢，人家不會便宜賣了哩，那遺體多少錢是一定要以億核算的。所以這一年我讓全縣人交錢多了些，聽說有的農民為了交這購列款，賣了豬，賣了雞，連老人的棺材都拉到集上去賣了，有人連下年耕種的糧種都賣了，還有人把不到年齡的姑女都提前出嫁了——在這裡，我向你們耙耬山脈的百姓們道個歉，向全縣人民道個歉：我柳縣長對不起你們了，對不住全縣八十一萬的百姓了——」[5]

[5] 閻連科：《受活》，頁85。

柳縣長以他官場上的語言藝術，動之以情、說之以理、誘之以利，對他的百姓描繪他的偉大藍圖。他說：

「有了這一卡車的錢，我就可以去那個叫俄羅斯的國家和他們簽訂購買列寧遺體的合同了。就是錢不夠，我也可以交上預付款，再留一張欠條先把列寧的遺體拉回來。只要把列寧的遺體拉回來，放到咱們魂山上的紀念堂——鄉親們，父老們，到了那時候，來咱們這遊樂的人就會比螞蟻還要多。你們在路邊上賣個茶雞蛋不要說就賣兩毛錢，就是賣三毛、五毛、一塊都供應不及呢。你們要在路邊開個小飯館，那得一天到晚關不了門，吃飯的人像學生孩娃們放學了一樣排成隊。你們要開旅店啥兒的，床可以髒一些，房子哪怕還漏雨，被子裡的棉花哪怕是草紙，哪怕床上有虱子、跳蚤啥兒的，那住店的人打斷腿兒也是趕不絕的呢。」[6]

柳縣長最後還鼓勵大家只要熬過今年的苦日子，明年天堂的日子就來臨了。今天大家不為他鼓掌也可以，就怕等他把列寧的遺體買回來，大家向他作揖都來不及了呢。

---

6 閻連科：《受活》，頁85—86。

政治狂人柳縣長為了獲取政績不擇手段，把百姓作為利用的工具。閻連科說：「是體制塑造了人，是體制異化了人，是『異化人』和體制相互結合、相互作用的結果。這種體制，必然培育和產生這樣的人物，必然造就一批又一批柳縣長這樣的人物。柳縣長這個人物，從表面上看，是誇張、放大、漫畫化。但從深層說，是另外一種逼真，是另外一種真實。」[7]

至於心地良善、有著悲劇理想性格的茅枝婆全站在村民的立場謀福利。她委曲求全，在看清了社會革命的本質後，低頭認錯，儘管兩面不是人，也要捍衛自己的核心價值。為了完成帶著受活人「退社」的目標，不惜向曾經誘姦自己女兒的柳縣長妥協，也參加演出；在大饑荒來臨前就提醒村民要存糧備荒；文革期間，為了保護受活人，主動編造自己是地主婆的身分接受批鬥。好在最後作者溫情地安排了在她死前終究得到了她朝思暮想的政府檔案。

作者在塑造這些栩栩如生的「圓型人物」時，也讓讀者見到了人性因為利益關係而扭曲；見到了文明社會對弱勢族群在精神與物質上的剝奪；也在歷史的回望中諷刺地揭示了農村的苦難，也展現了底層勞動階級的生存困境。

---

7 李陀．閻連科：〈《受活》：超現實寫作的新嘗試〉，《受活》，頁465。

## 將憤怒轉為荒誕與幽默

閻連科認為：「小說中沒有憤怒，就是沒有靈魂。……憤怒應該是一種文學品質，是一種高貴的品質，如果沒有憤怒，即使這部小說有再好的結構、再好的語言、再好看的故事也是胡扯。」[8]且看作者是如何將他的憤怒在小說中以其不可理喻的荒誕與黑色幽默加以體現。

當力求步步高升的柳縣長組織的「絕術團」開始表演後，沒有人相信這個絕術團的殘疾演員全是生在一個村落裡，而且各個都有超能的絕活。小說裡描述著：

> 愈是不相信，就愈是要看呢。便家家戶戶，工廠、公司都關門歇業去看了。門票就從三百一張漲到五百一張了。你不漲到五百，那票販兒們便賺了大錢了。那城市裡的報紙、廣播、電視也都有了事做了。於是兒，那出演相跟著是越發的火上澆油啦，在那兒連演了二十九多場還不能從那個城市退出來。[9]

再看在演出「瞎子聽音」的節目時，為了證明瞎子真的是全盲的，原本是用一百瓦的燈泡在他眼

---

8 李陀・閻連科：〈《受活》：超現實寫作的新嘗試〉，《受活》，頁474。
9 閻連科：《受活》，頁19。

前照一下，後來就改成五百瓦的大燈泡在他眼前照上大半天，之後就索性改為一千瓦的燈泡了。這當然又贏得更多的掌聲，這些受活人的薪水又更多了，到了下個月，每人又發了上萬的錢，因此，他們演出得更賣命，更沒啥可怕的了——「小兒麻痺症腳穿著瓶兒翻觔斗，不是讓那玻璃瓶兒不碎破，而是到末了故意讓那玻璃碎在他的腳下邊，他就站在那玻璃碴兒上給觀眾謝幕兒，觀眾就都看見血從他那麻稈腿下的腳縫呼嘩嘩地流了出來哩。就越發地給他鼓掌了。他便越發地不怕腳疼了。他每月的錢也便愈加地多了起來呢。」[10]

更離譜的怪誕是，經歷了五個月的演出，每個人身上都有幾萬塊，卻無法匯錢回去，因為整個受活莊空空蕩蕩，幾乎所有的人都來演出了，莊裡也沒有可靠的收錢人，因此，每個人的枕頭裡、被子裡和戲箱裡都藏著錢，他們除了演出都不敢亂跑，後臺子也不敢離開他們自己人，連吃飯時也得輪流著在後臺看管。

還有荒謬的政治妄想，也在柳縣長身上隨時可見。當他一步步接近他的榮譽夢想時，他還妄想在他過世後要把自己埋在列寧紀念堂中，並在棺材上寫上「永垂不朽」。

整部小說以寓言式的敘事、戲謔犀利的筆鋒講述歷史的荒誕，將情節內容的無厘頭以及人物命運因荒謬可笑而扭曲的性格，在實際中誇張呈現，在滑稽中逼真殘酷，成就了《受活》笑中帶淚的藝術震撼。

[10] 閻連科：《受活》，頁245。

## 結語

第一：閻連科在《受活》中以虛實真幻的狂想的現實主義筆法寫作，提示了對殘酷歷史的檢討與反思，政治權力機制對人性的異化；也讓讀者從中體認整個中國社會發展的曲折與複雜。其作品難得的、無限的藝術魅力便從中而生。

第二：小說裡茅枝婆的入社到退社，以及受活莊的參與革命到退出革命，在「外出」與現實社會的強烈撞擊後，歷經了期待、狂喜、噩夢到最後接受現實「回歸」平靜，一場折騰後，找到精神家園的寧靜似乎是最終的存在依歸。其作品深刻的意寓蘊含於此。

第三：小說描述在「大劫年」，公社說天下是共產黨的天下，便把受活莊的糧食都運走了，圓全人都到受活莊要糧食，要不到就以暴力搶奪，整個受活莊毫無章法秩序，圓全人對受活人說：「圓全人就是你們的王法。」。這裡所呈現的原始的生存鬥爭，打破了社會主義的革命該是為消除階級剝削，為解放無產階級而革命的神話。其作品強烈的階級壓迫與社會批判顯而易見。

第四：作者設計了沉重、嚴肅的現實問題，對其筆下「受苦人」賦予了相當大的同情，有一種拯救社會弱勢的激情和正義道德感。他企圖以文學作為拯救社會的力量，想利用文學的使命對中國的現代化進程採取批判，對疼痛、悲苦、磨難以及存在意義，本部小說在中國當代文學的想像力和表現形式中，占有重要的一席之地。

# 女力時代——莫言〈紅高粱〉「雌雄同體」的戴鳳蓮

二〇一二年諾貝爾文學獎得主——莫言，他的成名作〈紅高粱〉發表於一九八六年，於隔年獲得「全國中篇小說獎」，名列「世紀百強」第18，讓莫言成為中國當代重要的小說作家之一。小說的背景設定在一九三九年秋，日本侵華後第二年，地點是紅高粱遍地的打游擊戰的好地方——山東省高密。當地民風強悍，百姓經常武裝起來抵抗日寇的入侵。小說由兩條故事線索交織：主線寫民間武裝伏擊日本汽車隊的起因和過程；副線則是戴鳳蓮和余占鰲在抗戰前的愛情故事。

莫言的故事原型來自家族的真實事件：大爺爺做主給二姑姑訂了一門親事，大爺爺明知道新郎是個痲瘋病人，卻因為他家有一匹大驢、一頭大牛、一輛大車，還有幾畝好地，明擺著的好日子，所以不顧家人們的反對讓他們結婚，結果二姑姑婚姻不幸，四十多歲就過世了。莫言骨子裡對女性有很高的尊崇，他安排他的二姑姑成為他筆下的戴鳳蓮，並翻轉了她的命運，活出了屬於她自己獨一無二的精彩人生。

關於女性意識，陳志紅認為：「它一方面既源於女性特有的生理和心理機制，在體驗與感受外部世界時有著自己獨特的方式和角度，這實際上是一種性別意識，這時它更多地屬於自然屬性的範疇；另一方面，它又與人類的社會發展有著不可分割的關係，不同的社會歷史階段決定著女性意識發展的不同層次和不同的歷史內容。」[1]可見女性意識除了生理與心理的性別意識之外，社會歷史的規範，亦會成為一種根深柢固的觀念，深深影響著女性的思維和行為。

中國由於長期歷史過程的累積，父系社會掌權以及私有財產制的產生，使得男權文化將女性物化，視其為私有財產，傳統的女性在這些制度的束縛與要求下完全沒有自我，在不自覺中無怨無悔、理所當然地接受這樣不公平的使命，認為其犧牲與奉獻是與生俱來的天職，這種集體無意識讓女性沒有選擇地完全服從於封建的既定的家庭秩序，認定她們是第二性，是男性的附庸，全然為男人而活——在家從父、出嫁從夫，夫死從子，充其量只是家庭的奴隸以及傳宗接代的工具。再加以傳統的禮教規範與貞操觀念，牢牢地約制著女性的自我認知，這種社會對女性、男性對女性，甚至女性自己對女性的傳統認識，就是所謂的「傳統的女性意識」。

莫言塑造在距今八〇年前的戴鳳蓮這樣一個婦女解放的先驅，同時也解除了長期以來加諸在她身上的枷鎖與桎梏，開啟了女性認識自身的社會價值。

[1] 陳志紅：〈走向廣闊的人生——對新時期「女性文學」的再思考〉，北京《中國現代、當代文學研究》，一九八六年五月，第五期，頁40。

## 「雌雄同體」的戴鳳蓮

關於「雌雄同體」，維基百科說：在文化上，雌雄同體是指同一個個體身上同時擁有「陰柔」和「陽剛」的性別氣質。精神分析女性主義關心童年經驗如何影響一個人的性別氣質的發展。如霍爾內（Karen Horney）假設，在脫離父權社會的文化塑造後，女性和男性可發展出不同的女性氣質和男性氣質，一個融合可取的陰柔氣質及陽剛氣質的雌雄同體社會是可能的。[2]

莫言在〈紅高粱〉裡將戴鳳蓮從傳統的框架中帶出來，顛覆過去「賢妻良母」委曲求全的溫柔懦弱的形象，讓她全然接受戰亂大環境的撞擊與洗禮，洗練出更多的陽剛之氣，讓雄性與雌性特徵兼備，其女中豪傑的形象便全然展現，似乎從另一個角度頌揚了「雌雄同體」才是女人最高層次的氣質。以下從七點分析戴鳳蓮這個「女人中的男人」的人物刻劃與其成長轉變。

### 渾沌朦朧的自覺意識

戴鳳蓮不到六歲就開始纏腳，受盡苦難。剛滿十六歲就已出落得豐滿秀麗，「三寸金蓮」走起路來雙臂揮舞，身腰扭動，好似風中招颭的楊柳。高密東北鄉有名的財主單廷秀因緣際會一眼看中了

2 https://zh.wikipedia.org/wiki/。

她，要她嫁給獨子單扁郎。單家利用廉價原料釀酒謀利，富甲一方。當時，許多人家都渴望和單家攀親。戴鳳蓮貪財的父親三個月後，決定把她嫁給單家。

願意裹小腳的戴鳳蓮原是接受封建傳統的安排的，她所受的教育，告訴她只有依附男性才能生存，所以，她必須聽從父親的安排。她「雖然也想過上馬金下馬銀的好日子，但更盼著有一個識字解文、眉清目秀、知冷知熱的好女婿……渴望著躺在一個偉岸的男子懷抱裡緩解焦慮消除孤寂。」[3]她期盼早日成婚，但隱約聽說單扁郎是個痲瘋病患；父親卻說他飽讀詩書，足不出戶，白白淨淨，一表人才。又批評那些多嘴的人就是吃不到葡萄說葡萄酸。

終於熬到婚期，她坐在憋悶的花轎裡，頭暈眼眩。她把轎簾打開一條縫，偷偷地往外看。「看到轎伕們肥大的黑色衫綢褲裡依稀可辨的、優美頎長的腿，和穿著雙鼻梁麻鞋的肥大的腳……猜想著轎伕粗壯的上身，忍不住把腳尖上移，身體前傾。她看到了光滑的紫槐木轎桿和轎伕寬闊的肩膀。」[4]轎伕身上散發出汗酸味，她痴迷地呼吸著這男人的氣味，心中漾起一圈圈春情波瀾。

這些年輕力壯的男子，為別人抬新娘，心裡很不是滋味，所以除了趕路外，他們也故意讓轎子顛動得厲害折騰新娘。

戴鳳蓮聽到轎伕們說起單扁郎是個痲瘋病人，心裡又悲又苦。她不禁流下眼淚心想「這一雙喬喬

3 莫言：《紅高粱家族》，臺北：洪範出版社，一九九八年十二月，頁50－51。

4 莫言：《紅高粱家族》，頁51－52。

金蓮，這一張桃腮杏臉，千般的溫存，萬種的風流，難道真要由一個痲瘋病人去消受？如其那樣，還不如一死了之。」[5]

這時，一個轎伕開口要她跟大家聊天，但她想起家人叮嚀過她，在路上，千萬不要跟轎伕們磨牙鬥嘴，說連吹鼓手都是下九流，奸刁古怪，什麼樣的壞事都幹得出來。於是她趕緊拿起紅布，蒙到頭上，頂著轎簾的腳尖也悄悄收回，轎裡又是一團漆黑。轎伕們用力把轎子抖起來，她坐不安穩，雙手抓住座板。顛到想吐，又命令著自己不能吐，因為有人說吐在轎裡是最大的不吉利，吐了轎一輩子沒好運。

由此可知，她本是相信天命、運氣的，也期待能夠遇上好姻緣就認命過日子，但她的自覺意識卻也隨著複雜情緒和心理開始萌芽。女性意識逐漸覺醒，對命運有了質疑，努力嘗試要在生活中緊抓住些東西。

## 自主情慾的反抗意識

莫言企圖通過靈肉讓男女主角去體認愛情，可以讓她們對於情的另一面——慾，加以體驗，而有不同的理解，它是生理與心理活動，能獲得肉體與精神上的滿足。

小說裡描述著轎伕們終於顛得戴鳳蓮開口求饒，放聲大哭起來。她覺得委屈，前途險惡，終生難

[5] 莫言：《紅高粱家族》，頁53。

脫苦海。轎伕們不再顛狂，連推波助瀾、興風作浪的吹鼓手們也停嘴不吹，只剩下她的嗚咽。轎伕們沉默無言，步履沉重。轎裡的哽咽和轎後嗩吶的伴奏，他們走在高粱小徑上的，不像是迎親的，倒像是送葬的隊伍。

她審視權衡自己的情感與未來，對於社會以往約定俗成的不公平，內心開始出現有聲或無聲的抗爭。

在她腳前的那個轎伕——二十歲的余占鰲被她的哭聲，喚起了他心底早就蘊藏著的憐愛之情。轎伕們中途小憩，花轎落地。戴鳳蓮哭得昏昏沉沉，不覺地把一隻小腳露到了轎外。轎伕們看著這玲瓏的、美麗無比的小腳，一時都忘魂落魄。余占鰲走過去，彎腰，輕輕地握住她的小腳送回轎內。她在轎內，被這溫柔的舉動感動，她非常想撩開轎簾，看看這隻溫暖的年輕大手的主人是誰？

高密土匪多，果然途中遇上了一個劫路人，要他們留下買路錢。戴鳳蓮轉念間，感到死都不怕，還怕什麼？她掀起轎簾，看著那個劫路人。後來，劫路人要她下轎。她欠起身，大大方方地跨過轎杆，右眼看著劫路人，左眼看著轎伕和吹鼓手。淡定自若，豁出去的無所懼。劫路人催逼著她往高粱地裡走，他的手始終按著腰裡的傢伙。她用亢奮的眼睛，看著余占鰲。最後余占鰲趁機飛身上前，輕捷地踢了一腳，劫路人平行著飛出去。劫路人跪地，連連磕頭求饒。之後，余占鰲抓住他，把他提到轎子前，用力摔在路上。

余占鰲憑著膽色與力氣，打倒了拿著假槍的劫匪，贏得戴鳳蓮的好感。她「站在路邊，聽著七零八落的打擊肉體的沉悶聲響，對著余占鰲頓眸一瞥，然後仰面看著天邊的閃電，臉上凝固著的，仍然是那種粲然的、黃金一般高貴輝煌的笑容。」[6]後來，吹鼓手發現劫路人不經打，被余占鰲打死了。

余占鰲看看死人，又看看活人，不發一語，從高粱上撕下一把葉子，把轎子裡戴鳳蓮的嘔吐物擦掉，趕著雨下大前，把她扶上轎趕路。

小說裡加強了戴鳳蓮的內外在的形象描寫——「撕下轎簾，塞到轎子角落裡，她呼吸著自由的空氣，看著余占鰲的寬肩細腰。他離著轎子那麼近……只要一翹腳，就能踢到他青白色結實的頭皮。」她「心中亢奮，無畏地注視著黑色的風掀起的綠色的浪潮，雲聲像推磨一樣旋轉著過來，風向變幻不定，高粱四面搖擺，田野凌亂不堪。最先一批兇狠的雨點打得高粱顫抖，打得野草觳觫，打得道上的細土凝聚成團後又立即迸裂，打得轎頂啪啪響。」[7]

第三天上午，戴鳳蓮被喝得醉醺醺的父親來接回門。她坐在驢上，跟她父親說死也不去單家啦！父親說她好大福氣，她公公要送他一頭騾子。醉得不成人樣的父親到路邊草叢裡嘔吐。戴鳳蓮對他滿心仇恨。毛驢把父親甩在後面，馱著戴鳳蓮，徜徉前行。突然在彎道上，一隻有力的胳膊挾著她，向高粱深處走去。

戴鳳蓮「無力掙扎，也不願掙扎，三天新生活，如同一場大夢驚破，有人在一分鐘內成了偉大

6　莫言：《紅高粱家族》，頁61。

7　莫言：《紅高粱家族》，頁62。

領袖……在三天中參透了人生禪機。她甚至抬起一隻胳膊，攬住了那人的脖子，以便他抱得更輕鬆一些。」[8]那人把戴鳳蓮放到地上，她軟得像麵條一樣，眯著羊羔般的眼睛。那人撕掉蒙面黑布。是余占鰲！戴鳳蓮「暗呼蒼天，一陣類似幸福的強烈震顫衝激得她熱淚盈眶。」[9]

人在絕望無助時，有時會希望利用性的發洩來求得暫時的解脫，此時戴鳳蓮或許也只想抓住當下的愉悅。更何況她對余占鰲是欣賞的，在水乳交融中還包含了情感的肯定。

余占鰲把大蓑衣脫下來，用腳踩斷了數十棵高粱，在高粱的屍體上鋪上了蓑衣。他把她抱到蓑衣上。她「神魂出舍，望著他脫裸的胸膛，彷彿看到強勁慓悍的血液在他黝黑的皮膚下川流不息。高粱梢頭，薄氣婀婀，四面八方響著高粱生長的聲音。風平，浪靜，一道道熾目的潮濕陽光，在高粱縫隙裡交叉掃射。」[10]她心頭撞鹿，潛藏了十六年的情慾，迸然炸裂。在他的剛勁動作下，尖刻銳利的痛楚和幸福磨礪著她的神經，她低沉瘖啞地叫了：「天哪！」就暈了過去。兩人「在生機勃勃的高粱地裡相親相愛，兩顆蔑視人間法規的不羈心靈，比他們彼此愉悅的肉體貼得還要緊。」[11]之後，戴鳳蓮從迷蕩的天國回到了殘酷的人世，六神無主哭了起來。得知她的丈夫真是麻瘋，余占鰲只承諾：「三

8 莫言：《紅高粱家族》，頁89。
9 莫言：《紅高粱家族》，頁89。
10 莫言：《紅高粱家族》，頁89。
11 莫言：《紅高粱家族》，頁90。

天之後，你只管回單家。」余占鰲說到做到，在戴鳳蓮回單家前殺了單家父子，拯救了戴鳳蓮，且沒名沒份的和她在一起。

戴鳳蓮知道幸福是要自己爭取來的，她不在乎禮法道德、社會輿論，她只想單純熱烈地大膽掙脫封建世俗的枷鎖，將她對余占鰲的崇拜，傾其全力去愛。只要她戴鳳蓮願意，她無所畏懼，傳統倫裡在她眼中輕如鴻毛，也毫不在意流言蜚語。

此外，鄉民們多傳言戴鳳蓮和單家老夥計——劉羅漢，有不尋常的關係。戴鳳蓮和劉羅漢是有特殊情份的，當時她嫁入單家，扶著她拜天地的一個是燒酒鍋上夥計，另一個就是五十多歲的劉羅漢。等到三天後她接管單家，是劉羅漢一路相挺撐起家業，他們是有革命情感的。

縣志載：民國二十七年，日軍捉高密、平度、膠縣民伕累計四十萬人14次，修築膠平公路。毀稼禾無數。公路兩側村莊中騾馬被劫掠一空。「農民劉羅漢，乘夜潛入，用鐵鍬鏟傷騾蹄馬腿無數，被捉獲。翌日，日軍在拴馬樁上將劉羅漢剝皮零割示眾。劉面無懼色，罵不絕口，至死方休。」[12]不難想像這般漢子性格的劉羅漢是能深深被「個性解放」的戴鳳蓮所吸引的。

戴鳳蓮自主情慾，毫不矯揉造作。多數女性其實一意追求的是靈肉一致的愛，女性的慾望裡涵容著「情」，戴鳳蓮的性愛裡更多屬於靈魂，也因此承受情感的負荷比余占鰲或劉羅漢都要來得多。

---

[12] 莫言：《紅高粱家族》，頁15。

莫言重視女性意識與慾望的存在，並以開放的意識重視抒寫「性文化」在女性角色生命中不可忽視的位置。

## 獨立自主的經濟能力

當女性決定離開對男性的人身依附，自立自強尋求人格與經濟的獨立後，便不可能再走回頭路了。大陸作家張辛欣說：「矛盾、痛苦迫使你追求新的平衡，新的自我完善、新的社會位置，也使你更充分、更深刻的感受，擁有這個豐富的世界。」[13]

戴鳳蓮在單家父子遇害後，回府後第一件事就是授命酒作坊掌作劉羅漢，全權掌管單府財務和酒作坊，並帶領大家將單府內外全面清理消毒，同時也迎接她嶄新的人生。她要煥然一新的繼承家業，此時，她的女性形象往男性形象流動而轉變，她處世冷靜異常，以合情合理的周延管理留住眾夥計，帶人帶心，想方設法要撐起單家的燒酒作坊，她的管理與經營方式讓夥計們折服，且願為其賣命，使她的酒坊遠近馳名。

戴鳳蓮掌權後，非但自我存在的價值提高了，且其經濟意識的覺醒，也更能反映其愈加成熟的精神與人格獨立意識。

---

13 金一虹、張惜金、胡發貴：《女性意識新論——甦醒中的女性》，南京：南京大學出版社，一九九一年九月，頁140。

## 敢愛敢恨的倔強精神

戴鳳蓮從被動的半信半疑接受父親的包辦婚姻，到自哀自憐自己的悲慘命運，這中間從期待到絕望，不過她卻不願跟命運低頭，在洞房花燭夜確定單扁郎真是個痲瘋病人後，她奮力反抗殘酷無情的現實，她用生命要脅，連著兩天抵禦丈夫的靠近，也拒絕了公公拿家產誘惑她。後來，在高粱地裡，她豁了出去，被動也主動地把自己獻給了余占鰲，之後甚至和余占鰲有了生命的結晶。

在那樣傳統封建的時代，戴鳳蓮能夠為自己挺身而出，她的底氣，來自於她潛意識裡敢愛敢恨的叛逆精神，那是一種不願受束縛的自由意識，所以，她要主動改變自己的命運。

當她經濟自主後，她的心志更加強大，她向封建父權挑戰，不願受到親情的綁架與勒索。她憎恨父親為了錢將她嫁給痲瘋病人，不僅將父親拒之門外，還毅然決然斷絕父女關係。可是後來父親過世，她又冒雨奔喪盡孝。她是一個有血有淚，愛恨分明的女人。

在那個男人三妻四妾的時代，戴鳳蓮卻也堅決捍衛自己的愛情。當余占鰲和她的丫鬟——戀兒出軌，潑辣果敢的她除了趕走戀兒，還為了刺激余占鰲，跑去跟他的對頭鐵板會頭子黑眼住在一起幾個月。她不是忍氣吞聲、逆來順受的人，她也要讓余占鰲角色易處，嘗受長久以來兩性是如何的不對等。她以強者的精神追求自己要的幸福和愛情，對余占鰲的不忠直接進行了報復，衝破了傳統道德的束縛。最後，在戀兒懷了孩子後，她強硬地爭取余占鰲兩邊住，以「公平競爭」達成雙方平均享有余占鰲半個月的協定。最終余占鰲回到了她的身邊，她捍衛了她的愛情，也沒讓戀兒的小孩沒了父親。她的性愛經驗似乎讓她理解七情六慾，也能容忍和戀兒之間的三角關係。

此外，這個奇特的女子，為了支持抗日，甚至讓獨子跟著余占鰲前去戰場，而她自己最後也被日軍偷襲，死在她最愛的高粱地。臨死前她向老天呼告：

「天哪！天……天賜我情人，天賜我兒子，天賜我財富，天賜我三十年紅高粱般充實的生活……既然給了我，就不要再收回……祢認為我有罪嗎？……什麼叫貞節？什麼叫正道？什麼是善良？什麼是邪惡？祢一直沒有告訴過我，我只有按著我自己的想法去辦，我愛幸福，我愛力量，我愛美，我的身體是我的，我為自己做主，我不怕罪，不怕罰，我不怕進祢的十八層地獄。我該做的都做了，該幹的都幹了，我什麼都不怕。但我不想死，我要活，我要多看幾眼這個世界，我的天哪……」[14]

莫言藉由戴鳳蓮提出了對傳統封閉愚昧的女性意識的否定，並以其開放意識體現了變革的自覺追求。這樣一個敢愛敢恨的女人，展現了女性的柔情和男性的剛毅。

---

[14] 莫言：《紅高粱家族》，頁91。

## 智勇雙全的無畏膽識

戴鳳蓮出嫁當天轎伕們抬著她，嘴裡罵的卻是她見錢眼開的父親，也有人說鮮花插到牛糞上，有的說單扁郎是個流白膿淌黃水的痲瘋病人，說站在單家院子外，就能聞到一股爛肉臭味，警告她可不能讓單扁郎沾身，沾了身，她也跟著爛啦！其實戴鳳蓮身上藏著剪刀，為的是必要時刻保全自己。

拜堂後，戴鳳蓮被送到炕上坐著。始終沒人來揭罩頭紅布，後來她自己揭了。下眼瞼爛得通紅的單扁郎站了起來，對她伸出一隻雞爪狀的手，她大叫一聲，從懷裡摸出預藏的剪刀，立在炕上，怒目逼視著他。他又萎萎縮縮坐回凳子上。這一夜，她始終未放下手中的剪刀，他也始終未離開方凳。

第二天一早，趁著單扁郎睡著，她溜下炕，跑出房門，打開大門，剛要飛跑，就被公公一把拉住。公公拿著一大串鑰匙交給她，說這個家就由她當家，她未接過手。第二夜，照舊手持剪刀，坐到天明。

戴鳳蓮的機智與堅持救了自己。至少保全了自己的貞操，把第一次給了令她心動、拯救她的英雄——余占鰲。

三天後，她回到夫家，縣長趙夢九帶領一班人馬來審案，問她是否勾結土匪殺死了公公和丈夫？她嚇得花容失色，悲從中來，急火攻心，一口鮮血從下嘴唇中部溢出。趙縣長立即當場宣布她無罪開釋，夫家財產今後歸她主持。她高呼青天大老爺，並當場認趙縣長為「爹」。

戴鳳蓮在抗戰中的足智多謀與英勇不屈，贏得了人們對她的崇敬。

當日本鬼子找上她時，她急中生智把劉羅漢的血抹在臉上，又一把撕散頭髮，張大嘴巴，瘋瘋癲癲地跳起來，三分像人七分像鬼的模樣，讓日本人愣然止步，也順利躲過了日本人的魔爪。

大家要在膠平公路伏擊日本人的汽車隊，是她想出用鐵耙扎壞日本人輪子的妙計，這個機關擋住了日本鬼子，讓他們無法往前。

這個女中豪傑可與男人並駕齊驅，她是抗日的先鋒也是民族的英雄。

## 男子性格的格局與氣度

在小說中當冷支隊長找余占鰲希望他帶領人馬，加入共產黨組織時，余占鰲卻有不同的立場，他希望保持雙方獨立，共同伏擊日軍汽車隊，結果兩個男人陷入了白熱化的僵局，這時戴鳳蓮抽離了她的女性特徵，展現出的是男性的大器。

八仙桌上，明燭高懸，咻咻喘氣的余司令和冷支隊長四目相逼。戴鳳蓮站在他倆當中左手按著冷支隊長的左輪槍，右手按著余司令的勃郎寧手槍，理性地說：買賣不成仁義在，這不是動刀動槍的地方，有本事對著日本人使去。且看小說中作者對白熱化的對峙的描述——

余司令怒衝衝地罵：「男子，你打出王旅的旗號也嚇不住我。老子就是這地盤上的王，吃了十年抃餅，還在乎王大爪子那個驢日的！」冷支隊長冷冷一笑，說：「占鰲兄，兄弟也是為你好，王旅長也是為你好，只要你把杆子拉過來，給你個營長幹。槍餉由王旅長發給，強似你當土匪。」

「誰是土匪？誰不是土匪？能打日本就是中國的大英雄。老子去年摸了三個日本崗哨，得了三支大蓋子槍。你冷支隊不是土匪，殺了幾個鬼子？鬼子毛也沒揪下一根。」[15]

趁著機會，戴鳳蓮往三個碗裡倒酒，每個碗都倒得冒尖，說：「這酒裡有羅漢大叔的血，是男人就喝了。後日一起把鬼子汽車打了，然後你們就雞走雞道，狗走狗道，井水不犯河水。」她先端起酒，一口氣乾了。余司令也一仰脖灌了。冷支隊長端起酒，喝了半碗。放下碗，他說：「余司令，兄弟不勝酒力，告辭啦！」戴鳳蓮按著左輪手槍，問：「打不打？」余司令氣哄哄地說：「你甭求他，他不打，老子打！」冷支隊長說：「打。」[16]

在戴鳳蓮加入抗日的行列時，發生了一件事。十七歲的、村子裡的第一號美女——玲子，喜歡余司令的下屬任副官，但她卻被余司令的叔叔余大牙強姦了，任副官要求正法余大牙，否則便要離任。為了籠絡任副官這一難得的人才，戴鳳蓮諫言：「千軍易得，一將難求。」她要求余占鰲槍斃其叔余

15 莫言：《紅高粱家族》，頁32。

16 莫言：《紅高粱家族》，頁33。

大牙，以大格局挽留任副官。

戴鳳蓮的骨子裡有男性的剛硬和強悍，她高瞻遠矚、是非分明，且能顧全大局，甚至勝過有些男性的瞻前顧後、優柔寡斷。

## 動盪環境的刺激轉變

莫言將戴鳳蓮的外在形象塑造成一個出眾的美女，但她獨具魅力的女性美卻是隨著她所處混亂的大環境的成長，而使女性形象向男性形象的轉變更加體現，她主宰自己命運，走出傳統女性所桎梏的「舒適圈」，也突破了男權文化的綑綁。

抗戰爆發，日本鬼子佔據了縣城和周邊村子並修炮樓，羅漢大爺被抓做苦役，為了偷回單家的兩頭騾而被日本鬼子活剝了皮；日本鬼子屠殺幾百村民，戀兒被姦殺，五歲的女兒也被刺刀挑死。余占鰲帶著十四歲的兒子潛入縣城買了500發子彈，並成立數十人的游擊隊，與冷支隊相約在大石橋打了日本人的伏擊，燒毀汽車兩輛，擊斃鬼子十多人，狐狸一樣的冷支隊最後時刻才出現，打死17個鬼子，搶走了戰利品，余占鰲被「友軍」出賣，幾乎全軍覆沒。

戴鳳蓮出嫁後，生活優渥，但處於連年混亂的局勢，心繫國家民族危亡，她也走出了家庭，跟著男人的步伐，在動盪的亂世裡，為家國盡一己之力。小說裡描述戴鳳蓮挑著一擔拤餅，王文義妻子挑著一擔綠豆湯，輕鬆地望見了墨水河中悽慘的大石橋。她欣慰地對王文義妻子說：「嫂子，總算捱到了。」她出嫁之後，一直養尊處優，這一擔沉重的抹餅，把她柔嫩的肩膀壓出了一道深深紫印，這紫印伴隨著她離開了人世，升到了天國，這道紫印，是她英勇抗日的光榮標誌。[17]

戴鳳蓮胸膛上的衣服啪啪裂開兩個洞。她歡快地叫了一聲，就一頭栽倒，扁擔落地，壓在她的背上。她中彈了，隨著挑來的那擔傾倒的綠豆湯，湯汁淋漓，如同英雄血。戴鳳蓮為革命犧牲——「完成了自己的解放，她跟著鴿子飛著，她的縮得只如一拳頭那麼大的思維空間裡，盛著滿溢的快樂、寧靜、溫暖、舒適、和諧。」[18]

## 結語

第一，從戴鳳蓮一生的生命歷程分析，從渾沌朦朧的自覺意識、自主情慾的反抗意識、獨立自主的經濟能力、敢愛敢恨的倔強精神、智勇雙全的無畏膽識、男子性格的格局與氣度、動盪環境的刺激轉變，在在可見其生命力之旺盛，無限的潛力在心比天高的性格鬥爭中開發、展現，從「小我」到「大我」，活出了自己想要的樣子。可以做為現代成功女性的典範。

第二，戴鳳蓮的外表花容月貌，個性卻如男子錚錚不屈，在感情上也風流倜儻，在順應時代，迎接

17 莫言：《紅高粱家族》，頁80。
18 莫言：《紅高粱家族》，頁94。

挑戰，經歷愛情和生活考驗後，她的情懷更為豁達而博大——「大行不拘細謹，大禮不辭小讓」，她的女性形象縮小了，男性形象擴大了，按照自己的思維與信念，對生命的追求也從被動升級為主動。

第三，小說人物有陽剛與陰柔兩種，而莫言卻將戴鳳蓮渲染塑造成敢愛敢恨、能屈能伸、剛柔並濟的人物。她伸張女性的權利，要求全面性的自我發展，在當時等於是從更現代的角度顯露其獨立的品格，並散發女性所有的情感，算是現代女性意識對傳統女性意識的顛覆。

第四，戴鳳蓮的一生從女兒、女人到母親，是最能展現其成長的——「個體存在的趨向成熟，有較明確的自我意識，能協調個人意願與社會規範之間的衝突從而在一定程度上實現自我價值。」[19]因此，其最能反映女性意識的覺醒程度。

第五，不同時代的女性具有不同的需求，現代女性的獨立意識和人格不斷提高，藉由戴鳳蓮的角色可以提供職業女性思考：在職場上兼具理性與感性，行為女性化，善用女性的「溫柔」優勢；思維男性化，果敢冷靜，如此才能在冷酷現實的職業場域，身段柔軟、能屈能伸地踽踽前行。因為全然女性化，過於傴促軟弱；純粹的男性化，又太嚴峻生硬，唯有兼備兩性獨特的魅力——「雌雄同體」的氣質與氣場，可能才是未來最能在職場生存的性別氣質。

19 潘廷：〈對「成長」的傾注——近年來女性寫作的一種描述〉，北京《中國現代、當代文學研究》第十一期，一九九七年，頁105。

# 新寫實小說：劉震雲的社會小說特色

上個世紀八〇年代末，九〇年代初的文壇，出現了以方方、池莉和劉震雲為主要代表的「新寫實」小說，其中劉震雲一直被評論家最為看好，因為他有屬於自己獨特的風格。

劉震雲，一九五八年，生於河南省延津縣。除了故鄉延津是他的情感焦點，他以他生長的那塊貧瘠多災多難的黃土地為主要的小說創作背景外，也將他參加人民解放軍的新兵軍訓生活和參加高考補習班時的所見所聞，依其生活經驗與超人洞察力，寫進了小說裡。

他善於描寫小人物的生存境遇和人情世故，往往從生活中實際取材，比如他筆下的劉躍進就是以他的表哥為原型塑造的：「我一個表哥就叫劉躍進，曾在北京的一個建築工地當過廚子，他忠厚坦誠，又非常幽默。我直接把他的事情寫下來就成了小說。」[1]又如，他在提筆寫《一句頂一萬句》前，開車出了北京，穿越河北，回到故鄉河南延津。小住幾天後，又開車經過開封、洛陽，最後拐到

1 〈劉震雲談電視劇《我叫劉躍進》：拍出小說精髓〉，《河南日報》，二〇一〇年八月十八日。

山西呂梁。在一條沒被汙染的河邊，他下車向問一位光膀子種瓜的農民大哥問路，農民大哥對他說：「兄弟，你出門在外不容易。」這句話成了劉震雲這部長篇的敘述口吻和語調。

洪子誠評其作品說：「人性的種種弱點，和嚴密的社會權力機制，在劉震雲所創造的普通人生活當中，構成難以掙脫的網。生活於其間的人物，面對強大的『環境』壓力，難以自主地陷入原先拒絕陷入的『泥潭』，也在適應這一生存環境的過程中，經歷了個人精神、性格的扭曲。」[2]這段評論正好說出了劉震雲作品的重要特色，也把劉震雲對於人與環境關係的關注加以提示。

本文將從呈現生存內容、充塞小市民意識、描寫飲食男女和突顯生命欲望四個方面去探究劉震雲小說的「寫實」風格特色。

## 呈現生存內容

完成於八〇年代中後期的《一地雞毛》，從日常生活最平常化的「豆腐」開頭。當時是中國社會的急遽轉型期，整個社會經濟文化發生巨大變化，人們關注於經濟利益的追逐，而忽略了夢想理念與核心價值。

---

[2] 洪子誠：《大陸當代文學史下編（1980~1990年代）》，臺北：秀威出版社，二〇〇八年八月，頁205。

小說從日常生活的描述而開展故事。樸實的語言敘述了普通市井百姓的生存艱辛、荒繆與無奈，以及被環境所迫的觀念轉變。自視清高的小林和妻子都是外地人，大學畢業後留京工作，有了女兒和房子。然而，隨著現實生活的衝擊，小林的抱負理想和鬥志銳氣一點點地被庸俗的社會染缸給腐蝕——為了調動工作，小林夫婦開始四處請托，送禮時，買貴的禮物不值得；買便宜的又送不出手，最後送了一箱可樂。被拒絕後，感到不愉快，也為花了錢感到心疼。對門鄰居為了讓他的孩子有個伴，便幫忙把小林的女兒也送進好的幼稚園，他們雖然感覺女兒成了「陪讀」的角色，但也只能像阿Q自我安慰。

《一句頂一萬句》講述了一座小鎮裡人們的命運變遷，以及人與人之間的恩怨情仇。主題闡訴：第一，世界上最可怕的事，是你把別人當成了朋友，別人並沒拿你當朋友。當你走投無路時，你想投奔的人，和你能投奔的人，到底有幾個。第二，一個人的人生，最大的幸事就是能遇見說的著的人；最大的不幸就是遇見了說不著的人還陰錯陽差綁在了一起；但是即便遇見了說的著的人，也不會一直說的著，人是會變的；有時，遇見了說得著話的人，也會因種種意外或不意外，就錯過了。這樣有些話只好永遠憋在心裡，悄悄地磨蝕著人生。所以只好不停地漂泊，不停地找。

《手機》也是呈現了改革開放後，人們面對生存環境轉變的生存現況。因外遇離婚的嚴守一結識了教授沈雪，兩人開始交往後，沈雪注意到嚴守一的不尋常：公事包裡有許多女孩子的照片、將手機的響鈴方式改成震動、女人發來簡訊。沈雪哭著對他說：她是一個簡單的人，他太複雜，跟他在一起太累了，她無法跟他一起生活！

嚴守一因為說謊和沈雪爭吵，心緒很亂，突然在主持節目時忘詞了，那一集談的主題正好是「有病」，人為什麼心裡會有病呢？他說：「生活很簡單，你把它搞複雜了；或者，生活很複雜，你把它搞簡單了。」[3]這正是他當時的寫照，他的「病」屬於前者，因為貪念慾求不滿，讓他的生活變得複雜，在人格逐而淪喪時，他的內心也在承受痛苦掙扎。

謊話連篇的嚴守一終究還是失去了沈雪。更遺憾的是為了向沈雪證明他沒問題，出門前賭氣將手機留給了沈雪，而錯過了見奶奶最後一面的機會。奶奶是拉拔他長大的，生命中最重要的人，但如今卻留下一生難以彌補的遺憾。出殯那天，他掏出手機，扔到了火裡。他留下了眼淚，覺得自己在世上是個卑鄙的人。

《我叫劉耀進》裡劉躍進的妻子和老闆李更生有了婚外情，原以為孝順的兒子卻為了錢認李更生為父。李更生打了欠條給劉躍進，內容聲明只要他六年內，不要打擾他們的生活，李更生就付給他六萬塊錢。成為全村最大的笑話的劉躍進，拿著欠條離開河南老家到北京建築工地當廚子。

有一天，劉躍進穿上西裝去辦事情，在路邊聽到有人在唱歌，還嫌棄人家，人家問他的身分，就吹牛說他在前面的工地蓋房子，想贏得別人的尊重。結果卻惹來一個叫楊志的流氓搶走他的包包。劉

[3] 劉震雲：《手機》，臺北：九歌出版社，二〇〇四年四月，頁233。

躍進的包包裡裝著他全部財產，最重要的還有李更生打給他即將到期的欠條。劉躍進拜託朋友，請當地的流氓找搶包的人。

而楊志搶了劉躍進的包後，就開始倒楣了，先是被人仙人跳，還丟了剛搶的劉躍進的包不說，居然還被弄得陽痿。後來，楊志卻先被仇家曹哥找到了。曹哥要楊志替他潛入一間別墅去偷錢，就算抵了彼此間的恩怨。結果不巧被屋主發現，於是他順手拿了女主人的包。

劉躍進跟蹤了楊志很久，竟然陰差陽錯地跟到了工地老闆的家。就在楊志失風跑出別墅時，他也追著他跑，楊志只好把女包丟在路邊繼續逃亡，於是這個女包就落入劉躍進的手中。然而，巧的是這個女包裡面，有一個很重要的隨身碟，裡面除了有老闆外遇的離婚證據，還有老闆掏空公款，為了調度資金，賄賂高官的資料，其中的交易黑幕牽涉到上流社會的幾條人命。於是這些上流社會的人發出重金，先是聘僱徵信社，後是找黑道，務必要把東西拿回來。

劉躍進身處在這個利益至上，人吃人、人搶人、人偷人的社會，連他的兒子都要偷他。劉躍進從一個沒沒無聞的小人物，變成黑白兩道互搶的對象，權錢交易的雙方和竊賊、警察等懷著不同目的找尋劉躍進。

在小說裡，我們見到一群「披著羊皮的狼」，盡力把自己打扮成「羊」，善良和藹，親切熱絡；而弱勢的「羊」也努力裝腔作勢，裝大尾巴狼。劉躍進這個善良的人，像是一隻無辜的羊，造化弄人，意外闖入了狼群。但有情有義的他自認倒楣，卻不悲觀，所以他受到老天的眷顧，稍微有點算計的頭腦，把那些要抓他的黑白兩道，擺了好幾道。

## 充塞小市民意識

在劉震雲的「寫實」小說裡不僅寫入了市井小民的物質需求，也涵括了精神需求。《一地雞毛》裡的小林買大白菜可以報銷，為了不吃虧，他一下子買了五百斤的大白菜；他原本都是實話實說的，但後來發現在單位的生存之道就是要真真假假，因為說假話的人可以升官發財，說真話的反倒是倒楣受罰。所以，當他幫同學賣鴨子，被單位發現後，他選擇以謊言逃過領導的責難；他樂於助人，過去幫人辦事，只要能幫忙，他都馬上滿口答應。後來，發現成熟的作法應該是：能幫忙先說不能幫忙，好辦先說不好辦。所以，就在他幫查水錶的老頭將一件原是舉手之勞的小事，說成不好辦的難事辦成後，得到一臺微波爐作為報酬，他更加確定自己過去的「幼稚」；過新年元旦，要給孩子幼稚園裡的阿姨送禮，他怕別人批評他寒酸，只能忍氣吞聲，向現實妥協，特別跑遍全城買到了高價炭火送給阿姨。放棄原本的自我、屈就環境與命運的他變得愈來愈卑怯、麻木。

小說裡從日常的柴米油鹽，寫出了人生有很多使不上力的種種無奈。

還有在《我叫劉耀進》裡我們見到互欠的社會，大家的債權債務永遠都無法清償，實際上，大家就算有錢也不會先還，都是先去買東西吃，犒賞自己，反正每次甩甩臉皮後，繼續拖欠著不還。永遠都說，很快就還錢，卻不知何時才會有錢。

至於精神方面的市民意識，在談及《一句頂一萬句》時，劉震雲表示：「痛苦不是生活的艱難，也不是生和死，而是孤單，人多的孤單。」[4]這部作品強調了「尋覓知音」的必要，也企圖探尋人生和生命的終極意義。小說中的曹青娥與拖拉機手侯寶山；牛建國和他的戰友陳奎一，之間惺惺相惜的默契，無需多言。所以，牛建國才會苦尋陳奎一，期待再續友誼。

這部小說赤裸裸地揭露了中國農村的文化生態，也表達人們渴望解除寂寞孤獨、渴望被理解的期待。

## 描寫飲食男女

要描寫人性就一定會涉及情愛，談論情愛就必須牽涉性慾。

《手機》伍月和嚴守一因公事相識。飯局時兩人都喝多了，伍月主動示愛，留下了房間號碼。嚴守一第一次知道了什麼叫「解渴」。伍月不同以往他遇到的女孩，一個月沒來任何消息；這反倒讓他主動打電話給伍月。之後兩人的情慾糾葛就越發不可收拾了。根據他以往的經驗，一個月後，對方就

[4] 《新京報》專訪，二〇〇九年三月十八日。

會提出要求。但半年過去了，伍月什麼也沒提。有一次他試問伍月他們的關係算甚麼？伍月奇怪地看著他說：「餓了吃飯，渴了喝水呀。」這個答案才讓他感到踏實。

一天晚飯前嚴守一打電話告訴于文娟，他要和製作人費墨開會吃飯。其實，嚴守一是和伍月在車上偷情。

老家堂哥打電話到家裡，說嚴守一手機關機找不到他。於是于文娟打了費墨的手機，費墨幫嚴守一圓謊，卻在嚴守一偷腥回到家開機後，打給嚴守一警告的電話，但手機卻被于文娟一把接了過去。這時伍月發來短信要他睡覺時別脫內衣，因為在車上咬過他。于文娟要嚴守一把衣服脫下來，當她見到一個大牙痕，便堅決提出離婚。

離婚後的嚴守一和沈雪穩定交往，卻讓伍月心裡很不是滋味。

離婚後生下嚴守一的兒子的于文娟，拒絕嚴守一的經援，但于文娟的哥哥要嚴守一幫于文娟找工作。嚴守一找伍月幫忙，並答應寫書序。在出版社開新書發表會後，伍月留了房間號碼給嚴守一，在激情的翻雲覆雨時，伍月用手機拍了他倆的裸照，並以此要脅他要讓她進他們公司。她還告訴他，她是用身體交換才幫他前妻安排工作的。之後，嚴守一躲著伍月，伍月卻發出了裸照到嚴守一手機，讓沈雪抓個正著。嚴守一在複雜的男女關係中，失去了真心為他付出的沈雪。

《一句頂一萬句》中沉默的牛建國和不愛說話的龐麗娜，走入了婚姻，大家都覺得他倆性格正好。生了孩子後，也開始見面無話可說的日子。一開始覺得沒有話說是兩人不愛說話，後來才發現不愛說話和沒有話說是兩回事。

龐麗娜跟小蔣有了姦情，被小蔣老婆逮到了，她跟牛建國說，她在旅社房間外等了半夜，什麼都聽見了，她說他們一夜說的話，比小蔣跟她一年說的話都多。

牛建國直到遇見了章楚紅，才知道和女人說得上話是怎麼一回事。他和章楚紅歡愛不單是為了性，除了兩個人說得上話，還有在一起時的那份親熱。親熱完，還不想睡覺，就摟著說話。他倆無話不談，能互訴不能對他人說的心事，高興和不高興的事都能說。例如，出軌的妻子是牛建國心上的一個傷口，一掀開就疼痛。他第一次跟章楚紅說他的妻子時還哭了；幾次後舊事重提後，再說起妻子，便成了過去的話題。

劉震雲透過飲食男女的大慾描寫，真實展現了兩性的情慾需求。

## 突顯生命欲望

《手機》裡的李燕洗衣服時發現費墨口袋裡有一張房卡，費墨解釋說公司要在「友誼賓館」開會，李燕打電話給嚴守一求證時，故意把「友誼賓館」說成「希爾頓飯店」，沒想到嚴守一好意幫費墨圓謊卻幫了倒忙。李燕狂風暴雨般的厲聲批鬥後，費墨跟嚴守一解釋說其實這是誤會：「房間我是開了，但是沒有上去，改在咖啡廳坐而論道。左思右想，我心頭一直在掙扎，還是怕麻煩，二十年來都睡在一張床上，確實有點兒審美疲勞。還是農業社會好啊！那個時候，交通啊！通訊啊！你進京趕考，幾年不回，回來以後啊，你說什麼都是成立的！現在……」他從口袋裡拿出手機說：「近，太近了，近得人都喘不過氣來囉！」[5]

這部小說故事通俗，切合現實生活，但卻意義深長，深刻地揭發了人性與科技之間的緊張關係，讓我們重新思考手機在我們生活中的地位？手機究竟是縮短了溝通訊息的距離，還是拉遠了人們心靈真誠相對的距離。這是作者提供給讀者的思考。

《一句頂一萬句》裡的「楊百順」，名如其人缺少主見，順著時勢，無叛逆精神，卻坦誠真實。他把結識的朋友都當成知己，可是別人壓根不把他當回事。他時常受到欺負、耍弄，甚至背棄。他以為和他關係最好的鄰居老高，竟和他妻子偷情已久。他信主後雖然改名叫摩西，但他既沒有神的指引，也無處可去，更無人可以說話。

他為了尋找可以和他對話的養女而離開延津，在鄭州碰到了妻子和老高，決定要捉姦，但是，到了「犯罪」現場，才發現這對「姦夫淫婦」並沒有在幹什麼齷齪苟且的情事，反倒是滔滔不絕地聊了一夜，那是他們夫妻間從沒有過的。這讓他警覺到，妻子的出軌原因，與老高無關，而是他們夫妻之間缺乏溝通，沒有話題可聊。相互說不上話才是他婚姻最大的失敗，於是，他亮出的刀子硬是給掖了

---

5 劉震雲：《手機》，頁255－256。

回去，放棄了殺人的念頭，離開鄭州。

牛建國也和楊百順一樣，雖被妻子戴上了「綠帽」，但後來他們都發現自己頭上的「綠帽」，原來是自個兒親自戴上的，於是他們開始展開發現自我之旅。

這些中國農民小人物，隨其靈魂的流浪找尋生命的價值與意義，其中涵括了不少辛酸、無奈以及找不到依歸的孤獨感。

## 結語

關於創作過程，劉震雲說創作對他最大的吸引力在於：「這麼多年我的寫作讓我意識到，寫小說是認識朋友的過程。寫《一地雞毛》的時候我認識了小林，他告訴我家裡的一斤豆腐餿了，其實是一件大事。寫《手機》時，嚴守一問我謊話好不好？我說不好。嚴守一說：你錯了，是謊話而不是真理支撐著我們的人生每一小時每一分每一秒。劉躍進問我世上是狼吃羊還是羊吃狼？我說廢話當然是狼吃羊。劉躍進說錯了！我在北京長安街上看到羊吃狼。羊是食草動物，但羊多，每隻羊吐口唾沫，狼就死了。到《一句頂一萬句》時，楊百順和牛建國告訴我：朋友的意思是危險，知心的話兒是兇險說得有道理，我吃這虧吃得特別大。這是創作過程中寫作對我最大的吸引力和魅力。我是個好作家，在生活中找到一個知心的朋友不容易，但我有個優勢是可以在書中找知心朋友。書中的知心朋友和現實中的不一樣你什麼時候去找楊百順和牛建國，他們都在那等著你。」[6]這段話正好印證他「寫實」的創作理念。

正因其通俗的寫實特點，於是他的許多小說拍成戲劇，除了《手機》成功地創造了小說與電影、藝術與市場的雙贏局面，創下全年賣座第一的紀錄，小說在臺灣出版時，獲小說家隱地與出版人等大力讚許。知名作家王朔稱劉震雲是唯一能對他構成威脅的人；還有《我叫劉躍進》也改編成劇本，讓兩種不同的文學形式達到了完美的結合，並由知名導演馮小剛改拍成電影，是中國大陸第一部文學電影的原著；還有他的《一地雞毛》改編成電視劇，被評為是經典劇集，受到廣大讀者和觀眾的喜愛。

劉震雲直面小人物的生存困境，站在小人物的立場，明言慾望和孤獨不只是知識者、精英者的專有，不管是三教九流、五行八作，在心靈深處，都是為了尋找說得著的人而活著，都希望能與人溝通，並得到溫暖的撫慰，其作品提示了知足節慾的重要，充分展現其「寫實」的特色。

6 劉雪明：〈劉震雲：探尋中國式的孤獨〉，《烏魯木齊晚報》，二〇〇九年六月十九日。

# 為女性發聲：葛水平《喊山》的深層底蘊

葛水平，被評論界譽為「二〇〇四年中國文壇最搶眼的作家」，她的小說《喊山》，榮獲第四屆魯迅文學獎、二〇〇五年度人民文學獎；《甩鞭》與《地氣》分別入選為二〇〇四年度當代中國文學最新排行榜，以及中國小說學會二〇〇四年度中國小說排行榜。原只擅長詩與戲劇創作的葛水平，在二〇〇三年才開始創作小說，但一出手就有絕佳的成績，還獲得第三屆華語文學傳媒大獎「年度最具潛力新人」提名。

葛水平從女性的思維出發，關注複雜而豐富的社會層面，遊走於溫柔與堅定之間的反差，將厚重的議題，用底層百姓的語言構成一則則關於生存的故事。她以通透的想法，在那個法制觀念不強的年代，兼容含蓄地敘述出屬於她的風格獨具、堅韌又包容的小說。

《喊山》這部在二〇一三和二〇一五年被改編成電影的中篇小說。一部小說能在短時間內被改編兩次是相當不容易的，可見其人物、情節、場景、主題都有優異之處。

山西省作家協會副主席韓石山評論《喊山》：「荒涼、貧瘠、仇恨、血汙、性的糾葛，這是我們的女作家，幾乎每一篇小說都必具的元素。然而，因為注入了一種女性的溫情，這些原本可以各不相干的元素，便成了一種順理的編織，一種諧調的皴染。更重要的是，她有一顆憐憫的心，憐憫這由男人們作主的世界，於是這荒涼、這貧瘠、這仇恨、這血汙、這性的糾葛，便罩上了一層柔美的輕紗，便有了一種人性的真情流動其間，便給了你我一種近乎肌膚之親的愛意。」[1]

何謂「喊山」？小說中說：「山脊上的人家因為山中有獸，秋天的時候要下山來糟蹋糧食兼或糟蹋牲畜，古時傳下來一個喊山。喊山，一來嚇唬山中野獸，二來給靜夜裡遊門的人壯給膽氣。當然了，現在的山上獸已經很少了，他們喊山是在嚇唬獾，防備獾乘了夜色的掩護偷吃玉茭。」[2]這是表面的意義，另一層雙關的意義就得從小說的底蘊深入探究。

《喊山》講述在大山裡的故事：小女孩紅霞被拐賣給大她20歲的臘宏做媳婦，因意外得知臘宏殺人的事，被拔掉牙齒威脅。在長達十年被臘宏暴力欺凌下，她失去了語言能力變成了啞巴。後來，因犯殺人罪的臘宏帶著一家從四川逃到山西岸山坪，被好心的韓沖父子收留。韓沖對被家暴的紅霞格外同情與照顧。之後，臘宏意外踩到韓沖炸獾子的雷管，被炸死了。村裡的幹部長輩商量著：大事化小，不能報官，「私了」賠錢才實際。村民們幫忙紅霞料理後事，也先以韓沖父親的棺材和壽衣埋葬臘宏。紅霞表示不要錢，只要韓沖承擔起照顧他們寡母三人的生活。在相處中兩人產生了感情。脫離

1 葛水平：《喊山》，浙江：浙江文藝出版社，二〇一一年五月。

2 葛水平：《喊山》，頁50。

臘宏魔爪的紅霞終於有了曙光。後來員警到村裡抓人，臘宏被炸死的真相被揭發，韓沖雖被抓去調查，但紅霞卻已漸漸開口說話了。

## 展示黃土高原的野性與柔美

小說一開頭，作者便描述了黃土高原的景象「太行大峽穀走到這裡開始瘦了，瘦得只剩下一道細細的梁，從遠處望去拖拽著大半個天，繞著幾絲兒雲，像一頭抽乾了力氣的騾子，肋骨一條條掛出來，掛了幾戶人家。」[3] 接著就讓讀者見識到村民是如何「喊山」——「這梁上的幾戶人家，平常說話面對不上面要喊，喊比走要快。一個在對面喊，一個在這邊答。隔著一條幾十米直陡上下的溝聲音到傳得很遠。」[4] 所以，村民們習慣用最方便的「喊」的方式通訊。且看小說裡的韓沖是如何和與他偷情的琴花背著丈夫打暗號的——

韓沖一大早起來，端了碗吸溜了一口湯，咬了一嘴右手舉著的黃米窩頭衝著對面口齒不清地喊：「琴花，對面甲寨上的琴花，問問發與割了麥，是不是要混插豆？」

3 葛水平：《喊山》，頁1。
4 葛水平：《喊山》，頁1。

對面發興家裡的琴花坐在崖邊邊上端了碗喝湯，聽到是岸山坪的韓沖喊，知道韓沖斷頓了想繞著山脊來自己的身上歡快歡快。斜下碗給雞們潑過去碗底的米渣子，站起來沖著這邊上棚了額頭喊：「發興不在家，出山去礦上了，恐怕是要混插豆。」

這邊廂韓沖一激動又咬了一嘴黃米窩頭，喊：「妳沒有讓發興回來給咱弄幾個雷管？獾把玉茭糟害得比人掰得還乾淨，得炸炸了。」

對面發興家裡的喊：「礦上的雷管看得比雞屁眼還緊，休想摳出個蛋來。上一次給你的雷管你用沒了？」

韓沖咽下了黃米窩頭口齒清爽地喊：「下了套子，收了套就沒有下的了。」

對面發興家的喊：「收了套，給我多拿幾斤獾肉來啊！」[5]

這段對話讓我們見到了太行山區荒山禿嶺的場景、地域的民俗風土以及民間的口頭文學與物質民情。藉由「喊山」的交流，可以想見寥落的幾戶人家的日常與封閉，以及封閉所帶來的無知與不公。

5 葛水平：《喊山》，頁1－2。

## 善用小說的敘述手法——懸念和插敘

當村里幹部們為臘宏意外被炸死商討後續時，紅霞突然兀自笑了，「啞巴像是丟了魂兒似地聽著，回頭多望炕上的人，再看看屋外屋內的人，啞巴有一個間歇似的默想，稍頃，抽回眼睛看著干胖孩笑了一下。這一笑，讓有一種強烈的表現欲望的王胖孩沉默了。啞巴的神情很不合常理，讓幹部們面面相覷不知道她到底笑個啥。」[6]這是作者懸念的安排，正常的女人死了丈夫，頓失依靠應該會不知所措，但紅霞的笑有一種詭異，至此讀者或許以為紅霞的笑，是為自己不會再被家暴而笑，但隨著小說的進行，我們透過紅霞的回憶，作者以插敘的手法讓讀者得知真相。

原來紅霞是一個出生於農村的窮苦女孩，家裡孩子多，上到五年級，就輟學了。她背著弟弟常常到村頭的糕團店門口看糕團子出籠。有一次弟弟伸出小手說要吃，她吞了口水，店鋪裡的女人鏟過一塊金黃色的糕團子放在她的手掌心，弟弟一把抓進了嘴裡燙得哇哇叫，她舔著手掌心甜甜的香味兒，看著買糕團子的女人笑。女人跟她說想吃糕團子，就送弟弟回去，自己過來，就給她吃個夠。

等她回來時，橋頭上停著一輛小麵包車，女人拿了糕團子遞給她，領她上了已經有三個男人的麵包車。女人問她想不想讓車子開起來，她原本很高興，但隨著車開下山，她哭喊著的同時，已經被賣

[6] 葛水平：《喊山》，頁19－20。

到不知名的大山裡。她在一個男人身上掙扎，男人開始動手打她。她後來才知道這個叫臘宏的男人死了老婆，留下來一個女孩——大。大有六個月大了，她想起了自己的弟弟，以母愛呵護著大。

有一天她偷聽到臘宏的媽媽勸他兒子，不要再打紅霞了，一個媳婦已經被他打死了，紅霞可以照顧大。她求臘宏，如果還是要打紅霞，乾脆就把紅霞讓給臘宏的大弟弟算了。聽到真相的紅霞被臘宏發現了，一下揪住了她的頭髮拖進了屋子裡。紅霞喊著：你打死人了！最後臘宏拿起老虎鉗，用手捏開她的嘴揪下了兩顆牙，並且警告她要敢說一個字兒，就要她滿口不見牙白。從此，紅霞少言寡語，日子一長，索性就成了啞巴，再也不說話了。

經由作者安排的這一大段回憶的插敘，終於和前面所鋪排的「懸念」扣合，讓我們了然於心的是紅霞的笑——臘宏的死讓她瞭解了什麼叫做輕鬆，而輕鬆就是幸福。

## 體現鄉民的淳樸、善良

葛水平筆下的山村是閉塞世俗的，相對的村民也是良善質樸，樂於助人的。

韓沖遇上剛到岸山坪的臘宏一家，看著女人孩子可憐便想提供住所幫助他們。韓沖領著臘宏轉一圈子也沒有找到一個合適的屋。後來到了韓沖餵驢的石板屋子前，臘宏之所以看中這屋是因為石頭房子離莊上的住戶遠，抬頭低頭的能不多碰見人最好。小說這樣描述：「韓沖不在裡磨粉了，反正空房子多，韓沖就換了一個空房子磨粉。韓沖說：『我餵著驢呢，你看上了，我就牽走驢，你來住。』」[7]韓沖可憐臘宏大老遠來到山上，能拉他一把，就算會給自己找麻煩也無所謂。

臘宏人很懶，腿腳也不輕快。常出去討飯，每次回來都能背上一袋從山下討來的白饃和米團子。山裡人實誠，常常顧不上想自己的窮，老想別人的困難，同情眼前事，也照顧落難人。

在臘宏發生意外後，村幹部王胖孩面對著說「不要賠償」的紅霞表示，妳不要，不等於我們不懂，我們不懂就是欺負妳這個弱者，這不符合山裡人的作風。等韓沖湊夠了錢，他再親手把錢遞給她。這事情就算結束，她也好準備她的退路。王胖孩認為一個婦道人家沒有漢們幫襯，是不行的！

再看韓沖被警察帶走後，韓沖的父親要跑一趟看守所去看兒子，於是找了人去看他的粉房。晚上，回到岸山坪，看到家戶的燈都關了，只有粉房的燈還亮著，村人正把火上烤的粉往下卸，一塊一塊的打碎。韓沖的父親掏出兩盒煙走進門，放到磨頂上，跟他們表示辛苦了，要他們舀一鍋漿拿兩包煙走。村人說：誰家裡不會遇上難事，不必說客氣話。

中國作家協會的賀紹俊評論葛水平的小說：「透過他們日常生活中的喜怒哀樂，發現他們的質樸的心靈在艱難生活的磨礪下閃耀出金子般的光澤。這顯然與有些作家對苦難鄉村投入的憐憫和同情不一樣，它具有更難得的民主精神。」

[7] 葛水平：《喊山》，頁10－11。

這些描寫有著葛水平養成背景的溫厚性格與真誠，在在展現了農村人的踏實溫暖與團結合作。

## 性格鮮明的人物刻劃

作者塑造了性格鮮明的人物，每一個人物都有符合自己的個性，也有屬於自己不同立場的自私和矛盾，在在體現了複雜而真實的人心。

當村子裡大家決定要先為臘宏舉辦葬禮，找到琴花去哭喪時——

琴花坐在炕上說：「我哭是替你韓沖哭，看你韓沖的面，不要把事情倒了，我領的是你韓沖的情，不是衝村幹部的面子。」

韓沖說：「還是你琴花好。」

到門外有人影兒晃，琴花說：「這種事給一頭豬不見得有人哭。這不是喜喪，是凶喪。也是你韓沖，要是旁人我的淚布袋還真不想解口繩呢。」

外站著的人就聽清了——琴花要韓沖出一頭豬，這可是天大的價碼。[8]

---

8　葛水平：《喊山》，頁21。

這裡可以看出琴花趁人之危、貪小便宜的自私性格。再加上韓沖為了賠款去找琴花借錢，原想雷管是琴花給的，當時也是為了要炸獾子給她，或多或少她也有連帶責任，孰料借不到錢還換得一身羞辱。韓沖想起琴花曾對他說：「韓沖，我除了不和你住一個屋子，住一個屋子裡幹的事，咱都幹了，也就等於是一家人，你賺了錢就給我花，我從心裡疼你……」[9]韓沖心想，她身上穿的從裡到外哪一樣不是他買的，琴花哪裡有疼他？疼他什麼了？關鍵時候，說到錢，就翻臉了。

韓沖的爹是個老實人，但在緊要關頭也會為兒子出頭。他一想到大家都知道韓沖跟琴花明裡暗裡的好著，韓沖的名聲都搭進去了，但這女人對他卻不貼心，只是哄著想花他的錢。他心想他就這麼個兒子，難道要他韓家絕了戶！一想到這裡火就起來了。

當琴花擠過一堆等著取粉麵的人，對韓沖爹表示韓沖還欠她一百五十斤玉茭的粉麵，時間長了，想著不緊著吃，就沒有來取，現在韓沖出事了，來取粉麵的人多了，總有個前後，一年了，是不是該還了？

韓沖爹頭也不抬，堅持人家來拿粉麵是韓沖打了條子的，有收條有欠條；琴花拿不出條子，就是不給，找韓沖也沒用。

---

9 葛水平：《喊山》，頁３２。

韓沖爹見到耍賴的琴花就想打她，琴花呼天喊地說這是共產黨的天下嗎？兒子炸死討吃了，老子要打婦女啦！

對比磕牙料嘴的琴花，啞巴的紅霞的沉默有著一種嫻靜的沉穩。她跟著臘宏到了岸山坪，就很少出門，不認識幾個人，她默默觀察著真心對她和孩子好的韓沖。韓沖給他們房子住，給他們地種，給大餅吃；她被臘宏打時，是韓沖進屋子裡來教訓臘宏，韓沖說：「衝著女人抬手算什麼男人！」女人活在世上就怕找不到一個好男人，韓沖這樣的好男人，啞巴還沒有見過。啞巴不要韓沖錢的另一層意思就是想要他管他們母女仨。[10]她知道，韓沖是個負責任、可託付的好男人。

作者描摹人物栩栩如生，尤其心理的分析、言行的描寫，著力刻劃人物的性格。

## 永恆的愛情主題開展了女性意識的覺醒

女人比男人感性，所以，情感的流動格外敏感。而愛情往往是女性意識覺醒的首要觀察與指標。小說中描述紅霞對韓沖的情感萌動：「……遊走在外，什麼時候啞巴才覺得自己是活在地上的一個人兒呢？現在才覺得自己是活在地上的一個人！心裡深處汩汩奔著一股熱流，與天地相傾、相訴、相

10 葛水平：《喊山》，頁39。

容，她想起小時候娘說過的話：天不知道哪塊雲彩下雨，人不知道走到哪裡才能落腳，地不知道哪一季會甜活人呀，人不知道遇了什麼事情才能懂得熱愛。啞巴看著韓沖心裡有了熱愛他的感覺。」[11]

臘宏的意外離世讓紅霞重獲自由，她再也不願意待在那個黑屋子裡了，她大膽的走出家門，去看山看水，世界也寬廣了。她開始注意自己的形象——

韓沖讓紅霞養蠶：「一半天蠶就出來了，妳沒有見過，半張蠶能養一屋子，到時候還得搭架子，蠶見不得一點兒髒東西，啞巴，妳愛乾淨，蠶更愛乾淨，好生伺候著這小東西。」韓沖說完走了。啞巴想，我哪裡還知道什麼叫乾淨呀，我這日子叫愛乾淨嗎？

夜暗下來了，把兩個孩子打發睡下，啞巴開始洗涮自己。木盆裡的水氣冒上來，啞巴脫乾淨了坐進去，坐進木盆裡的啞巴像個仙女。標標緻致的啞巴弓身往自己的身上撩水，蠟燭的光暈在啞巴身體上放出柔輝。啞巴透過窗玻璃看屋外的星星，風踩著星星的肩膀吹下來，天空中白色的月亮照射在玻璃上，和蠟燭融在一起，啞巴就想起了童年的歌謠……[12]

紅霞從梳妝打理自己開始，也就意味著她對自己的女性身分有了進一步的覺察與期待。

11 葛水平：《喊山》，頁58－59。
12 葛水平：《喊山》，頁48。

紅霞瞭解了村裡人「喊山」的原始民俗，她也想喊了。她起身穿好衣服，她衝著那重疊的大山喊！她找到個臉盆出了門，站在山圪梁上，舉起了臉盆，她敲響了：「鐺」，新臉盆上的碎瓷裂了，她嘴裡也發出了「啊！」從山圪梁上送出去。「啞巴在喊叫中竭力記憶著她的失語，沒有一個人清楚她的傷感是抵達心臟的。她的喊叫撕裂了濃黑的夜空，月亮失措地走著、顛著，跌落到雲團裡，她的喊叫爬上太行大峽谷的山骨把山上的植被毛骨悚然起來。直到臉盆被敲出了一個洞，敲出洞的臉盆兒喑啞下來，一切才喑啞下來。」[13]紅霞找到了來自內心的輕鬆愉快與幸福。這樣的「喊山」代表著紅霞重生的意義，從中也可以想像她長期被壓迫的失聲。她的女性意識被喚醒了，因為韓沖對她的照顧感動了她，原來她是可以好好被善待的。因為愛情，她有了擺脫悲劇的力量，她要把曾經被拿走的話語權給奪回來。

韓沖請到看守所看他的父親轉告紅霞：「你告訴她，我讓她說話。」這話有一種霸氣，要看顧紅霞一生的霸氣。因此，拐賣紅霞的男人讓她在恐嚇凌辱後被動「失語」；但她又在感受到了另一個男人的真誠相待後，又主動發出了聲音。

在等待韓沖歸來的期間，紅霞有了很大的變化——

[13] 葛水平：《喊山》，頁51。

> 感到了一種前所未有的東西撞擊著她的喉管，她做了一個噩夢，突然的就被一個人叫醒了，那種生死兩茫茫的無情的隔離隨即就相通了。
>
> 因為長年閉門在家，很少到山間野地晃蕩……抱了孩子站在崖頭上望，看到所有在地裡勞作的農民臉上掛了喜悅色彩。啞巴想，在地裡勞動真好啊。……。她在粉房裡看著驢磨著泡軟的玉茭從磨眼裡碎成漿磨下來，就是看不到韓沖。看到岸山坪的人們一挑一挑的往家挑糧食，就是沒有韓沖。啞巴的心裡顫顫地有說不出來的東西梗在喉頭。啞巴回頭教孩子說話，啞巴說：「爺爺。」孩子說：「爺爺。」[14]

紅霞的世界不一樣了，大家不叫她啞巴了，叫紅霞。因為愛情，可以等待，她看到外面的陽光是金色的。

作者以女性的筆觸與柔情，在大膽的構思中，揪人心弦地展現了紅霞的女性意識的覺醒。

---

14 葛水平：《喊山》，頁67－70。

## 結語

第一，作者在小說的中間設計了一個細節讓女兒「大」跟紅霞說：「我有名字了，韓沖叔起的，叫小書。他還說要我念書，人要是不念書，就沒有出息，就一輩子被人打，和娘一樣。」[15]這裡讓我們看到了作者的「厚積薄發」，後代的延續，知識的力量，未來充滿希望；希望的價值還在於紅霞最後教小孩喊韓沖的父親「爺爺」。小說在這裡結尾，雖然是個開放式的結局，但不難想像懷抱著希望的作者，在呼喚人性與渴求自由的同時，也在悲劇的氛圍中傳遞了對美好的期待。

第二，作者藉由「拐賣」的新聞事件，表達了對現實殘忍的社會關懷——家暴、無法律意識；同時也在揭露醜惡私欲的當下，爬梳了多層面的人性探討，進而引發思考，這是葛水平小說的魅力所在。

第三，中國的人口總數農村占了一半以上，但關注農村題材的作家並不多，葛水平的作品為這個少眾的題材增添了新的一頁。

第四，未來研究展望：兩部改編自小說的電影都各自添加了不同布局，呈現多種跌宕的情節與結局，就文學電影領域而言也是值得後續深入分析研究的。

15 葛水平：《喊山》，頁46。

# 性格決定命運：張愛玲〈傾城之戀〉中白流蘇的「成功」特質

張愛玲的《傾城之戀》講述上海的世家小姐白流蘇離婚帶了積蓄回到娘家，剛開始娘家人還願意接納她，沒想到日子久了，大家嫌她是個吃閒飯的累贅，竟希望她能答應前婆家的請求回去為亡夫守寡。

白家有個朋友叫徐太太，她要幫白流蘇同父異母的妹妹——寶絡，介紹給一個經濟條件優渥的華僑商人范柳原，孰料在相親活動上，范柳原卻看上了白流蘇。後來，范柳原請徐太太安排讓白流蘇去香港，於是一個要找長期飯票的女人和只想談戀愛不想結婚的男人展開了各自的算計。他倆在你來我往的曖昧、堅持與妥協後，竟因一九四一年日本侵略香港的這場戰爭讓范柳原只能留在了白流蘇身邊。流蘇賭贏了，因為香港城的陷落而得到了她想要的婚姻。

在張愛玲的小說中，〈傾城之戀〉是唯一以圓滿的結局落幕的；其他的小說多是悲劇的終曲。然而，要讓有情人能終成眷屬，最大的原因在於張愛玲對於白流蘇的人物塑造，是白流蘇的性格成就了美好的結局。白流蘇具有「成功」的特質，這個上個世紀四〇年代的傳統女性，是很可以提供給21世紀的現代女性省思與借鏡。

審時度勢

幾年前，白流蘇帶著離婚後分得的家產投奔娘家，等蜜月期過後，當娘家人把投資失利都怪罪她是天生的掃帚星帶來的霉運，她便已了解自己的處境。

三哥希望她答應前婆家的詢問，去為死去的前夫戴孝主喪，之後，過繼一個侄子分家產，就能度過餘生。於是白流蘇和三爺有了一番言語交鋒——

白流蘇冷笑道：「三哥替我想得真周到，就可惜晚了一步，婚已經離了這麼七八年了。依你說，當初那些法律手續都是糊鬼不成？我們可不能拿著法律鬧著玩哪！」三爺道：「你別動不動就拿法律來嚇人，法律呀，今天改，明天改，我這天理人情，三綱五常，可是改不了！你生是他家的人，死是他家的鬼，樹高千丈，落葉歸根——」流蘇站起身來道：「你這話，七八年前為什麼不說？」三爺道：「我只怕你多了心，只當我們不肯收容你。」流蘇道：「哦？現在你就不怕我多了心？你把我的錢用光了，你就不怕我多心了？」三爺直問到她臉上道：「我用了你的錢？我用了你幾個大錢？你住在我們家，吃我們的，喝我們的，從前還罷了，添個人不過添雙筷子，現在你去打聽打聽看，米是什麼價錢？我不提錢，你倒提起錢來了！」[1]

白流蘇面對哥哥嫂嫂如此現實的對待，她去向母親訴苦，希望能得到母親的支持與安慰，孰料母親勸她回去夫家能有個名分，熬到最後也能分得財產。冰凍三尺非一日之寒，寄人籬下的她，當然很清楚所有的委屈和氣憤都只能自己吞下去，親人也是靠不住的，除了靠自己別無他路。

徐太太要替寶絡說媒，寶絡聽見四嫂也要把她的女兒一起帶去，她擔心年輕女孩搶了她的鎂光燈，硬是死勁拖白流蘇同去，她覺得白流蘇對她來說是安全的，離過婚的婦女大約在男子眼中無異於隱形人。孰料范柳原竟看上了白流蘇，還邀她跳舞；四嫂覺得就算會跳舞也應該拒絕：「豬油蒙了心，妳若是以為妳破壞了妳妹子的事，妳就有指望了，我叫妳早早的歇了這個念頭！人家連多少小姐都看不上眼呢，他會要妳這敗柳殘花？」[2]

關於答應跳舞一事，白流蘇不是有意的「但無論如何，她給了她們一點顏色看看。她們以為她這一輩子已經完了麼？早哩！她微笑著。寶絡心裡一定也在罵她，罵得比四奶奶的話還要難聽。可是她知道寶絡恨雖恨她，同時也對她刮目相看，肅然起敬。一個女人，再好些，得不著異性的愛，也就得

1 張愛玲：《張愛玲小說集》，臺北：皇冠出版社，一九八九年年四月，頁204－205。

2 張愛玲：《張愛玲小說集》，頁216。

不著同性的尊重。女人們就是這點賤。」[3]

她也沒有被她出了一口氣的勝利給沖昏頭：「范柳原真心喜歡她麼？那倒也不見得。他對她說的那些話，她一句也不相信。她看得出他是對女人說慣了謊的，她不能不當心——她是個六親無靠的人，她只有她自己了。」[4]

白流蘇是個懂得「算計」的女人，她得如履薄冰踏穩每一步，所有的語言、舉措都必須步步為營。所以當她接受徐太太的邀約一起到香港，在飯店見到范柳原時，她含笑問他：沒有上新加坡去？他說：我在這兒等著你呢。她沒想到他這樣直爽，但也不深究，說穿了反而自己下不了臺，於是她只以微笑回應。多言必失，白流蘇知道有時無聲勝有聲。

住在淺水灣的這些天，范柳原負責安排行程。有一天范柳原問喜歡到海灘？還是到城裡去看看？其實白流蘇前一天下午已經用望遠鏡看了看附近的海灘，紅男綠女，熱鬧非凡，只是行動太自由了一點，她不免略具戒心，所以就提議進城去。她很清楚自己的處境，她如果太輕易讓范柳原這個花心大少得手，她就會被他看低、看輕。

范柳原是個戀愛高手，他一直想辦法要降伏白流蘇。他覺得他是獵人，必須獵物。一天晚上，白流蘇接到范柳原打來說：「我愛你」就掛斷的電話；接著又打來問她：「你愛我嗎？」她說：「你早

3 張愛玲：《張愛玲小說集》，頁216。。

4 張愛玲：《張愛玲小說集》，頁216－217。

該知道了，我為什麼上香港來？」但他說他不相信她愛他，接著說起《詩經》：「死生契闊，與子相悅，執子之手，與子偕老。」他說他覺得這首詩很悲哀，生死離別，都是大事，不由我們支配卻偏要說一生一世都別離開，好像自己做得了主似的！白流蘇沉思了半晌，惱了起來，兩人有了以下的對話——

流蘇道：「你乾脆說不結婚，不就完了，還得繞著大彎子，什麼做不了主？連我這樣守舊的人家，也還說『初嫁從親，再嫁從身』哩！你這樣無拘無束的人，你自己不能做主，誰替你做主？」范柳原冷冷的道：「妳不愛我，妳有什麼辦法，妳做得了主麼？」流蘇道：「你若真愛我的話，你還顧得了這些？」柳原道：「我不至於那麼糊塗，我犯不著花了錢娶一個對我毫無感情的人來管束我。那太不公平了。對於妳那也不公平。噢，也許妳不在乎。根本妳以為婚姻就是長期的賣淫——」流蘇不等他說完，拍的一聲把耳機摜下了，臉氣得通紅。他敢這樣侮辱她，他敢！[5]

范柳原和白流蘇兩人的價值觀也受到原生家庭很大的影響。范柳原的父親是華僑，母親是交際花，私生子的身分讓他們母子不能回國，直到父親死後，才回國與正房太太一族展開遺產爭奪賽，最

---

[5] 張愛玲：《張愛玲小說集》，頁235。

終雖然勝利了，卻再也回不了那個家。所以他對家是沒有渴望。他飽經世故、狡猾精刮、玩世不恭。他要徐太太把白流蘇帶到香港，每天和她吃飯、散步，旁人看來他們是一對，但他卻只搞曖昧，不願做出她希望的任何承諾。白流蘇估量著整個情況的變化，也觀察分析她所處的時勢，難以如她預期，儘管有時間壓力，逐漸失望，卻又不肯完全放棄。

白流蘇不甘心這輩子就這樣了，她必須緊緊抓住能讓她離開娘家、離開舊社會傳統、掙脫禮教桎梏的機會。范柳原是她當下唯一的救贖，她只能在他身上放手一搏的下注，拚盡全力去爭取她的未來。

## 運籌帷幄

白流蘇在娘家處境艱難，原本期待徐太太幫她介紹對象，結果那個姓姜的原來在外面有了人，若要拆開，還有點麻煩。徐太太覺得這種人不甚可靠便作罷。當徐太太央求白流蘇陪她帶小孩到香港也可旅遊逛逛，白流蘇當下考量的是徐太太要出盤纏帶她到香港，那可是所費不貲，天下哪有白吃的午餐？難不成是范柳原的詭計？徐太太曾說過她丈夫和范柳原在生意上有密切接觸，夫婦兩個應是熱心地討好范柳原。她「迅速地盤算了一下，姓姜的那件事是無望了，以後即使有人替她做媒，也不過是和那姓姜的不相上下，也許還不如他。流蘇的父親是一個有名的賭徒，為了賭而傾家蕩產，第一個領著他們往破落戶的路上走。流蘇的手沒有沾過骨牌和骰子，然而她也是喜歡賭的，她決定用她的前途來下注。如果她輸了，她聲名掃地，沒有資格做五個孩子的後母。如果賭贏了，她可以得到家人虎視眈眈的目的物范柳原，出淨她胸中這一口氣。」[6]出發前白流蘇變賣了幾件東西，添製了幾套衣服。她準備以最佳的狀態出現在范柳原面前。

到了香港，范柳原每天伴著她到處玩，晚上他們常散步到深夜，但他總維持著他的君子風度，她原本如臨大敵，但結果毫無動靜。白流蘇又忖量著：「原來范柳原是講究精神戀愛的。她倒也贊成，因為精神戀愛的結果永遠是結婚，而肉體之愛往往就停頓在某一階段，很少結婚的希望，精神戀愛只有一個毛病：在戀愛過程中，女人往往聽不懂男人的話。然而那倒也沒有多大關係。後來總還是結婚、找房子、置家具、雇傭人——那些事上，女人可比男人在行得多。」[7]

張愛玲在小說裡雖使用全知敘事觀點，但也花了很多的篇幅進入白流蘇的內心世界，讓讀者見到了她的考量、打算和計畫。

後來，在海灘上，他倆互相打小蟲，有了肢體的碰觸。白流蘇突然覺得被得罪了，站起身往旅館裡走，但這一次范柳原並沒有跟上來。她回到旅館，從窗戶裡用望遠鏡望出來，她看到范柳原的身邊躺著一個女人，就是之前見過面的落難貴族薩黑荑妮公主。

從這天起柳原整日和薩黑荑妮廝混著。白流蘇也很清楚范柳原是故意要冷落她。她跟徐太太謊稱

6　張愛玲：《張愛玲小說集》，頁218－219。

7　張愛玲：《張愛玲小說集》，頁228。

人不舒服，就在屋子裡休息了兩天。幾天後，又和范柳原碰了面，他問候她是否好點？此時正好見到薩黑荑妮下樓來，兩人有了以下的對話——

流蘇笑向柳原道：「你還不過去？」柳原笑道：「人家是有了主兒的人。」流蘇道：「那老英國人，哪兒管得住她？」柳原笑道：「他管不住她，你卻管得住我呢。」流蘇抿著嘴笑道：「喲！我就是香港總督，香港的城隍爺，管這一方的百姓，我也管不到你頭上呀！」柳原搖搖頭道：「一個不吃醋的女人，多少有點病態。」流蘇噗哧一笑，隔了一會，流蘇問道：「你看著我做什麼？」柳原笑道：「我看你從今以後是不是預備待我好一點。」流蘇道：「我待你好一點，壞一點，你又何嚐放在心上？」柳原拍手道：「這還像句話！話音裡彷彿有三分酸意。」流蘇掌不住放聲笑了起來道：「也沒有看見你這樣的人，死七白咧的要人吃醋！」[8]

兩人當下言歸於好，一起吃了晚飯。白流蘇表面上雖然和他熱絡，但心裡卻擔憂嘀咕著：「他使她吃醋，無非是用的激將法，逼著她自動的投到他的懷裡去。她早不同他好，晚不同他好，偏揀這個當口和他好了，白犧牲了她自己，他一定不承情，只道她中了他的計。她做夢也休想他娶她。……很

8 張愛玲：《張愛玲小說集》，頁233。

明顯的，他要她，可是他不願意娶她。然而她家裡窮雖窮，也還是個望族，大家都是場面上的人，他擔當不起這誘奸的罪名。因此他采取了那種光明正大的態度。她現在知道了，那完全是假撇清。他處處地方希圖脫卸責任。以後她若是被拋棄了，她絕對沒有誰可抱怨。」[9]

白流蘇當然心知肚明范柳原在對她使用欲擒故縱這一招，她也算是見過世面的，她悟到范柳原是多麼惡毒，故意帶著她在飯店裡出入「他有意的當著人做出親狎的神氣，使她沒法可證明他們沒有發生關係。她勢成騎虎，回不得家鄉，見不得爺娘，除了做他的情婦之外沒有第二條路。然而她如果遷就了他，不但前功盡棄，以後更是萬劫不復了。她偏不！就算她枉擔了虛名，他不過口頭上占了她一個便宜。歸根究底，他還是沒得到她。既然他沒有得到她，或許他有一天還會回到她這裡來，帶了較優的議和條件。」[10]

白流蘇在明白他根本沒有結婚的意願後，就準備告別他回上海。當然這也是她欲迎還拒的一個策略。她預計此時先離開他，等她不在他身邊了，也許他就掛念起她了；也或許給他時間去跟別人談戀愛，等到他真想安定了，他就會想起沒有讓他得手的她，便會妥協以她想要的條件來找她。

范柳原也不留她，還自告奮勇要送她回去。她盤算著，即使他不送她回去，一切也瞞不了她家裡的人，就豁出去了讓他送一程。途中，他態度冷淡，還有種拿穩了她逃不出他的手掌心的自滿。

9 張愛玲：《張愛玲小說集》，頁233－234。
10 張愛玲：《張愛玲小說集》，頁236－237。

到了上海，范柳原送她到家，但沒有下車，白公館裡早就把話傳得很難聽了，說是六小姐在香港和范柳原同居了，陪人家玩了一個多月，什麼都沒撈到就回來了，分明是存心要丟白家的臉。白流蘇在她決心要回來就料定「這一次回來，更不比往日。她和這家庭早是恩斷義絕了。她未嘗不想出去找個小事，胡亂混一碗飯吃。再苦些，也強如在家裡受氣。但是尋了個低三下四的職業，就失去了淑女的身分。那身分，食之無味，棄之可惜。尤其是現在，她對范柳原還沒有絕望，她不能先自貶身價，否則他更有了藉口，拒絕和她結婚了。因此她無論如何得忍些時。」[11]

白流蘇忍氣吞聲地仰人鼻息度日子，她深知小不忍則亂大謀，果然在她熬過了一個秋天後，范柳原拍來了一個電報，說已經幫她買好船票，希望她能再度去香港。

范柳原能再度找她，讓白流蘇順利離開白家，這一場也算是她賭贏了；但在男權社會的優勢裡，范柳原很清楚得讓白流蘇走這一遭，讓她回去遭遇娘家人的難堪，她才會乖乖就範；然而儘管白流蘇再次回到香港，她只能屈從，做了他的情婦，但她仍琢磨著如何還能化危機為轉機，吊住他的心。

---

11 張愛玲：《張愛玲小說集》，頁238。

## 堅毅勇敢

白流蘇的骨子裡有一種反叛的勇敢，而且這種勇氣是隨著命運的安排而賦予她的。隨著環境的轉變，她的內心變得越來越強大，她要自主選擇她的命運。

她面對暴力和找姨太太的丈夫，並不像傳統的女人忍氣吞聲，她不願妥協，提出離婚，在民國時期，離婚的女子還是會被世俗的眼光品頭論足，但她還是勇敢地做出了選擇；當娘家人為了錢，開始對她冷言冷語、嫌惡地惡言相向，在那樣艱難的處境她也沒有無奈地選擇去投奔已經離婚了的夫家；當徐太太邀約前往香港，她抓住可以改變命運的機會，義無反顧地大膽奔赴；到了香港，她一路向前勇敢面對范柳原的挑逗招數和計謀；她不願降伏，寧願高傲選擇回上海，明知又會遭遇家人更加鄙視的白眼，處境會令她痛苦難堪，她也不要死乞白賴在范柳原身邊；她越挫越勇，再度回到香港，她深知矮了一截，卻也以略顯羞澀的果敢隨遇而安，且戰且走。

范柳原在細雨迷濛的碼頭迎接她。看她身著的綠色玻璃雨衣，他說她像隻「藥瓶」，又附耳加了一句：「妳就是醫我的藥。」兩個精明的人終於卸下心房讓關係加溫，彼此耽溺在歡愛中。但第一天，他說一週後就要去英國。她要求他帶她一起去，他說那是不可能的。他提議替她在香港租下一幢房子住下，等個一年半載，他也就回來了。但她如果願意回上海，也隨她。她當然不願回上海，他只想離家人越遠越好。她琢磨著：「獨自留在香港，孤單些就孤單些。問題卻在他回來的時候，局勢是否有了改變，那全在他了。一個禮拜的愛吊得住他的心麼？可是從另一方面看來，柳原是一個沒長性的人，這樣匆匆的聚了又散了，他沒有機會厭倦，未始不是於她有利的。一個禮拜往往比一年值得懷念。……他果真帶著熱情的回憶重新來找她，她也許倒變了呢！近三十的女人，往往有著反常的嬌嫩，一轉眼就憔悴了。總之，沒有婚姻的保障而要長期抓住一個男人，是一件艱難的、痛苦的事，幾乎是不可能的。啊，管它呢！她承認柳原是可愛的，他給她美妙的刺激，但是她跟他的目的究竟是經濟上的安全。這一點，她知道她可以放心。」[12]

范柳原在離開前和她一起看了一間大房子，置辦了重要的家具，也雇了女傭，但他並沒有安定下來的打算，只是把她當作情婦包養。這間房子上下樓共有六間房，房間很空，但她又覺得空得好，從小她家二十多人，她的世界就太過擁擠，終於遠走高飛，到了這個無人之境。她「急需著絕對的靜寂。她累得很，取悅於柳原是太吃力的事，他脾氣向來就古怪；對於她，因為是動了真感情，他更古怪了，一來就不高興。他走了，倒好，讓她鬆下這口氣。現在她什麼人都不要——可憎的人，可愛的人，她一概都不要。」[13]其實白流蘇至此已經在「自己的房間」找到了獨處的快樂與自由，只可惜她身在那樣的時代，讓她必須依附男權社會，否則如果讓她身處現代，讓她「有志可伸」，想必以她堅毅獨立的勇氣是很可以成為現代獨立自主的新女性。然而，如今在諾大的房子裡她很清楚——

12 張愛玲：《張愛玲小說集》，頁240—241。

13 張愛玲：《張愛玲小說集》，頁241。

她不過是范柳原的情婦，不露面的，她份該躲著人，人也該躲著她。清靜是清靜了，可惜除了人之外，她沒有旁的興趣。她所僅有的一點學識，憑著這點本領，她能夠做一個賢慧的媳婦，一個細心的母親；在這裡她可是英雄無用武之地。「持家」罷，根本無家可持。看管孩子罷，柳原根本不要孩子。省儉著過日子罷，她根本用不著為了錢操心。她怎樣消磨這以後的歲月？找徐太太打牌去，看戲？然後漸漸的姘戲子，抽鴉片，往姨太太們的路子上走？她突然站住了，挺著胸，兩隻手在背後緊緊互扭著。那倒不至於！她不是那種下流人，她管得住她自己。但是……她管得住她自己不發瘋麼？[14]

白流蘇的養成背景讓她和當時大多數的女性一樣必須傳統而守舊，但她卻又是個有知識的女人，她是家中唯一接受新思潮、新觀念的，所以我們見到了她的掙扎，她不願受男人支配，她要以自己的幹練和智慧掙脫命運的擺佈，在困境中堅韌地活著，為自己披甲上陣。

---

14 張愛玲：《張愛玲小說集》，頁242。

## 掌握優勢

白流蘇是個見過世面的聰明女人，她懂得利用自己的優勢，直面悲劇命運，想辦法讓在絕境中走出自己一條路。

她知道范柳原在國外久了，見多了西方主動、開放的女人，那麼她的屬於東方女人的含蓄柔弱應該是可以引起他注意的。當她跟著徐太太到了香港，范柳原帶她到她的房間，他倚著窗臺，伸出一隻手來撐在窗格子上，擋住了她的視線，只管望著她微笑。流蘇低下頭去。柳原笑道：「妳知道麼？妳的特長是低頭。」流蘇抬頭笑道：「什麼？我不懂。」柳原道：「有人善於說話，有的人善於笑，有的人善於管家，妳是善於低頭的。」流蘇道：「我什麼都不會，我是頂無用的人。」柳原笑道：「無用的女人是最最厲害的女人。」[15]

這較勁的兩個人似乎都懂得了老子的「至柔之德」。白流蘇以柔弱自居；范柳原也明白「天下莫柔弱於水，而攻堅強者莫之能勝」的道理，所以才會說無用的女人最厲害。

白流蘇的柔弱表現在「忍」和「不爭」。面對家人的嫌棄，她只能沉住氣，不跟他們正面衝突，畢竟寄人籬下，否則小不忍則亂大謀；面對范柳原故意和薩黑荑妮在一起，想要讓她吃醋，但她表面

---

15 張愛玲：《張愛玲小說集》，頁221。

毫無作為，卻知「夫唯不爭，故天下莫能與之爭」，她的內斂讓她清楚知道范柳原到底要什麼，她知道他的策略。所以她看似被動柔弱，其實才是最強悍的。

范柳原喜歡和他勢均力敵的女人，這種並駕齊驅還包括能不能「對話」。到香港的第一晚，徐先生約范柳原晚上一起吃飯，他先是拒絕，晚上卻又意外出現了，他把白流蘇從和她跳舞的男子手上接了過去，兩人有了一番交鋒——

流蘇笑道：「怎麼不說話呀？」柳原笑道：「可以當著人說的話，我完全說完了。」流蘇噗哧一笑道：「鬼鬼祟祟的有什麼背人的話？」柳原道：「有些傻話，不但是要背著人說，還得背著自己。讓自己聽了也怪難為情的。譬如說，我愛你，我一輩子都愛你。」流蘇別過頭去，輕輕啐了一聲道：「偏有這些廢話！」柳原道：「不說話又怪我不說話了，說話，又嫌嘮叨！」流蘇笑道：「我問你，你為什麼不願意我上跳舞場去？」柳原道：「一般的男人，喜歡把女人教壞了，又喜歡去感化壞女人，使她變為好女人。我可不像那麼沒事找事做。我認為好女人還是老實些的好。」流蘇瞟了他一眼道：「你以為你跟別人不同麼？我看你也是一樣的自私。」柳原笑道：「怎樣自私？」流蘇心裡想著：「你最高明的理想是一個冰清玉潔而又富於挑逗性的女人。冰清玉潔，是對於他人。挑逗，是對於你自己。如果我是一個澈底的好女人，你根本就不會注意到我！」她向他偏著頭笑道：「你要我在旁人面前做一個好女人，在你面前做一個壞女人。」柳原想了一想道：「不懂。」流蘇又解釋道：「你要我對別人壞，獨獨對你好。」柳原笑道：「怎麼又顛倒過來了？越發把人家搞糊塗了！」他又沉吟了一會道：「妳這話不對。」流蘇笑道：「哦，你懂了。」柳原道：「妳好也罷，壞也罷，我不要妳改變。難得碰見像妳這樣的一個真正的中國女人。」流蘇微微歎了一口氣道：「我不過是一個過了時的人罷了。」柳原道：「真正的中國女人是世界上最美的，永遠不會過了時。」[16]

范柳原需要可以跟他「對話」的女人，對方能懂他的幽默和心機，像打乒乓球一樣，你來我往的對話。他漂泊久了，需要有一個可以走進他心裡的人，而白流蘇正是一個這樣識時務的女人。確實，白流蘇除了懂得放大她的女性魅力，她也有辦法可以讓范柳原在某些柔軟的時刻敞開心房。

隨著時間的堆疊，白流蘇漸漸發現范柳原總喜歡當著眾人放肆，但他們單獨在一起時，他卻又很穩重，是個斯文的君子。白流蘇曾因他嘆氣，問他是否有不稱心的事？他說很多。白流蘇說如果像他那樣自由自在的人，也要怨命，那像她那樣，早就該上吊了。接著兩人有了一段交心——

柳原道：「我知道妳是不快樂的。我們四周的那些壞事、壞人，妳一定是看夠了。可是，

---

16 張愛玲：《張愛玲小說集》，頁222—223。

如果妳這是第一次看見他們，妳一定更看不慣，更難受。我就是這樣，我回中國來的時候，已經二十四了。關於我的家鄉，我做了好些夢。妳可以想像到我是多麼的失望。我受不了這個打擊，不由自主的就往下溜。妳……妳如果認識從前的我，也許妳會原諒現在的我。」流蘇試著想像她是第一次看見她四嫂。她猛然叫道：「還是那樣的好，初次瞧見，再壞些，再髒些，是你外面的人。你外面的東西。你若是混在那裡頭長久了，你怎麼分得清，哪一部分是他們，哪一部分是你自己？」柳原默然，隔了一會方道：「也許妳是對的。也許我這些話無非是藉口，自己糊弄自己。」他突然笑了起來道：「其實我用不著什麼藉口呀！我愛玩——我有這個錢，有這個時間，還得去找別的理由？」他思索了一會，又煩躁起來，向她說道：「我自己也不懂得我自己——可是我要妳懂得我！我要妳懂得我！」他嘴裡這麼說著，心裡早已絕望了，然而他還是固執地，哀懇似的說著：「我要妳懂得我！」

流蘇願意試試看。在某種範圍內，她什麼都願意。她側過臉去向著他，小聲答應著：「我懂得，我懂得。」她安慰著他。[17]

外表洋派的范柳原看起來吊兒郎噹，其實內心深處是非常渴望可以被理解的。他明知白流蘇只不

17 張愛玲：《張愛玲小說集》，頁227。

過當他是一張長期飯票，但卻無法抗拒她中國古典女人的神韻和優雅，尤其是她對他的「懂得」。

白流蘇擅長運用自己的優勢，讓范柳原再次把她接回了香港，最後也因為戰爭，讓他留在了她的身邊，相依相守。

## 結語

白流蘇有著中國傳統女人的生命軌跡，這些在封建父權的原生家庭長大的女性在精神和經濟上依附男權過日子，先是在家從父；出嫁想從夫，卻因丈夫的暴力對待，回到了娘家；原想可以得到哥哥的庇護卻被嫌棄；遇上了范柳原也想方設法要拴住這個有錢人。而最終她之所以能夠心想事成，除了本文以上我們見識到她能屈能伸，勇敢朝著設定的目標前進外，還總結了以下三點，提供現代女性深思與學習：

### 機會只留給準備好的人

白流蘇陪著妹妹去相親，卻因為會「跳舞」，而有機會和范柳原有了交流，並留下了好感。返家後，四嫂酸說他們書香門第，是不准學跳舞的，只有不害臊的白流蘇跟她那不成材的丈夫學會了這一手。白流蘇就是不想拒絕范柳原說她不會跳舞，當機會來敲門了，她就要緊緊抓住這個機會。

白流蘇也不怕丟臉，讓徐太太知道她的處境，並且央求徐太太也幫她留意對象。徐太太物色到一個姓姜的，在海關做事，太太剛過世，丟下了五個孩子，急著續弦。後來，發現這位姜先生有交往的人便作罷；接著她又聽進了徐太太的建議，徐太太說她先生在香港有不少朋友：「六小姐若是能夠到那邊去走一趟，倒許有很多的機會。這兩年，上海人在香港的，真可以說是人才濟濟。上海人自然是喜歡上海人，所以同鄉的小姐們在那邊聽說是很受歡迎。六小姐去了，還愁沒有相當的人？真可以抓起一把來揀揀！」[18]

白流蘇自覺「離開」才是改變自己命運的最後機會了，在無人可靠的狀況下，她要想辦法抓住這次機會，絕處求生為自己殺出一條路。

上個世紀四〇年代的白流蘇出身於遺老遺少的家世，也算是有知識水平，能思考的女人。人生沒有白走的路，學過的技能、見過的人、讀過的書，都能讓我們準備好迎接機會。

## 要具有「閱讀空氣」的能力

「閱讀空氣」[19]，來自日文「空気を読む」，指的是在人際關係中懂得看人臉色，做出符合對方

18 張愛玲：《張愛玲小說集》，頁２１７。

19 閱讀空氣，源自日語裡的「ＫＹ」一詞，也就是「察言觀色」的意思，會閱讀空氣就是能正確的理解別人的意思，能夠正常與人交際，反之就是不會閱讀空氣，也就是「ＫＹ」。https://www.baike.com/wiki/%E9%98%85%E8%AF%BB%E7%A9%BA%E6%B0%94/11815515?view_id=4hruirf1124000。

的期待。

白流蘇是很會察言觀色的，她知道兄嫂把她離婚帶回家的錢賠光了還怪罪她，便知處境艱難；希望母親能幫她作主，但也看出本重男輕女的母親年事已高更不可能站在她這邊；她看出徐太太要出錢帶她到香港的用意；出發前還置裝作了準備；與范柳原在欲迎還拒的爾虞我詐中，她還要字斟句酌不讓自己說錯話或者做出冒失的舉動。

這個能力相當值得學習，在人際互動、職場求生上，迂迴的表達方式讓彼此在平等的關係裡都能找到舒服的方式。

## 天助自助者，自助人恆助之

保羅・科爾賀在《牧羊少年奇幻之旅》中說：「當你真心渴望某件事物，整個宇宙都會聯合起來幫助你完成。」（When you want something, all the universe conspires in helping you to achieve it.）[20]這段話很可以呼應白流蘇的目標追求。她所以能夠跌破大家的眼鏡如願以償，很大的原因在於她自己強烈的渴望，因為這個渴望讓她長出力量。當你願意自己幫助自己，身邊的人也會有意願幫助你，因為上天只會協助那些盡全力幫助自己的人機會和好運，上天會庇佑那些靠自己努力堅強、想辦法解決問題的

[20] 保羅・科爾賀《牧羊少年奇幻之旅》，臺北：時報出版社，一九九七年八月二十六日。

人度過難關。

在小說裡我們見到老天似乎特別眷顧白流蘇，范柳原才在一九四一年十二月七日準備搭船去新加坡，隔天日本人就攻進香港了。戰爭爆發時，幸好他的船還沒有開遠。後來，范柳原弄來一輛吉普車，把白流蘇接走，躲到英國軍隊的據點——淺水灣飯店，暫時得到喘息。等兩人熬到停戰，一起經歷過生死關頭後，開始過起柴米油鹽的日常。「在這動盪的世界裡，錢財、地產、天長地久的一切，全不可靠了。靠得住的只有她腔子裡的這口氣，還有睡在她身邊的這個人。她突然爬到柳原身邊，隔著他的棉被，擁抱著他。他從被窩裡伸出手來握住她的手。他們把彼此看得透明透亮。僅僅是一剎那的徹底的諒解，然而這一剎那夠他們在一起和諧地活個十年八年。」[21]兩個自私的人深知在這兵荒馬亂的時代，個人主義是無處容身的，但總有地方容得下平凡的他倆。

一場戰爭造成香港的陷落，為白流蘇的命運帶來了轉機，也改變了兩人的價值觀，他們都變得透明而誠實了。范柳原澈底看清了生命的脆弱，人生的無常。有一天，他們在街上買菜，碰到薩黑荑妮公主，便邀她到家中用餐。他跟薩黑荑妮介紹白流蘇是他的妻子，等送走她後，范柳原問白流蘇：我們幾時結婚呢？她一句話也沒說，只低下了頭，落下淚來。他拉住她的手說今天就到報館去登報啟事，不過也許她願意等回到上海，就大張旗鼓的排場一下，邀請親戚喝喜酒。「香港的陷落成全了

21 張愛玲：《張愛玲小說集》，頁249。

她。但是在這不可理喻的世界裡，誰知道什麼是因，什麼是果？誰知道呢？也許就因為要成全她，一個大都市傾覆了。成千上萬的人死去，成千上萬的人痛苦著……。」[22]老天讓白流蘇美夢成真了，終於走入了婚姻的圍城。

「天助自助者，自助人恆助之」的確是永恆不變的真理。

22 張愛玲：《張愛玲小說集》，頁251。

# 「華美文學」：評任璧蓮《典型的美國佬》與譚恩美《喜福會》

「華美文學」（Chinese American Literature），是美國主流社會文學作品之一。這個海外華人文學作品中的重要支脈，是由在美國出生或長期居住在美國的華裔作家以英語為母語書寫他們族裔的家庭生活，不管是家族史的追本溯源，或是唐人街的文化風俗、爭權奪利的糾葛，在在都展現出華美文學的特點。當然，也有不少作家雖以華裔為創作主題，但卻走出框架也極力探究其他議題。

任璧蓮身為水利工程師的父親在一九四〇年代被派到美國談合作；來自上海的母親當時正在美國讀書，雙親後來留在了美國，一九五五年在紐約生下了任璧蓮。《典型的美國佬》的創作緣起，除了任璧蓮在一九七九年隨雙親回國探親；再來就是一九八〇年到濟南礦業學院擔任教職，教授英語待了整整一年。這一年待在中國接地氣的時間，讓她對於雙親成長的環境與養成的性格以及身為華裔美國人的矛盾與掙扎，還有在中、美的文化差異上也有了更深層的認識與理解。任璧蓮覺得與父母之間的最大差異就在於，她的父母從小接受的是中國傳統文化的薰陶，把社會和家庭放在首位，而她成長的美國主流文化，把個人放在首位。正是有了在中國教書的經歷和認識，任璧蓮才完成了處女作《典型美國佬》。此作還獲得一九九一年度「紐約時報年度圖書獎」並入圍「全美書評人協會獎」。

譚恩美，一九五二年出生於奧克蘭，曾就讀醫學院，卻棄「醫學」從「語言」，在聖荷西州立大學取得學士與碩士學位；後來，雖獲得加州大學柏克萊分校攻讀博士學位的全額獎學金，卻在第二年放棄。一九八九年，處女作《喜福會》在《紐約時報》暢銷書排行榜連續9個月上榜，她說她從母親豐富的人生經驗中汲取很多栩栩如生的細節：「並在多篇故事中加入我父母對我的期望：勤練琴技成為職業鋼琴家；要很「美國」地懂得抓住機會，又不失中國人的性格；嫁給一個慷慨、善良、臉上沒有雀斑的男人。」[1]因為此著作，她成為華裔女作家的新星，接著榮獲許多大獎，還被翻譯成25種語言。一九九四年，被拍成電影《The Joy Luck Club》上映。

## 「美」夢成真？還是落空？

美國從十九世紀六〇年代起，就被塑造成「天堂」民主自由又富庶，所以成為有能力的人爭相前往的國度。任璧蓮在《典型的美國佬》裡安排三個在十九世紀四〇年代前到美國追夢的中國知識分子，任璧蓮說：「他們有著不同的『美國夢』，有的尋找機會，有的尋找愛情。在每個美國移民的心

1 https://www.thenewslens.com/article/133465。

中，都有一個自己的美國夢。美國夢可能不是多麼現實的東西，可它讓人們實現自己的價值。」[2]張意峰到了美國留學，改名為拉爾夫・張，卻因身分出了狀況，只能日以繼夜的打工，絕望到想死。後來剛好姐姐特雷薩移居到美國，讓他可以繼續求學。取得博士學位後留校當助教，也和海倫結婚生子，買房買車。當時他最大的目標就是要取得終身教授。

> 拉爾夫跟兩個女兒解釋自己：「你們知道你們的爸爸是什麼嗎？你們的爸爸是學者。」他給她們畫了一個金字塔。塔底是研究生，往上是講師，再往上是助理教授，再往上是終身教授。「我在第三級。」他解釋說，「一個三級學者。」拉爾夫不想靠老趙幫忙，他想通過正當的渠道拿到終身教授。「坦率地說，他想他會拿到，這倒不是因為他才華橫溢，而是因為政府剛剛宣布了計畫，要送一顆衛星去繞地球旋轉，他系裡的大多數人似乎都和此項發射有關。因此，學校不是還需要機械工程學方面的人嗎？」[3]

接著再看拉爾夫和海倫的互動，海倫一方面現實陳述，另一方面又肯定丈夫——

---

2 https://kknews.cc/culture/8eyjpn.html。

3 任璧蓮：《典型的美國佬》，上海：華東師範大學出版社，二〇一九年一月，頁143。

「老趙反正會研究太空方案……。大家都說太空方案了不起。他要研究大空方案，但是你知道我在想什麼嗎？我想這個世界總會需要機械工程學的。這個世界總會需要機器的。對嗎？齒輪能使一切旋轉。」

「一點不錯。」

「妳以為我害怕開闢新領域？我不怕。但是我是一個機械工程師，這就是我的一切，捨此無他。」他砰的一聲敲著桌子，好像和誰吵架似的。「讓別人都到空中去吧，我就是我！我就是我！」[4]

與系上同事競爭的壓力已經影響夫妻感情，但拉爾夫卻不自知。雖然拉爾夫最終如願拼到終身教授，最後也成了典型的美國人；但他卻不滿足，他想要自己當老闆，成為有錢人。在一個不會說中文的美國人——格羅弗的鼓動下，他辭去教職開了餐館。誰料心懷不軌的格羅弗其實在算計他，當拉爾夫在樓下餐廳櫃檯數錢時，格羅弗同時在樓上誘拐海倫他老婆。之後餐館生意出了狀況，他也發現海倫與格羅弗有染，在雙重的打擊下他開車出去追海倫卻意外撞到了姐姐。姐姐昏迷了很久，差點成為植物人，萬幸中她最後甦醒了，只是拉爾夫的美國夢還要如何做

---

[4] 任璧蓮：《典型的美國佬》，頁144。

下去？

典型的美國夢就是希望能夠飛黃騰達、名利雙收、過上富裕優渥的好日子。表面上張家這三個人在付出跌跌撞撞的代價後，應該算是都實現了他們的美國夢，但骨子裡家庭關係的分崩離析能算是「美」夢成真嗎？

這些前往當時被認為是天堂的美國，無非不是拋下過去，期待在美國建立新的家庭展開新生活，給下一代自己在中國無法擁有的。

《喜福會》以吳素雲的回憶開頭：

> 這位老太太至今記得，多年前，她在上海，曾傻乎乎地出了個大價錢，在菜市上買下一隻「天鵝」。這隻給小販吹得天花亂墜的家禽，曾是像醜小鴨般拚命伸著脖子，企圖能成為一隻真正的天鵝。而後來，它果真變得那麼優雅、動人，簡直捨不得宰了吃。
>
> 後來，這個女人帶著天鵝離鄉背井，過江越海，直奔美國。在滔滔的海面上，她和它，都伸直著脖子往美國的所在觀望著。「到了美國，我就要生個女兒，她會很像我。但在美國，她卻無須仰仗丈夫鼻息度日。在美國，不會有人歧視她，因為，我會讓她講上一口流利漂亮的美式英語。她將應有盡有，不會煩惱不會憂愁。她會領略我的一番苦心，我要她成為一隻比期望中還要好上一百倍的漂亮的天鵝！」在駛往美國的旅途中，她輕聲對那只天鵝隅隱私語著。

> 然而她的腳一踩上這塊新的土地，移民局便強令她與天鵝分手了。她無奈地向著它揮揚著雙臂，然而天鵝留給她的，只是一根羽毛。[5]

吳素雲是二戰時期國民黨軍官的夫人，日軍逼近，她帶著雙胞胎女兒背井離鄉，途中得了嚴重的痢疾，怕兩個女兒也活不了，只好將她們留在一棵樹旁，留言如果有人撿到她們，就去找她們的父親。在她等待死亡降臨時，一輛卡車裡的美國傳教士救了她，把她送進了醫院，於此同時，她也接到丈夫不幸的噩耗。後來她和在醫院裡認識的男病友輾轉到了美國結婚。她從移民官手上搶救了一根鵝毛，她想要告訴女兒：這根羽毛看似普通，然而千里鵝毛一片心呀！

另外一個映映・聖克萊爾也是的。她出生於中國傳統家境富裕的大戶人家，外向好動的她進入婚姻，面對不務正業的丈夫，也還是努力為婚姻盡心，直到發現丈夫有了新歡，她報復性的選擇墮胎，也結束痛苦的婚姻。她到上海，在服裝廠工作，直到前夫被不願放手的女傭人殺死後，她才決定接受追了她四年的美國士兵的求婚，到美國展開新生活。這裡的居室，比她在中國住的更小。她努力學英文、做家務、學習過西方的生活。婚後，丈夫很愛她，每晚暖著她的雙腳；稱讚她燒菜的手藝。當他們的女兒麗娜・聖克萊爾出生後，丈夫更是對她感激萬分。然而，第一段婚姻傷她太深，在她決定嫁

---

5 譚恩美：《喜福會》，上海：上海譯文出版社，二〇〇六年五月，頁1－2。

到美國時，她覺得自己已經是一個沒有人氣的活鬼了，所以，婚後的生活就一切聽任之，時間久了，也就無所謂了。

因為第一代的母親們曾經歷過悲慘歲月，使得她們將希望寄託到女兒們身上，無形中的「非愛行為」帶給女兒們很大的壓力，遇上叛逆期的女兒，便與母親們的距離越拉越。

## 中西拉扯與文化身分流動

二十世紀上半葉，懷抱著「美國夢」的移民們，踏上美國國土就得想方設法融入適應環境，他們努力要擺脫美國社會對華人的歧視與刻板形象，但另一方面他們又對中國文化與習慣戀戀難捨，就像《典型的美國佬》裡的張意峰所以到美國留學為的是實現儒家的「光宗耀祖」；當拉爾夫（張意峰）的事業遇到瓶頸他還以「百煉成鋼」激勵自己。在這樣兩種文化的左右夾擊下，他們卻期待自己接受西方教育的孩子能真正完全成為美國的一員，不要像他們一樣難以擺脫華裔分化的身分，然而，這樣的中西拉扯卻讓兩代的鴻溝拉遠。《喜福會》裡的聖克萊爾・麗娜總是嘲笑母親映映的中國旗袍和思考方式，她和她的美國父親站在同一邊都對母親的中國思想退避三舍、敬而遠之；文化衝突與族裔問題讓生活在夾縫中的映映就像是隔著一條河活在陌生的環境中，難以親近。

然而，誠如任璧蓮所言：「沒有任何一個文化是單一的，即使在美國不同的人也有不同的態度，中國也是一樣。而且同一個人的身上不同的態度也可以共存。……所以一個人、一種文化都不要拘泥於某一個狀態。每一個人都可以不斷地重塑自我。」[6]

麗娜・聖克萊爾是哈羅德的公司的員工，同事關係時共進午餐通常是平分付賬。這個習慣也延續到他倆開始正式約會。哈羅德說他希望他們一直保持各自在金錢上的獨立，這樣他們互相的愛，才會得到最大的保障。他說他珍惜他們之間的感情，不願用金錢玷汙它。但麗娜不喜歡這種「井水不犯河水」，她想為他們的愛情貢獻，後來她接受哈羅德的邀約搬去跟他一起住，他說她分擔房租對他就是貢獻了。

當麗娜接受哈羅德的求婚時，除了感到幸運，還有擔心無福消受的不踏實感和懼怕，她帶著這樣的自卑情結走入婚姻。在婚姻中不管是在經濟和地位上，她都是比較弱勢的，她忍氣吞聲接受丈夫的貶低和計較。哈羅德為了她養的貓的滅蟲藥劑和她錙銖必較，喋喋不休的爭吵。

母親以過來人的經驗告訴女兒不要重蹈她的覆轍，退縮忍讓，只會吞食掉自我，名存實亡的婚姻會一點一滴吞食自己。她鼓勵女兒要爭取夫妻間的平等與尊重，否則不可能有撥雲見日的一天。

這些母親們用中國傳統的生存價值和準則教育孩子，即使被女兒們誤解也仍然堅持。其實這些母親們也算是有遠見的，她們以自己的閱人經驗對女兒們提出告誡，只是她們以中國式父母的「威權」

[6] https://read01.com/0xeMMD.html。

去警告受「西方教育」的女兒們，其態度和方式是讓女兒們無法接受。

舉例來看，薇弗萊眼中令她神魂顛倒的陳馬文，是個文武雙全、笑聲爽朗有魅力的男生；但到了母親眼中，母親卻已看出陳馬文如此熱衷高爾夫和網球，只是為了逃避該盡的家庭責職。他正好可以趁打球時，跟穿短裙的女孩調情；他會擺闊給陌生人小費，相對於家用就會顯得特別小氣；他寧願花一整個下午擺弄自己的車，也不願開車載妻子去兜風。

龔琳達當時預料的，果然都在薇弗萊執意結婚後都一一驗證了。

這些自以為完全是美國人的女兒們，在白人主流社會的夾縫中尋找自我的身分，並不知骨子裡還是流有中國的血液，總要走過兩種不同的價值觀和文化的衝撞，再從困境、迷失與絕望中自省，才能找到心靈的回歸。

## 難以擺脫的中國符碼

任璧蓮和譚恩美雖受西方開放自由的教育，但父母傳統思想以及舊中國封建迫害的過往都在耳濡目染中寫進了她們的作品中——重男輕女、包辦婚姻、三妻四妾、巫術迷信等象徵中國的符碼，特別出現在《喜福會》裡那些悲苦的母親們身上。

《喜福會》裡許安梅的母親很年輕就守寡，後來被富商吳青相中，還強暴了她，成了四姨太。家族覺得蒙羞，不讓安梅跟著母親離開。安梅在祖母去世後，才終於如願前去和母親同住。安梅才知道母親艱難的處境。二姨太為了鞏固自己在家中的地位，抱走了母親生下的兒子，還企圖拉攏安梅，給她「珍珠項鏈」。安梅的母親算準吳青是個迷信的人，她在春節前兩天服用含有過量鴉片的湯圓，成功自殺。根據中國傳統，鬼魂會在去世三天後找生者算賬，怨婦的鬼魂更是。安梅理解母親用她的生命要換取她和弟弟的尊嚴與自由，她為母親爭取正室的待遇，也利用二姨太在葬禮上鬧事時，打破假的珍珠項鏈，戳破了二姨太的虛偽。安梅最終順利脫離那個明爭暗鬥的大宅院。

　　龔琳達從小在重男輕女的環境下長大，十二歲時，母親接受媒妁之言就讓她跟天余訂親了。婚後，她想努力愛這個比她矮一截的丈夫，但霸道的天余根本就像個孩子，什麼都不懂，完全不碰她。婆婆急著抱孫子，不但在言語上辱罵她、限制她的行動，甚至逼迫她躺在床上喝補藥。當肚皮毫無動靜時，婆婆把媒婆叫了來，媒婆說她命裡五行缺金，本是極好的徵兆，但結婚時，婆婆給了她金手鐲，如此一來，五行俱全了，太平衡了，當然無法受孕。婆婆樂得收回她的金首飾，機靈的她反倒認為可以好好利用「缺金」，想辦法逃出這個婚姻的牢籠，又不辱沒娘家的名聲。

　　龔琳達找到了一個兩全的辦法。謊稱夢到祖宗，先人說天余娶錯人了，就快要死了，還說有個女傭命裡有貴子，是天余命定的妻子，她會為他們家傳宗接代。原來，她早就發現這個女傭跟一個男當差有染還懷孕了，正不知所措；所以，當婆婆召來那個女傭後，她喜出望外，允諾會成為賢良的好媳婦。

　　婆婆終於抱上孫子，龔琳達得到了一張去北京的火車票，並允許可以帶走她的衣物及一筆足夠去美國的路費，交換的條件是永遠不能跟別人提起這場婚姻。

民以食為天，用餐在中國文化中是一個非常重要的部分。在《喜福會》中，譚恩美試圖利用食物的意象去聯結時空、維繫情感，也展現文化差異。薇弗萊決定再婚，當她要帶理奇回去見母親時，她其實很害怕不知母親會如何數落、評價理奇，或者讓他難堪。她明白自己很脆弱，深怕自己心目中的理奇，會被母親信口開河的議論和夾槍帶棒的言語所摧毀。終於她想出了一個妙計，讓母親為理奇燒一桌好菜，而愛中國菜的美國人肯定會讚不絕口的，這樣，理奇就會讓母親留下好印象了。

當天理奇特地買了瓶法國酒，但薇弗萊的雙親根本不懂欣賞，他家甚至連酒杯都沒有。理奇還接連著犯了幾個大錯，先是連飲了兩大杯酒；堅持要用象牙筷，卻將它操成八字形；拒絕吃綠葉蔬菜，他並不知道在中國餐桌上，拒絕第二筷，是十分失禮的；他還按美國人的習慣直呼兩位老人的名字；最嚴重的是，當母親端上拿手菜時，以中國式的謙虛在嚐了一口後，又故意搖頭抱怨菜不夠鹹。沒想到理奇居然也直率地說：「簡直無法入口。」

又如映映・聖克萊爾曾糾正麗娜總是布滿米粒的碗底，隨即預言她將來的丈夫會是個麻子——碗底留剩幾顆飯粒，他臉上就有幾顆麻子！映映似乎有什麼超能力，預言的事情都很準，這讓麗娜相當反感，覺得母親在詛咒她，特別是在母親那樣的預言後她前後兩個男友都發生了意外。

還有《喜福會》裡的打「麻將」；《典型的美國佬》裡的張家人把嗑瓜子的習慣搬到了美國的起居室，這些都有中國式的象徵意涵。

## 放下糾結，與其和解

《喜福會》裡的四對母女最終在難以交流的鴻溝與難以解決的矛盾中，學會放下執念相互理解，也和過去和解。

吳素雲雖然順利赴美又生下了女兒——吳精美，但對於在戰爭逃難時丟下的雙胞胎的愧疚卻影響著她的一生。吳精美小時候，母親幫傭換取她學習鋼琴的機會，但她卻認為母親只是為了要在朋友面前炫耀，她處處與希望她「順從」的母親爭鋒相對。在一次鋼琴演出失利後，她放棄了，這令母親十分失望。價值觀分歧的兩人進入冷戰時期，長達二十幾年。然而，她在三十歲生日時收到母親送給她一臺鋼琴作為生日禮物，這是兩人和解的象徵。多年後，吳素雲得知當時在中國的雙胞胎被領養的消息，但就在去見她們之前因腦動脈瘤而離世。最後，吳精美和父親飛回中國見到了姐姐，幫母親完成畢生難以實現的團圓宿願。

露絲和準備就讀加州大學醫科的特德結婚，特德母親的阻止加速成就了這段婚姻。婚後，家中所有的大小事都是特德作主，她從沒想過要違抗他的決定。但在一個醫療糾紛敗訴後，特德整個大轉變，他開始逼迫露絲決定家中所有的事情，也開始嫌惡她不肯承擔一點責任。出差到洛杉磯的特德打電話向她正式提出離婚。她像挨了當頭一棒，才發現沒有人是可以依靠的。當時也反對露絲結婚的許安梅卻對她說：再努力試試看，但自己決定，不要聽別人的。但當把婚姻當成全部的女兒，即將面對離婚財產分配的談判時，不捨的許安梅對女兒道出了塵封已久的往事。她想藉著這段往事，告訴女兒要把命運掌握在自己手上，沒有個性的逆來順受並不能得到幸福，她必須明白自己存在的價值。所以，之後當特德拿出離婚協議書時，露絲長出了反抗的力量，她要特德從屋子裡滾出去，她不允許已經另結新歡的丈夫任意糟賤她。最後，露絲雇請律師，獲得勝訴。

許安梅面對女兒的婚姻危機，她自省著：她是以中國生活方式長大的，被培養成清心寡欲，吞下自己和別人栽下的苦果，打落牙齒，連血帶牙吞。她也把這個教育不自覺傳給了女兒，因此，女兒身上還是有著東方女性的優柔寡斷。

而露絲也想起小時候的不懂事，她從不把母親的告誡聽進去，母親總說女孩要像挺起身子的樹，這樣才能長得挺拔強壯。如果俯身去聽別人的話，就會變得軟弱，一陣風就能吹倒。之後，她又學會了選擇接受最好的意見：中國人有中國式的建議，美國人也有美國式的建議，而一般情況下，她認為，美國式的見解更合她意。面對婚姻風暴露絲也自省：她最初以為，因為她是在那種充滿中國式的謙虛的環境中長大，很自然地就容易接受道家的種種觀念。但她的心理治療醫生卻說她不應該責備自己的傳統文化、自己的民族。

再看龔琳達也檢討她對女兒薇弗萊的教育，她認為一切都是她的過失：長久以來，她一直希望能造就薇弗萊適應美國的環境，同時也保留中國的氣質，但她根本沒想到中西根本是水火不相容，不可混和的。她讓薇弗萊學習適應美國的環境，讓她知道在美國只要努力，就算出生貧窮都可以翻轉命運。這一點薇弗萊很快就學會了。但她卻教不會她中國的文化氣質：凡事不要鋒芒畢露；容易的東西都不值得去追求；要認清自己的真正價值，精益求精。

薇弗萊・龔善於棋藝，九歲時，便獲得全國冠軍。母親龔琳達逢人就誇耀，這卻讓她感到尷尬。她以不下棋表示抗議，但強勢的龔琳達無法讓她妥協，這卻嚴重影響了她在棋盤上的自信。她一面想擺脫母親，不想受她影響，但另一方面又渴望贏得母親的認同。最後她才警覺自己根本與懷著強大的力量逃離父母之命的婚姻的母親是如此相像。

女兒們在經歷種種人生考驗後，放下偏見去理解母親的過去，母女關係從矛盾衝突走向消解融合，也代表中西文化得以共存。

## 結語

第一，這些移民第一代的父母從小接受的是中國傳統文化的薰陶，把家庭和社會放在首位的「集體主義」；而他們下一代成長的大環境是美國的主流文化，「個人主義」至上。這是兩代最大的差異，也正因為這樣的差異引發而來的兩代間的衝突、隔閡以及經由文化身分的流動帶來生命的重整與和解，這樣生命敘述的美好，也正體現了兩位作家的書寫主題與價值。

第二，任璧蓮在小說裡不僅關注海外生活困境，也提示了女性意識的關懷。海倫這個家庭主婦在拉爾夫身上享受戀愛的感覺，也確認自己的存在；特雷薩在醫學院畢業當上醫生，也有個美國醫生男友，之後卻愛上有婦之夫，還是拉爾夫在教育場域上的死對頭—老趙，她不顧弟弟反對，義無反顧要做自己。這兩個女性人物都在開放的美國找到了自主情慾的舞臺。

譚恩美在《喜福會》裡也塑造了堅韌智慧、樂觀正面的女性形象。抗戰時期她們也擔驚受怕，承受痛苦，但與其悲切等死，不如快樂活在當下，因此，她們決定把每週一次的聚會，變成像過年一樣吃喝玩樂的節日，讓每週都有一個可以忘記過去的期盼。她們不談任何「負面」，就是要自尋快樂，一邊打麻將；一邊講最美好的故事。於是她們將聚會取名為「喜福會」。後來，一九四九年中國內戰末期她們從中國移民到美國重組了麻將俱樂部「喜福會」。

第三，程乃珊認為《喜福會》的成功之處在於譚恩美將東西方文化語境下不同的母女關係融化在點滴小事中，耐人尋味。譚恩美「是西方人眼中的中國人，但她不取悅中國讀者，也不取悅外國讀者，獨立的身分是作品動人的根本原因。」[7]

關於這一點，任璧蓮也不同於以往「移民文學」裡讓亞裔美國人從事勞力工作；對白人老闆逆來順受，卻只敢欺負黃種人；把積習的大男人對付自己的女人，過去那些絕對主流的霸權話語在她的平衡書寫中已不復再見。

[7] 〈海派女作家程乃珊重譯譚恩美名作《喜福會》〉，《新京報》，二〇〇六年八月九日。

# 空間書寫：唐穎從「上海」到「新加坡」的小說

唐穎，是以寫「上海」題材小說最準確的、最聞名的中國大陸的作家之一。余秋雨將其文學地位抬到很高的位置：「從文學的角度來透析上海的生態和心態的演變，越過唐穎有點難。」[1]

唐穎從一九八六年發表第一篇小說〈來去何匆匆〉後，至今共發表〈紅顏〉、〈糜爛〉、〈告訴蘿拉我愛她〉、〈理性之年〉、〈冬天我們跳舞〉、《無愛的上海》（原名《從美國來的妻子》）、《麗人公寓》等中、長篇小說、話劇以及影視劇共一百萬字左右，均獲好評不斷。其作品曾先後獲一九八九年「萌芽文學獎」；《紅顏》獲《上海文學》雜誌一九九五年「新市民小說獎」；《麗人公寓》獲第七屆「《上海文學》優秀作品獎」；《無愛的上海》也獲得「全國城市報刊連載作品一等獎」，且改編成同名舞臺劇，廣受注目。

一九九五年的《新民晚報》評論說：「在上海的作家中，唐穎的眼光與眾不同，她所關注的是

1 唐穎：《無愛的上海》，臺北：九歌出版社，二〇〇二年五月，封面。

上海這個都市中精明、現實而又充滿羅曼蒂克的一類小市民，他們或是擁有一個富有的過去，如今卻已沒落，但仍守著一份最後的優雅；或是有著很高的人生理想，但所處的現實基礎太差，於是有了奮鬥、有了掙扎；或是得到了物質的滿足，卻又有了精神的失落……」[2]

唐穎是一位一直在成長的作家，九〇年代以後，面對中國大陸改革開改的衝擊，她的小說更為寫實而成熟。她說她很慶幸在《無愛的上海》中展示了九〇年代的上海「當時歷史性變化正在開始，激變——即使是變得更好——帶來的衝擊、衝突，以及之後的傷痕，這一段歷史進程現在回過頭來看仍然是最具戲劇張力，是歷史長河中難忘的瞬間。」[3]從二〇〇三年開始，唐穎連續發表了以新加坡、馬來西亞、印尼為背景的中篇小說〈瞬間之旅〉、〈寂寞空曠〉、〈愛的歲月最殘酷〉以及長篇散文《去檳城》等。而前三篇小說與〈情欲藝術家〉被收入《瞬間之旅——我的東南亞》。她在離開自已熟悉的故鄉後，加以年歲的增長，有了更大的智慧與眼界去探索都會、爬梳城市複雜的人性糾葛，並藉此反思故鄉以及回望曾走過的青春歲月。

二〇〇四年，唐穎成為美國愛荷華大學國際作家寫作計畫成員，並擔任駐校作家，在不同的空間行走，提供她相當大的漫遊衝擊和生活的養分，生活環境的改變並讓她保持敏感，更能以細膩的觀察，描述城市轉換中的形色，因而得以見其作品的進步。

---

2 項瑋：〈很上海化　很市民化——作家唐穎印象〉，《新民晚報》，一九九五年九月二日。

3 唐穎：〈故鄉即他鄉〉（跋），《無愛的上海》，頁343。

空間與歷史

范銘如說：「在新空間理論的論述中，空間跟歷史一樣，不是靜態的、自然的現象，而是持續或間斷的建構變動，既是社會文化的產物也是社會文化實踐過程中不可或缺的向度。不同尺度的空間範疇提供身體活動的場所，同時影響了我們的言行舉止和思維感知，甚至牽動了我們對空間的再造與再現。」[4]

唐穎的小說便是在其空間中再創「歷史」。她在一九九五年發表《無愛的上海》，小說裡的汪文君是靠著婆婆的經濟擔保簽證到美國取得了學位和綠卡，但是她的丈夫元明清無法適應美國的生活便回到了上海，開始分隔兩地，也彼此諒解各有婚外情感的生活。離開上海十年後，汪文君從美國回家，為的是要和元明清離婚，才能澈底圓她的美國夢。元明清特別請了休假，要好好陪伴妻子最後在上海的時光，他們充分享受這幾天，要留下美好的回憶。汪文君看著她記憶中的上海的快速變化，感到窘迫不安；但卻在元明清身上的優雅沉穩中，找到她繾綣難捨的熟悉的上海。可是她必須離婚，既然對於元明清是「恨鐵不成鋼」，那麼就必須還他單身自由，也許他的餘生還可以找個好女人相伴。

回國後的汪文君面對上海快速的轉變，激憤地說：「到處都是偽劣商品，怎麼讓人有安全感？

---

4 范銘如：《文學地理——臺灣小說的空間閱讀》，臺北：麥田，二〇〇八年，頁16。

不能喝水，水可能是髒的，不能吃肉，肉可能是死豬肉，不能生病，藥可能是假的。」「有錢是真的，但錢能買到乾淨嗎？能買到文明的生活方式？你不覺得這是優質生活最基本的條件？不比名牌更值錢？」「有錢的確好，但為了錢丟掉比錢更好的東西，那就糟了……造了這麼多高樓也拆了不少房子，但據我所知，有些拆掉的房是再也造不出來的，是應當作為文物保護起來的經典建築。」[5]汪文君的氣憤來自於她年輕時對上海的美好記憶的流逝——

「老錦江」的獨特風情已被四周高樓掠奪，而淮海路近在咫尺，幾小時前的似錦繁華以光芒盡收，顯得分外寂寥黯淡，這才是她熟悉的馬路，她和元明清就是在這條馬路的一條弄堂裡的加工廠做同事做戀人。她的青春歲月是在元明清的陪伴下徜徉在這條馬路上度過的，頭頂上有颯颯響的梧桐葉，多麼詩情畫意的法國梧桐，它是那個粗陋冷酷的年月唯一留在心底的風光，儘管後來去了美國，也到過歐洲，領略過無數美景，年輕時的情懷終難忘卻。」[6]

然而，儘管崇拜美國的汪文君再怎麼捨不得她歷史記憶中的上海——「舊屋雖然還在，卻徒剩軀殼，就像這個城市的許多人，肉身在自己的城市沉寂，靈魂卻在遠處，在一個早已失去的世界飄泊，

---

5 唐穎：《無愛的上海》，頁182–184。

6 唐穎：《無愛的上海》，頁21。

『生活在別處』是這個城市一部分人的永久狀態。」[7]她終將要離去，展開她自認為的全新的開始。

再看，到了二十一世紀，經歷過人生洗練的唐穎在其作品中又有了不同的歷史光景。她發表於二〇〇六年的《紅顏──我的上海》裡面收錄了四個故事──〈那片陽光還在〉、〈紅顏〉、〈麗人公寓〉以及〈糜爛〉，小說裡描述了上海接收了全球國際化的衝擊，隨著時代的變遷，舊上海的文化與精神已逐漸式微，失去原有風貌。然而那些在弄堂裡成長的現代新女性面臨新舊交替，儘管對愛情有憧憬與期待，卻能在認清愛情面目後，精明地理解人情練達，並繼續奮鬥，接受現實生活的不完美，確認自己所處的地位，更加獨立而自主地企圖活出自己的人生。

唐穎分別在二〇〇三年〈瞬間之旅〉與二〇〇五年〈寂寞空曠〉描寫了女主角移民到新加坡後所帶給她們轉彎的人生。〈瞬間之旅〉裡來自上海到新加坡工作的楚紅，和有三年感情的賽姆，雖心心相印、無話不談，但卻始終無法跨出一步表達愛意，始終停留在柏拉圖之戀，彼此欣賞，卻不願付出；渴望愛卻又懼怕情感流逝。後來，楚紅認識了有印度血統的納丹，九一一當天兩人正好在旅館客廳裡看電視，新聞中世貿大廈的倒塌，讓他們突然感到只有愛可以彼此安慰其空虛。兩人發生了關係，楚紅也意外懷孕，她決定選擇成為單身母親獨自撫養小孩長大。而〈寂寞空曠〉裡的藍妮原是位芭蕾舞者，與新加坡情人初識、相愛，他們在新加坡著名的酒吧、碼頭、廣場和劇院留下難忘的美好

---

[7] 唐穎：〈故鄉即他鄉〉（跋），《無愛的上海》，頁343。

回憶。藍妮結婚後移民新加坡，但她的事業毫無發展，同時也感慨在婚後他們買了房子，卻失去了最好的時光。在丈夫離開承諾，移情別戀後，她選擇獨自帶著孩子離婚。她重新建構、拯救並檢視自己的人生，最終獲得精神意義上的女性獨立。

唐穎以其在新加坡的生活經歷，增廣了她國際性的視野，她感嘆在歷史進程的快速變化中，現代人患得患失，自私又脆弱地追求感情，雖理性也悲觀。她以欣賞和傷痛的情緒書寫著，並以寫實的筆觸，表現了生活的時尚，也描寫了在現實的多元民族的城市生活中的女性。

新加坡有其多元民族的特殊歷史，唐穎在新加坡接受不同文化環境的衝撞後，陌生、漂泊和迷惘，反而讓她有更強烈的流逝感，也同時利用外部刺激，保持其空間書寫的敏感。

## 空間與社會

唐穎的小說充分展現了空間與社會的連結，林耀德說：「空間的內容必然與社會的內容『有關』，這種關係可以解釋成隱喻的社會內容或政治權力，也可以解釋為意象化的意識形態，或者其他。」[8]

[8] 林耀德：《敏感地帶：探索小說的意識真象》，臺北：駱駝出版社，一九九六年，頁95。

在現代的社會中，愛情，可說是一種社會穩定的標誌，代表了一種社會秩序的價值觀，因為愛情引導兩性去建立穩固的婚姻和家庭，因此，愛情與社會息息相關。唐穎擅長利用「愛情」這個永恆的主題，去展現人身處於不同空間的性格的變化。

《無愛的上海》裡的裴曉玉一心想要去美國，她一直在等表姐汪文君幫她介紹合適的美國華人，可惜都長得不好看，她沒感覺，她陷入愛情和麵包的矛盾。陳軍愛著裴曉玉，希望她能放棄去美國，他要和她結婚，在上海買房子，未來以旅遊者的身分去國外消費，但裴曉玉卻還是憧憬著美國。元明清勸她說：「妳馬上就移民，上飛機前，妳得到的是一片羨慕的目光，可是到了美國，妳就立刻明白，妳不是生活在人們的想像中，妳必須面對最實際的問題……妳如何和一位實際上是陌生的男人相處，……外在條件不錯的人不一定是能和妳相愛，即使能相安無事，那已經如同抽獎中頭彩，機率極小。」[9]裴曉玉說她可以離婚，但元明清又分析：剛到美國，離鄉背井，語言不通，且美國的法律會保護這些誠心誠意花了時間和精力結婚的華人，而且綠卡也不是那麼容易取得的。

表面上看來已如所願的汪文君本來以為「只要在美國站穩腳跟，再把家搬到美國，所有的問題便解決了。上帝卻不願成全或者說縱容她，一定要她作取捨。當然，對於她，美國是不能捨棄的，美國，是她從舊生活裡掙扎出來的希望，沒有希望，家只是一堆行屍走肉的聚合。那麼，必須捨棄的就

[9] 唐穎：《無愛的上海》，頁247。

只有家了，但是沒有家，給你希望的生活還有意義嗎？這完全是個悖論，這個悖論苦惱著她在美國的所有日子。」[10]

她和她戀戀難捨的元明清有著截然不同的價值觀，元明清認為：「人人都會老，任何人都只有一個歸宿，到時候，你花盡心思得到的一切，還有什麼意義？……我的時間不多，我寧願跟能使我開開心心的人在一起。」[11]

汪文君回到上海，見其改革開放後的巨大變化，在擔心元明清的同時，也為他的性格特質慶幸——「過去的社會是封閉的，你比人家都開放，只要善於利用十里洋場的天時地利，你就可以照你選擇的生活方式過活，儘管這種生活仍然是勉強的，但你在心理上有優越感，你知道你至少比你周圍的人過得有質量。而且，人是奇怪的動物，物質越是匱乏，心靈越容易充實，從物質獲得的快感越大，這種快感會轉化成精神力量，鼓舞你樂觀地生活下去。」[12]空間作為一種符號，持續地在隨著社會經濟結構轉變，在社會脈絡中講述其意義以及身處其中的每個人的故事。

元明清陪汪文君回家，他依舊對岳父岳母和家人互動如舊，幫岳母作菜、當岳父的唯一聽眾、為客人夾菜，他把模範女婿的角色扮演得更為成功而徹底，汪文君強烈地感受到大家對於她不知好歹的

10 唐穎：《無愛的上海》，頁167。
11 唐穎：《無愛的上海》，頁166。
12 唐穎：《無愛的上海》，頁161。

惋惜。

「元明清」這個名字的命名可見唐穎的獨特用心，他標誌著一種傳統的意義——「在『文革』野蠻粗陋的背景前，元明清顯得優雅而趣味高尚，他那一套善於享樂的生活方式很吸引人。可是在美國，他卻成了一個沒有奮鬥精神和工作能力的窩囊廢，他過去的優越之處成了缺陷，我們之間的共同語言越來越少……」[13]唐穎對其人物性格的塑造是人符其名的。

汪文君和她的老闆彼得在一起兩年了，她在等他離婚，如果離不了，她也要通過他找到更好的結婚人選。彼得不知道她仍在婚姻中，所以她必須盡快回上海結束婚姻。表面上她能把握自己所要追求的東西，看來很成功，其實她有著無法解脫的徬徨感、虛幻和苦惱。

作者在小說結尾安排兩人順利離婚後，汪文君卻哭著怨恨元明清當初為何不攔著她不要讓她到美國去；而元明清也抱著她一起哭，問她為何回來搞亂了他的心？

唐穎認為：「當社會更加物質化的時候，也更加人性化；消費時代是個人化的時代，表明了某種無所不在的個人選擇，是對群體化意識的消解。今天人們對於物質的巨大熱情，充滿了當年物質匱乏的恐懼，也是人性受壓之後的反彈，這種物欲的需求不會永久地持續下去，我想展示的是，人們必然在沉溺中失卻自己，又在掙扎中找回自己。人的精神是在與自己的抗爭中變得強大。」[14]這是唐穎在

13 唐穎：《無愛的上海》，頁322。

14 唐穎：〈我們快樂嗎？〉，《麗人公寓》，臺北：九歌出版社，二〇〇五年三月，自序。

空間形式的建構中，企圖再產出社會、文化、權力和現實生活意義，尤其從小說意涵的解讀中提供讀者更寬廣的反思。

## 結語

唐穎的小說涉及歷史與社會、精神與物質、愛情與麵包、東方與西方、性與愛以及空間情結……等，涵蓋的層面、深度和視野都相當寬廣，其筆下的空間描述足以呈現當代人的集體意識，並反映出該年代的社會意識。她是個性情中人，一如她可以感性地緬懷過去的上海文化，卻又同時遠眺未來，寫出了城市文化與物質的一體兩面。

上海的經驗與題材成功地為唐穎打下了良好的「空間」書寫的基礎，因此，她能繼續敏銳而出色地捕捉新加坡的都市氣息。唐穎的生存意義隨著生活空間的轉換而有所提升，儘管中間的過程伴隨著焦慮與不安的靈魂，然而，這些特徵都是她在找尋更適合於她生活方式的成長的書寫印記。身為「新市民文學」代表的唐穎，從「上海」到「新加坡」感受了島國多民族的生活氣氛，她的寫作經驗也受到她的先生——張獻不少的影響。張獻早在二十世紀八〇年代就走在前衛藝術家的尖端與邊緣，唐穎有機會接觸到令她感到矛盾的前衛文化，在物質時尚與精神傳統中要找到心靈成長，勢必是要歷經很多磨難與轉折才能成就其作品。她還能在圖書館借到在中國讀不到的如臺灣、香港出版的社會和歷史書、電影和戲劇方面的書，這些閱讀經驗都浸潤了她的書寫經驗。

唐穎以一個非新加坡籍的作家，描寫了中國大陸少見的以東南亞作為背景的小說，她在小說裡塑造了清純美麗生活在亞熱帶的都會女子對愛情的期待與拉扯，雖令人傷感，卻也真實反映了年輕人纏綿悱惻的現實生活與心緒的波動起伏。同時也提示了物質生活愈豐富，在光鮮五彩的繽紛熱鬧的表面背後，其實有更強大的孤寂與空虛。

在二〇〇三年出版的《阿飛街女生》中，她塑造了一群亮麗的上海女孩，穿梭往來於上海和紐約之間，努力回首過去，也展望未來。唐穎說：「有人認為我的小說肯定了某種物欲，可我的故事好像在告訴人們，你得為自己的欲望付出代價。當然，欲望是人性，是社會前進的活力，可我或多或少被中國文化制約，在面對它的時候，已經有了道德態度。然而，我很怕我的小說僅僅為了『警世』，我希望能客觀地展現我的人物，那些有欲望、有活力，因而也讓自己的人生充滿戲劇性的人物，他們經常需要選擇，為了一些在旁人看來是卑微的願望，他們捨此取彼，讓心靈飽受煎熬，這一刻的人才最富人性。」[15]

這就是關注現代人際關係的唐穎，她將空間書寫帶入了現實生活的實踐以及空間的歷史記憶，從社會、文化和權力中，為當代的大陸女性小說開展了一條更寬廣的大道。

---

15 唐穎：〈我們快樂嗎？〉，《麗人公寓》，臺北：九歌出版社，二〇〇五年三月，自序。

# 流動的人情練達——王安憶《剃度》的價值特色

出生於一九五四年的王安憶，是享譽國際的華文作家，她的許多作品被譯成英、德、荷、法、捷、日、韓、希伯來文等多種文字，她自一九八〇年代中期起得名於中國文壇，被視為是「知青文學」、「尋根文學」等創作類型的代表性作家。

王安憶的雙親都是有名的作家，父親還身兼導演，雙親對王安憶的教養在其成長過程影響至深。一九六七年的文革期間，王安憶在中學就讀，就開始暗中閱讀翻譯的外國經典，這造就她骨子裡的文學土壤保持著必定滋長的養分。

一九七〇年，十六歲的王安憶離開優渥的上海，到貧窮的安徽宿縣農村插隊。在她這段迷茫青澀的「知青」歲月裡，白天要從事繁重的農民勞動，晚上卻延續著她從小寫日記的習慣，利用書寫除了療癒思鄉之情，也真實記錄了農村裡人們的真實生活。這個青春成長的經驗不但讓王安憶更加理解生活的苦難與磨練，也間接培養了她與勞動人民之間的真切情感。

王安憶在一九七二年結束了知青生活。插隊的最大收穫，是留存了幾大本厚厚的日記，這為她往後步入文壇奠定了札實的基礎，提供了創作的靈感，於是，從她在一九七六年開始發表作品起便逐漸確立了文壇上的重要地位。

王安憶早期的「知青」小說——《剃度》，包括〈喜宴〉、〈開會〉、〈招工〉、〈花園的小紅〉、〈小邵〉、〈王漢芳〉以及〈青年突擊隊〉共七個短篇，記錄了下鄉的知青與農民瑣碎的生活與故事，但其中卻蘊含著深厚的農村人情，故而既不哀怨傷感，也沒有頹敗墮落，反而有一種認真活著的真實力量。

王安憶與梁曉聲等其他知青文學作家一樣，都在文化大革命中「上山下鄉」到偏遠農村接受「再教育」，恢復身分後，再將其插隊的勞動經驗與生活見聞真實地呈現在他們的作品中。故而在這些知青文學中有著作家們獨特的心靈成長，而他們豐富而真切的描寫，雖然沒有高潮曲折的情節，卻在其平凡的單純紀實中，見到了那個時代的農村生活、情感流動與世俗人情。

## 敘寫農村尋常生活

王安憶擅以素樸之筆挖掘生活，她在知青文學中追憶起知青下鄉插隊的歲月，不僅描述了在農村生活點滴積累的日常細節，也寫出了平凡小人物不平凡的經歷與情感。

## 農村人溫厚善良的品格

在〈招工〉中，當劉海明順利被「招工」，留下老實軟弱的妻子——小呂帶著孩子過日子，小呂要工作換口糧，不能全指望劉海明的工資，但是嬌養的孩子又黏著她；後來她索性咬著牙，放手把孩子留在庄上和其他孩子一起玩，可是她的孩子不合群又怕生，常常是自己一人。有一天竟掉進了糞坑裡，讓人從糞坑裡救了起來後，發燒生病了。小呂抱著孩子哀哀哭著的場面，看到的人都感到淒涼。且看大隊最後是想出了什麼辦法幫助了這對母子——

> 大隊買了擠麵機，機房就設在他們住的屋裡，讓小汪和小聶搬走另找地方住，小呂卻留了下來，看擠麵機、記帳、收錢。兩間屋中間砌了道牆，裡面放機器，外面住小呂。這樣，她可以不下地，一邊看孩子，一邊把工分掙了。小汪和小聶走的時候，對小呂都有些不高興，冷冷的，覺得是被她占了窩。姊妹們勸解她們，說，小呂拖著個孩子，而你們終是要走的。[1]

農村人們的「人同此心」的體諒為小呂母子解決了生活的困境，也為他們找到了一條希望之路。

1 王安憶：《剃度》，海口：南海出版公司，二〇〇〇年十一月，頁122。

〈開會〉裡的小李插隊很多年了，也轉過不少地方，就為了找一個好的大隊，才能工分值高一些，生活好一些；知青若少一些，招工的競爭就小。但事實上，她這樣「打一槍換一個地方，給誰都留不下印象，幹什麼也都想不起她。這麼頻繁地遷徙，生活也好不到哪裡去，分東西的時候，人們說：小李才來，幹不多久，少給一些；或者：小李要走，到新的隊上分去吧！所以，她是犯了策略上的錯誤。」[2]生產大隊收到了縣通知要召開「農村三級幹部會議」大隊出於同情的心裡，在知青的開會人選上最後決定讓年紀最大、個性又木訥的小李代表去開會，為的是讓她可以早點被抽掉上去。大隊裡的人想方設法為先前已做了錯誤決策的小李解套，只出於同情的諒解，就足以讓他們全力出擊，成全所望。

再看孫俠子借人家灶做飯才想起沒帶火柴，又不願意向老奶奶要，倒不是說這一根火柴值多大的人情，而是覺得已經借人家灶做飯了，再麻煩老奶奶就太給人家找麻煩了。這些小細節都展現了農村人的溫厚純良。

## 深富人情味的人際互動

在〈喜宴〉中的知識青年被邀請去參加一位老師的喜宴，他們都有些茫然，因為這位老師與他們

2 王安憶：《剎度》，頁68。

並無關。於是分散在各個生產隊，來自於不同城市的知青們也就聚集在一起討論，究竟要不要去吃喜酒？有個知青的房東認為：既然受邀，就一定要帶禮金去。禮金的公定價是一人兩元，可帶小孩。房東又跟他們解釋：「雖然你們在城裡，老師在鄉下，但都是上過學，讀過書的，也可稱得上同學，所以他才請你們。」[3]王安憶在小說中以其文人傳統拾掇農村的人情美，不僅描述婚宴喜氣的場面，也體察入微將出席婚宴的人物一一介紹入場。

一個月後，有幾個知青被派工到東邊挖一條溝。休息時想喝水，就想起吃過喜酒的這家老師，便奔了去。當時老師在學校上課，只有老師的寡母和新媳婦在家。她們見知青們到來，就招呼進屋，燒水沏茶，又捧出落花生、棗子，是喜宴那天剩下來的。這次，幾個知青總算看清楚了新娘子的臉，笑起來又非常大方。他們喝了茶，吃了花生，聊了天，在婆媳熱忱的留飯聲中告辭了。

這些離鄉背井的知青，有的還正是需要家庭親人溫暖的年紀，卻必須為了落戶、招工而努力求表現、奔波勞累，生活過得跟烏雲般厚重；但農村人習以為常的人際互動，卻像是一場及時雨，給予難忘的溫情。而這些知青在孤獨累積的同時，獨立意識也在逐漸強大中。

[3] 王安憶：《剃度》，頁55。

## 展現農村女性的美德

農家傳統女性能力很強，除了農務，還擅長家務，在〈開會〉中，農家女孫俠子「沒讀過書，除了種地，就是做針線。這兩樣都做得不錯，有力氣，又不惜力，心也靈，一點就通。」[4] 另外，還有她嫻熟的烹飪技術——熱鍋、燒水、燙菠菜、下油、打雞蛋、噗噗起泡、加臘肉翻炒、煎小魚、擀麵條、做貼餅子，充滿了農家廚房裡的忙碌畫面，聽覺、視覺與嗅覺全然呈現。〈開會〉裡的孫俠子相當能幹，就算沒有火柴，也能生起火來做飯——

她用撥火棒撥撥灶裡的熱灰，見方才老奶奶燒剩的那團豆稞，還有些火頭。她從灶前地上胡擄了幾根豆稞，小心地送進去，稀稀地覆上，然後轉動著那團豆稞，慢慢地，慢慢地，忽聽「蓬」的一聲，著了。她起身去搬帶來的秫秸，抽出一根，撅成幾截，架著火，鍋轉眼就熱了。她並不急著添水，而是又接著燒幾截秫秸，鍋底幾乎燒紅，她才舀一瓢水下去，只聽「滋」一聲，剛下去的水已經沸了的樣子，她略略再燒了會兒，放進菠菜，不一會兒就燙熟了。她用燙菠菜的滾水細細地涮了一遍鍋，準備開炒了。鍋是熱的，叫水涮得發乾，於是她先

4 王安憶：《剃度》，頁64。

用鍋鏟接住一小滴油，沿著鍋沿劃了一圈，油滑下去，鍋就潤了，然後才將那小半瓶油倒進去大半。這邊油進了鍋，那邊她方才打雞蛋。她將雞蛋嘩嘩地打起老高，就像連在筷子上似的，漸漸起了沫，她又騰出手在鍋底添了幾截秫秸，油大滾了。[5]

還有〈王漢芳〉裡身材小巧勻稱的王漢芳，幹起活來也更是靈巧——「有一種文藝式的好看。就是說，她割麥、抱草、肩鋤、扛笆斗，都有一種銀幕和舞臺上的、美化了的風範，但也不妨礙她勞動的實用性。」[6]她代表的正是農村婦女的美好形象。

作者將栩栩如生的勞動婦女形象，藉由她筆下農村女性的語言、動作與內心思緒流動，充分展現了她們在快樂勞動中的無限韌性與潛能。這樣成功的女性形象描寫，可說是為當代女性小說的人物畫廊增添了新頁。

## 詳盡細碎的知青插隊生活之描繪

在那樣一個特殊的年代裡，王安憶以理解和體諒的筆調為當時尋求未來出路的知識青年發聲，也

5 王安憶：《剃度》，頁122。
6 王安憶：《剃度》，頁166。

以白描素樸的語言，詳細描繪了知識青年在農村插隊落戶後的孤獨寂寞、無所適從以及現實生活中的種種細節與其情感態度。

在〈招工〉中，王安憶讓讀者見到了在那個錯誤的年代裡，關乎知識青年前途的選拔中，走後門和拉關係的各種手段層出不窮。至於大隊書記的態度呢？大家都看著大隊書記的臉色，書記不能表現出差別待遇，所以只好誰都不理。沉得住氣的劉海明是個機會主義者，他先是在農村和妻子一起落戶，之後又相當精明的在天時、地利、人和中，神不知鬼不覺緊抓住時機，以其能耐得到了招工機會；也有其他的青年，暗地裡耍了不太光彩的小聰明，卻也天不從人願，反而「招」上了其他的麻煩。

在〈喜宴〉中，新房的門上貼了一個紅豔豔的「喜」字，來吃喜酒的人也都特別打扮過。但與喜慶的熱鬧氣氛形成強烈對比的是被安排坐在靠門口的那一桌知青——

> 知識青年大都是頹唐的，而且故意地強化他們的頹唐，表示著對命運的不滿。他們穿得相當糟糕，卻是帶著些戲劇化的，比如其中有一個，穿一件剝了蒙襖褂子的棉襖，扣子都掉光了，就攔腰紮一根鬆緊帶；還有一個眼鏡腳斷了，用一根線掛在耳朵上；一個剃了光頭；另一個則幾個月不理髮，頭髮蓋到了脖頸根。女生略微好些，比較要面子，不肯落拓相，可那神情卻是苦悶的。她們想的比較多，年齡的逼迫也更嚴峻。她們平時就不大開心，此時看著別人嫁娶，難免就有一些感觸。所以臉都是繃緊的，含著些牴觸。他們這一夥坐在當門，給這喜宴帶來一股

不協調的氣氛。[7]

再看在〈花園的小紅〉和〈王漢芳〉中作者有意刻劃了知青眼中的農村人以及農村人眼中的城裡人，體現了兩方生活文化的撞擊、矛盾與衝突，而其互動與學習也由中而生。

在〈花園的小紅〉中，十二歲身材高、發育優的小紅，雖然有著新派的髮式和穿扮，但跟村子裡同齡的孩子比起來就顯得不夠世故。小說形容她常會露出不懂人情的表情——「她睜大了眼睛，一無顧忌看人，漆黑的眸子一轉不轉，簡直像一個嬰兒。」[8]但小紅毫無心機的表現是被別庄人嫌惡的——她雀躍的跑步的樣子；突然走到一半，想起臉上忘了抹雪花膏，整個塗抹的過程都被嘲笑。這庄的人罵她：「瞧她浪的！」此時，小紅庄裡的人就會喊她：「小紅，回來。」

小說裡說，小紅庄裡的人是很保護她的——

> 像我們的人，對她嫌惡的神色，他們立即就感到了，這時候，他們又都變得很敏感。於是，就把她叫回去。但他們也不怎麼管束她，很由她。就因為他們那裡都寵愛她，所以她也像那些被寵慣的孩子一樣，不大有眼色，以為人人都像他們那裡一樣地對她。她分辨不出哪是善待她，

---

7 王安憶：《剃度》，頁57。
8 王安憶：《剃度》，頁149。

哪是不怎麼善待她。遇到我們這裡人嫌惡她的眼光，便也坦然地直視著。[9]

在〈青年突擊隊〉中，展現了知青們青春無敵的熱血，在成立突擊隊過程的運籌帷幄、層層過濾篩選，他們要挑選有文化、有能耐的人才能加入。小墜子善良溫柔、正直、通情達理；小六子善勞動、待人處事也不錯；點子隨和、有趣、鬼點子又多。至於考量不能加入的有：雖是人才，但對老人、對勞動態度不好的小英子；傲慢的廣平子以及嘴利不饒人的廣俠子，都不被列入考慮。在招集青年突擊隊的過程中，儘管惹了麻煩，甚至最終也無成果，但卻傳遞了知青們的情感流動與青春成長的難得經驗。

而〈小邵〉裡傳說著「會武」、「會輕功」、「群仗」和「講局子」的小邵，大家對於這個城裡來的知青給予超高的期待，他們用崇拜的口氣繪聲繪影地說著他不凡的表現，在大家口中他像個大俠，他不需要幹活，因為那是世間俗人才過的生活。大家傳說著他耳後有反骨，可是個危險人物。最後是小汪代表知青去公社開會才見到一個拉車的，彎著腰十分不起眼，大家都不想要的前科犯，而一問之下，那人竟就是大家傳言中多麼厲害的小邵。所有的加油添醋的「英雄」傳聞，當下瓦解。

王安憶通過自己的經驗記憶與情感想像，在詳盡而細瑣的知青插隊生活描述中，展現了她冷靜而

9 王安憶：《剃度》，頁150。

敏感的美學意識，在那樣的尋常敘述中，有其社會關懷也隱藏了深沉的悲痛。

## 結語

第一，六〇年代末至八〇年代初，王安憶挖掘她自己過去知青生活的大量歷史記憶，成為她創作的重要資源，藉由思索、透視進而析說知青們的生存困境、成長經歷與生命主題。雖然時代語境在變遷，但王安憶的知青小說，卻有其特立獨行的敘述氣質，而這更加確定她在當代華人小說作家中的重要地位。

第二，王安憶的小說不同於其他知青作家的集體記憶書寫，王安憶說：「外頭世界的風雲變幻，於它（生活）都是抽象的，它只承認那些貼膚可感的……它卻是生命力頑強，有著股韌勁，甯屈不死的。這不是培養英雄的生計，是培養芸芸眾生的，是英雄矗立的那個底座。」[10] 她的知青文學主題特色在於將平凡的生活落實到真實的歷史「紀錄」中，呈顯了一種希望，展現了無限的記憶張力。

第三，王安憶將知青小說裡的人物形塑成「文革」的反思要素之一，具有生活與感性的基調，有別於

10 徐春萍：《我眼中的歷史是日常的——與王安憶談〈長恨歌〉》，《文學報》，二〇〇〇年十月二十六日。

主流思潮的創作，具有豐富的審美意涵與廣闊的象徵意義。王安憶以其筆下知青們極端日常的故事，呈現個人的微薄緲小，如滄海一粟，以對比當時集體政治力量的無堅不摧。將平凡人物的「個人小我歷史」嵌入「整個大歷史」的敘事，以提供讀者更多面向的歷史反思。

# 李碧華小說多樣貌的思考內涵

李碧華，原名李白，廣東人，是香港當代最受歡迎的女作家之一。曾任小學教師、人物專訪記者、報紙專欄作家、影視編劇以及舞劇策劃。其優秀的小說有《胭脂扣》、《潘金蓮之前世今生》、《秦俑》、《川島芳子——滿州國妖艷》、《霸王別姬》、《青蛇》和《誘僧》等二十多部。其中長篇小說《胭脂扣》、《霸王別姬》、《青蛇》以及《餃子》等都被她親自改編成劇本，並搬上大銀幕，廣受好評。她的專欄及小說除了在香港，也在中、臺、新、馬等報刊登載，並結集出版逾七十本，多國譯本已印行。她的作品不但在文學界得到很高的評價，更在影視、新聞出版界有著重大的影響。

李碧華出生成長於一九五〇至一九七〇轉變中的香港，經歷香港經濟結構的更動、複雜而獨特的文化發展、城市外貌的改變以及女性地位的轉變，以其敏銳的覺察，書寫整個香港城的脈動與其人們價值觀的變異，將整個社會的連動完整呈現，在其作品中爬梳了包括「社會」、「歷史」、「哲學」與「美學」的思考內涵。

## 社會

李碧華成長於一個大家庭，祖父過去在鄉下相當有錢，坐擁三妻四妾的豪奢生活。父親從事中藥買賣，他們住在祖父留下的祖產，因此，她從小就有機會聽聞傳統時代的人事鬥爭與悲歡離合，這樣的記憶為她日後提供創作的靈感與材料。

試舉《鳳誘》、《胭脂扣》、《秦俑》和《霸王別姬》來看，這些作品都具有相當遼闊的社會現實背景。李碧華以其社會寫實的逼真手法，在特定的社會環境，利用其筆下的人物，見證社會的變遷。

《鳳誘》裡的李鳳姐穿越時空，從明朝來到香港，渴望尋找一段轟轟烈烈的愛情。已婚的譚冠文帶著她逛街購物、到山頂享用早餐、看電影、牽手在黃昏的沙灘散步，最後在燭光晚餐結束浪漫，這些前所未有的經驗，給了李鳳姐驚奇而難忘的一天。在譚冠文得到李鳳姐，必須回家面對妻兒，要把她送回明朝的「龍鳳店」時，李鳳姐卻想留在香港。後來，決心在香港立足的李鳳姐，在譚冠文的好友史泰龍的幫助下，取得身分也成為選美佳麗，但接踵而來的是更多的毀謗。面對香港經濟的發達，所帶動的快速發展與變化，她在社會人情冷暖中，帶著對整個社會的失望準備離去前，滄桑的她跟已經和妻兒重歸舊好的譚冠文道別：「我不適合香港，或者香港不適合我……不過，我也很謝謝你帶我來，給我豐富的經歷……」[1]

1 李碧華：《糾纏》，臺北：皇冠出版社，一九八九年年十月，頁184。

《胭脂扣》的故事背景設定在三〇年代的香港，石塘咀倚紅樓的當紅妓女——如花，和南北行少東陳振邦相戀，背景懸殊的兩人，遭到陳家的反對，陳振邦也被趕出家門，兩人最後因承受不了家庭與生活壓力，約定在一九三八年三月八日晚上七時七分吞鴉片殉情。如花如願魂斷，卻於陰間苦等陳振邦五十年，最後決定回到陽間尋找陳振邦，此時已是一九八七年的香港。如花遇上袁永定和凌楚娟協助尋找陳振邦，並告知死前與陳振邦的暗號是「三八七七」，最後藉由暗號得知陳振邦尚仍苟且偷生。

李碧華創作這部作品的時間，正值香港政治與前途最昏暗不明的一九八五年，在這樣一個創作心情下，李碧華還刻意安排了袁永定和凌楚娟這兩個重要的配角人物，在幫忙如花尋找十二少的過程中，足以反映並襯托兩個時代，相隔五十年轉變得讓人難以適應的社會變化，與其道德價值觀的轉變，在在提供了現代人對過去社會的反省與思考。

李碧華在小說中描繪當時香港的真實環境，大自一九九七年香港回歸的問題，小至四通八達紊亂的交通、海邊燈火輝煌的平民夜總會、放映著春宮電影的電影院、路邊吃宵夜的大排檔和算命的地攤，還有陳振邦所在的片場，可說是真實地呈現了香港的面貌；然而，也因為那些翻天覆地的大變遷，讓「不認得路」的如花有了對現代更多的慨嘆。

還有《秦俑》裡秦始皇時代當時的社會場景描述——城牆、城門、陪葬坑、地宮、陵寢；《霸王別姬》裡從京劇當道的火紅，到文化大革命紅衛兵橫行的社會現實，都有完整而豐滿的敘述。

## 歷史

李碧華的小說中常見信手拈來的古老典故，可見其驚人的歷史的理解與想像力。《霸王別姬》便是運用了歷史故事「霸王別姬」為小說的基調。明白了「霸王別姬」的故事，便能理解小說的意涵。

且《霸王別姬》講述一九二九到一九八四年，小說把從小在戲班子一起長大的段小樓和程蝶衣，以及段小樓的妻子菊仙，三人的情愛糾葛和牽絆放到災難連連的大時代。從軍閥割據、日軍進佔、國民黨統治時期、解放後的新中國，再從文化大革命到改革開放之後，小說藉由朝代更迭，將人物的性格和對情感的需求與堅持，全然展現。

藤井省三將李碧華《胭脂扣》裡喚回五十年前的愛情故事裡解為「對『香港本身的』戀愛『歷史的省覺』」[2]李碧華的小說特色之一，就在於見證了歷史與時代的變遷，把愛情落實到歷史的洪流中。在《青蛇》中我們跟隨一條千年老蛇的回憶，從宋朝開始一直來到二十世紀八〇年代；《潘金蓮之前世今生》跨越了文革時期和改革開放初期；《秦俑》則是讓男主角蒙天放將軍有機會吞下了秦始皇的「長不生老藥」，塵封了兩千年的蒙天放躍出古墓，經歷了三個時代，最後進入改革開放的年代。

[2] 陳國球：《文學香港與李碧華》，臺北：麥田出版社，二〇〇〇年，頁96。

誠如《胭脂扣》中，配角永定說：「我是一個升斗小市民，對一切歷史陌生。」[3]但為了幫助如花，他在「被動」中「主動」強迫自己對香港的歷史有多一點的認識。

李碧華筆下的這些人物來回古今，在刻意或不經意的安排中走進了幾個大歷史的事件，在時代動亂中剪不斷、理還亂的感情糾葛裡，顯現了以古諷今的懷舊底蘊。

## 哲學

李碧華在《霸王別姬》中似乎一直在強調「天命」的主題。

在大時代的歷史洪流下，對比出「人」的渺小，人總敵不過命運的安排，誠如關師父在片中說的：「每個人都有每個人的命。」除了三位主要人物都投降於命運，次要人物更是可見。聲名顯赫的張公公，在解放軍進城後，一無所有；曾是「京城梨園行真正的霸王」的袁四爺，真能「甭管哪朝哪代，人家永遠是爺」嗎？並沒有，解放軍一來，他也給拖出去斃了；再看小豆子從張公公府出來後，發現小四，師父不贊成收養，因為「每個人有每個人的命」，後來師父收養了他，長大後又忠心耿耿地跟了程蝶衣幾年。孰能料到文革時，揭發他們最兇的就是小四。人心已是複雜難測，再加以小人物

3 李碧華：《胭脂扣》（香港：天地圖書有限公司，二〇一三年），頁21。

在大的歷史環境底下，身不由己地隨波逐流，是否都該歸結於命運的安排？這應該也是作者企圖提示給讀者深思的哲理所在。

《潘金蓮之前世今生》似乎也有著天命難違的預言。小說裡的單玉蓮從小在上海藝校習舞，之後遭到批鬥下放鄉下，輾轉到香港，經歷四個男人，受到性別迫害的她，終其一生都陷溺在前世的記憶中，為愛情和慾望痛苦掙扎，在重複的命運悲劇中沉淪，展現了社會對女性的無理要求與刻板印象。

李碧華的小說大都圍繞著愛情，不管是主動尋愛的多情女，或是被動等愛的閨怨女，最終作者總安排各種因素讓女主角在被犧牲或遺棄後夢碎的悲淒或醒悟，留下無限的悵然。

在《胭脂扣》裡，李碧華在如花的回憶中，有意設計最常出現的物件就是「鏡子」，鏡子的意象就是「虛幻」、「假象」；作者也在小說人物的命名上用心，「如花」這個名字，顧名思義正是「如夢如幻月，若即若離花」。如花在等待了五十年，當終能在片場與十二少相認時，作者卻安排如花不哼一聲的「若離」，正如十二少所說的：「如夢如幻，若即若離」，當年自私的如花希望能留住十二少，但最終她的愛情也只是像水中月、鏡中花，只能負載著情傷愕然離去。

除此之外，李碧華的不少作品也透露了她相信輪迴因果的聯繫。

《誘僧》裡所體現的矛盾——「色」與「空」，正是衝突的根源。故事描述唐代初年李世民為了爭奪王位，而炮製血腥慘案，深知內情的將軍石彥生被紅萼公主救出後，削髮為僧，卻無法割斷情緣，因此，發生一段纏綿悱惻又肝腸寸斷的愛情。最終，「色即是空。空即是色」，便充溢於小說所欲傳達的意義之中。

此外，李碧華還在《霸王別姬》一起頭便點出了「人生如戲，戲如人生」的慨嘆：「婊子無情，戲子無義。婊子合該在床上有情，戲子，只能在臺上有義。每一個人，有其依附之物。娃娃依附臍帶，孩子依附娘親，女人依附男人。有些人的魅力只在床上，離開了床即又死去。有些人的魅力只在臺上，一下臺即又死去。……生命也是一本戲吧！」[4]在戲班子一起長大的師兄弟小石頭和小豆子，長成飾演楚霸王的段小樓和虞姬的程蝶衣，程蝶衣假戲真做愛上了師哥，但段小樓卻和從良的妓女菊仙結了婚。小說將這三人間的情愛糾葛和牽絆——程蝶衣對段小樓的愛慕，對菊仙的嫉妒；菊仙對段小樓的鍾愛，對程蝶衣的怨恨；段小樓對程蝶衣和菊仙難以兼顧的情義。然而，在四面楚歌的文化大革命期間，他們都成了牛鬼蛇神。在紅衛兵的逼迫下，互揭「罪行」。菊仙以為將被丈夫拋棄，無法承受打擊，上吊自殺；而程蝶衣則企圖用破碗自殺，卻怎麼也無法如願。「四人幫」被打倒後，段小樓和程蝶衣在香港相遇，但人事已非，夢醒後，散場時間也隨著夢碎而到來。

4 李碧華：《霸王別姬》，臺北：皇冠出版社，一九八九年年八月，頁1。

## 美學

李碧華最擅長書寫愛情，浪漫、多情、激越、淒豔是她獨有的筆調，其「美學」的特色便從中流露。

《秦俑》說的是這樣的故事：

三千年前，秦始皇的郎中令蒙天放與求藥童女冬兒相愛。之後，兩人的戀情東窗事發，就在即將處死前一刻，兩人最後一吻，冬兒將偷取的不老仙丹放入蒙天放口裡。冬兒被血祭俑窯，蒙天放則被做成兵馬俑泥深埋於地底下守護秦陵。

到了二十世紀三十年代，秦俑蒙天放死而復活，意外巧遇演員朱莉莉，她像極了當年的冬兒。兩人在與盜墓賊的生死搏鬥中，患難見真情，再續前緣。

八十年代，成為考古工人的蒙天放，在俑坑邊，見到隨著日本觀光團到兵馬俑博物館參觀的靖子，她若有所思，專心欣賞著，發自內心的欣悅，戀戀不捨。此時，蒙天放剛拎著他的餐具要到食堂領飯去。他隔了高牆鐵欄、甬道和俑像，咫尺天涯，卻立刻在人叢中，把「她」認出來了。她誕生在日本，但冥冥中卻來到中國旅行。靖子瞥到他，只是羞澀單純，似曾相識地一笑。蒙天放不想她為他再死一次；但，又忍不住。李碧華在小說結尾最後留下美麗的浪漫——雄偉壯觀、遼闊廣大的俑館內，古今交融的世界，人都很渺小，只是，世上還有些東西，是永恆不變的！

這樣浪漫唯美的情節安排，還有《生死橋》中三男二女的情慾糾纏；《破戒》中的紅萼公主為了所愛，義無反顧的殉情，被人用刀直戳心窩，也在所不惜；《霸王別姬》中執著到底的程蝶衣和菊仙；《胭脂扣》中癡情絕對的如花。李碧華藉由她筆下的這些人物豐盈多情的複雜靈魂，為讀者展現了引人入勝的美學傳奇。

李碧華的文字具有中國古典文學的瑰麗華美，其場景總安排營造一種淒迷魅惑的浪漫，且看在《潘金蓮之前世今生》中她安排潘金蓮對抗命運要去追求永恆的愛情而生死輪迴——

> 她的記憶回來了，她的前世，一直期待她明白，到處地找她，歷盡了千年的焦慮，終於找到她了，她是它的主人。它很慶幸，等了那麼久，經了土理火葬，它還是輾轉流傳著，她沒有把它荒棄在深山村野。她見到它，兩個靈魂重逢了，合在一起。她的命書。[5]

再看在《青蛇》裡最後小青終於領悟到女人和男人一樣都是情感善變，慾望無窮，不管她得到許仙或法海，都會矛盾後悔——

---

5 李碧華：《潘金蓮之前世今生》，臺北：皇冠出版社，一九九二年四月，頁214。

我一天比一天聰明了。這真是悲哀！對於世情，我太明白——每個男人，都希望他生命中有兩個女人：白蛇和青蛇。同期的，相間的，點綴他荒蕪的命運。只是，當他得到白蛇，她漸漸成了朱門旁慘白的餘灰；那青蛇，卻是樹頂青翠欲滴爽脆刮辣的嫩葉子。到他得了青蛇，她反是百子櫃中悶綠的山草藥；而白蛇，抬盡了頭方見天際皚皚飄飛柔情萬縷新雪花。

每個女人，也希望她生命中有兩個男人：許仙和法海。是的，法海是用盡千方百計博她偶一歡心的金漆神像，生世俟候她稍假詞色，仰之彌高；許仙是依依挽手，細細畫眉的美少年，給妳講最好聽的話語來熨帖心靈。但只因到手了，他沒一句話說得准，沒一個動作硬朗。萬一法海肯臣眼呢，又嫌他剛強怠慢，不解溫柔，枉費心機。[6]

此外，我們還可以在李碧華的小說中，觀看並欣賞舊時的文化風情與物件。像是《胭脂扣》裡塘西的美好景致、妓院裡紙醉金迷的描述，還有人物的服裝飾品，都以其細膩地描寫展現給讀者，提供了綺麗的美學藝術想像。

---

6 李碧華：《青蛇》，臺北：皇冠出版社，一九八九年年十一月，頁192。

## 結語

李碧華的小說之所以能夠雅俗共賞，受到普羅大眾的讚賞正在於本文所探究的「社會」、「歷史」、「哲學」和「美學」的四大內涵。她選擇大眾所孰悉傳奇故事——例如：《川島芳子》；以及歷史典故——例如：取自於《白蛇傳》的《青蛇》與擷取自《水滸傳》中關於潘金蓮的《潘金蓮之前世今生》，這些作品都以推陳出新的方式，符合並滿足了現代人多樣化的閱讀口味。

李碧華曾表示，她寫作是為了自娛，如果本身不喜歡寫，只是為了名利，到頭來是會很傷心的，她相信自己的靈感，她創作「從來沒有刻意怎麼寫，所有的景象、聯想，見到什麼，想到什麼，都是在下筆的時候不知不覺地出來的。」[7]所以，她能水到渠成地運用時空重疊的敘事方式，虛實交錯現在和過去的歷史時空，在其所衍生的社會不確定性中，進而自然切換，傳遞給讀者物是人非、人事更迭的慨嘆。

李碧華的小說帶給讀者別具風格的浪漫懷想，其所體現的情感和慾望被審美化了，蘊含了神祕詭異的詩意之美，尤其她是「處理」人性的高手，人性裡的掙扎、嫉妒、卑鄙、背叛與誘惑，從這些主題可以見到現代香港人對香港自身歷史的回望與探尋，其中有對理念的堅持，也有對信仰的執著。小

---

[7] http://www.millionbook.net/gt/l/libihua/index.html

說揭示了當代人的感情狀態與生存現況，其「社會」與「歷史」的特性更由此呈現。

中國大陸學者劉登翰認為：李碧華是在朝著擁有她「自己的天空」的境界去努力的，雖然她所寫出的故事都還是些未能進入「大歷史」和「大空間」悲觀，但這些「小歷史」與「小空間」的文化文本在邊緣的縫隙之處發出了自己獨特的聲音。[8]李碧華擅長書寫人性的陰暗自私與冷血殘酷，她總是將人性的這些缺陷，放到了難以和諧的「社會」環境，甚至是穿越時空的跨越「歷史」，因此，她筆下那些現代人壓抑的情感與生存困境，便在她所用心設計的那些曲折離奇的情節，體現了在無意識中的「哲學」說教意義，且其所揭露的孤獨的、悲劇的、華麗的「美學」也從中展現，她是能在悲劇中尋找美感的人。

8 劉登翰：〈李碧華的詭異言情〉，《香港文學史》，香港：香港作家出版社，一九九七年。

# 女性意識：亦舒小說的寫作特色與風格

亦舒，是香港著名的「言情」小說家，與「武俠」的金庸、「科幻」的倪匡並譽為「香港文壇三大奇奇蹟」。長篇小說代表作有《玫瑰的故事》、《我的前半生》、《喜寶》等，以及短篇小說集《偶遇》、《家明與玫瑰》等，還有不少作品改編成電影和電視劇。

亦舒的小說所以能如此暢銷，在於她作品的「大眾」通俗性，主要描寫香港城市的居民工作，描寫其競爭激烈、人情淡薄；也刻劃了各種類型的市民形象，他們在快速變遷環境下的生活情感與物質欲望，尤其是女性人物，也因此受到女性讀者的歡迎，這些女讀者總能在她筆下的群相中找到自己的影子。作家從不同層面開展，表現了香港與其居民的本質與特色，勾勒了城市的風貌以及居民隨環境變動的情感流動。

香港社會的特色就是「快」，所有的步調和節奏都隨著環境的快速變遷而疾如雷電，這造就了香港人一切追求便利、簡潔、迅速，連感情也不要拖泥帶水、牽扯不清。亦舒的小說語言的精準以及情節的快速推進，正是受到整個城市氛圍的影響——簡捷、明快，成為她的小說風格；且獨立自主的女性意識也強烈地展現在她的作品中。

## 創作背景

亦舒，一九四六年生於上海，五歲時到香港定居。中學畢業後，曾在《明報》擔任娛樂新聞的記者、電影雜誌採訪和編輯。一九七三年，赴英國曼徹斯特攻讀「酒店食物管理」；三年後回香港，學以致用，任職於富麗華酒店公關部；之後進入香港政府新聞處擔任新聞官；也當過佳藝電視臺編劇。現已移居加拿大，專職寫作。

正因為如此精彩多樣的人生履歷，成就了她筆下人物的豐滿形象。因為英國的求學經驗她讓《喜寶》裡的喜寶做的「舒芙蕾」令人讚不絕口；她也把酒店公關部的管理經驗放到了《城市故事》裡的「我」身上；在《結或不結　離或不離》裡她藉由大明星宗珊說出電影圈的黑暗：「我童年泡苦水像狄更斯故事，父母在我七歲時分手，生父是澳門葡萄牙人，家母是賭場女工，我才讀到小學，就出來打工，我與一帆風順搭不上竿，稍後，加入電影圈，你可知多少面目身段姣好少女在該行掙扎？多沒有，約十多萬個，不知經過多少骯髒人與事才到今日……」[1]；她也安排宋詞在確認自己不適合再踏

---

1 亦舒：《結或不結　離或不離》，香港：天地圖書有限公司，二〇一八年四月，頁109。

入婚姻後，把關注更投入到工作中，「公司升宋詞為合夥人，這表示她在江湖上排位又高一層，少看許多臉色。」[2]寫出了她曾在職場上明爭暗鬥的吞忍與辛苦。

## 特色與風格

亦舒的小說總在敘事方式上有一些特立獨行的創新和變化，她的敘事視角和敘述手法以及所展現的女性意識都有她與眾不同的挑戰傳統與特有的格調。

### 敘事觀點

亦舒特別偏好與讀者最為親近的第一人稱「我」的敘事觀點，除了少數小說人物眾多、時空跳接，需要以全知觀點處理外，她幾乎都以第一人稱「我」去寫，而且還將此觀點開發到極致，似乎代表著亦舒小說的「符碼」。

《我的前半生》便是站在女主角子君的視角去講述她的婚變故事，小說一起頭就留給讀者強烈的懸念，在日常的行動和對話中顯得十分不尋常——

[2] 亦舒：《結或不結　離或不離》，頁281。

鬧鐘響了，我睜開眼睛，推推身邊的涓生：「起來吧，今天醫院開會。」

涓生伸過手來，按停了鬧鐘。

我披上睡袍，雙腳在床邊摸索，找拖鞋。

「子君。」

「什麼事？」我轉頭問。

「下午再說吧，我去看看平兒起了床沒有。」我拉開房門。

「子君，我有話同你說。」涓生有點急躁。

我愕然，「說呀。」我回到床邊坐下。

他怔怔地看著我。涓生昨夜出去做手術，兩點半才回來，睡眠不足，有點憔悴，但看上去仍是英俊的，男人就是這點佔便宜，近四十歲才顯出風度來。

我輕輕問：「說什麼？」

他歎口氣，「我中午回來再說吧。」[3]

---

3 亦舒：《我的前半生》，湖南文藝出版社，二〇一七年七月，頁1。

亦舒營造了山雨欲來風滿樓的氣氛，子君哪裡知道她的人生將會有令她措手不及的大變化。

在《玫瑰的故事》裡，亦舒更是把「第一身」的敘事盡情發揮。在小說的四個段落中，每一段都有一個「我」去講故事。而第一段的「我」，在第二段成了「他」；第二段又另有一個「我」去帶動情節。這種相當特別的敘事方式很有靈動性，這樣活潑的變化，一方面可見亦舒的才華；另一方面也肯定她不拘泥於傳統。

## 小說語言：以對話取勝，簡潔有力

亦舒總能以符合人物形象的語言，冷靜而客觀的應對，像是《喜寶》裡喜寶的母親在她才十六歲時就教導她：如果有人用鈔票扔妳，跪下來，一張張拾起，不要緊，與妳溫飽有關時，一點點自尊不算什麼。在犀利傳神的語言中，蘊藏著面對現實的無可奈何和無能為力，有一種滄桑的苦楚在其中。

從亦舒小說的語言形式上看，相當扣合身處於香港這個彈丸之地的緊張生活。她惜字如金，總是以簡約的句子、精短的段落，痛快而逼真的帶出她強烈的語言節奏感。舉《結或不結　離或不離》來說，一天晚上，宋詞邊換衣服邊對丈夫劉淮說她有遠行，以下是兩人的對話——

「往何處？去多久？」

「陪宗珊去加州讀濃縮電影課程，順道拍攝特輯。」

「什麼。」

「為期八個月。」

「為何要你陪？」

「我對該課程也非常有興趣，公司付學費及生活費用，是個好機會。」

「妳並非徵求我意見，妳只是通知我。」

宋詞不出聲。

「這一去，妳毋須回來。」

宋詞一驚，維持沉默。

「這些年，妳早出晚歸，從無假期，同那般做人如做戲的編導演瘋瘋癲癲，我苦苦忍耐，沒想到妳變本加厲——」

宋詞忽然開口：「不，你已經不愛我了。」

「什麼？」

「你此刻已不再愛我，所以不再容忍。」[4]

---

4　亦舒：《結或不結　離或不離》，頁99－100。

亦舒還常會藉著人物之口，鞭辟入理說出一針見血的話。在《結或不結　離或不離》中宋詞最後提議分居，唐詩為此感到驚訝，她一直以為他們是模範夫妻，宋詞說：「能吵架總算還有些少感情，足以動氣，我們似兩件家具，各放客廳一角，互不干涉，無話可說，有時，怯生生找話題，竟討論八大山人畫中鳥獸均反白眼有何意思。」[5]

亦舒下筆十分心狠，語言也毫不留情的潑辣。她以冷靜的個性化口語字字珠璣，世事洞明的表達人物當下的情緒，可以肯定她的觀察想像力之優異，體現了她獨特通透的文字本色。

## 小說的教化意義：自立自強，靠自己最實際

亦舒選擇了「愛情」這個永恆的主題，給予很多女性讀者「安慰劑」。她讓筆下的人物在經歷愛情的洗禮後，再告誡讀者只有自己才是可以被依靠的，也只有自己才能成全自己。她提出對愛情獨到的見解，揭露愛情的本質，也同時醍醐灌頂的教育女性。這正是亦舒可以在眾多的言情小說中脫穎而出，大受歡迎的原因，因為她展現了通俗文學家的社會責任。

《我的前半生》裡安逸過日子的子君，被女兒質疑她的生活樣貌，女兒覺得媽媽除了喝茶、逛街、購物外，什麼也沒做過。家裡有兩個傭人分擔家務，錢是爸爸賺的，過年過節祖母與外婆都來幫

[5] 亦舒：《結或不結　離或不離》，頁101。

忙，她和弟弟的功課有補習老師，爸爸自己照顧自己。女兒不解媽媽做過什麼？女兒的話有點觸動了她。後來遭逢醫生丈夫外遇婚變，子君先是警覺到擔心傭人要離開，原來她的地位還不如傭人，原來自力更生，靠雙手勞動，可以隨時轉工，越來越有價值，選擇權握在自己手上，但她離開職場那麼久，能找什麼工作？

在精神重建的過程中，子君逐漸學會了自尊自重，她澈底意識到女性人格、經濟和情感獨立的重要。

子君變得不一樣了，她的興趣從逛街購物轉變為閱讀和藝術；她拋棄了奢豪珍饈，卻在市井小吃找到平凡美味。連前夫涓生都意外於離婚後，她竟成了出色的女人，他說他低估了她。她拒絕他的復合，是他應得的懲罰；但善良成熟的子君卻能自省自己以前很不可愛，也不怪他會變心。她說這一年來在職場工作，悟出了真理，若要生活愉快，非得先把自己踩成一塊地毯不可，否則總有人來替天行道，挫你的銳氣，與其等別人動手，不如自己先打嘴巴。

離婚一年多來的子君脫胎換骨，恢復自信，增廣了見識與生活，連女兒都對她刮目相看。這一仗打到最後，原來勝利者是她，她戰勝環境，比以前活得更健康，也因此容光煥發，陸續有了追求者。最後她終於如願以償遇見了一個支持她、愛護她的男人，相依為命，互不侵犯，永遠維持平等的夫妻關係。

《結或不結　離或不離》裡的宗珊自幼就靠自己謀生；凌芝也「挺直板獨立」[6]；平果為了讀醫學院到舞廳工作，從黑市的醫生成為正式持有執照被名媛追捧的名醫。她努力讓自己成為值得被愛的人，她成為矯型醫生，立志幫助需要幫忙的人；她還跑到滇緬參與微笑行動醫生群，專治兔唇顎裂兒童。最後還是讓之乎放不下她，兩人破鏡重圓，往更美好的方向攜手前行。

再看亦舒賦予凌芝獨立平等的精神與自我，即使在面對被分手時，也「多謝你給我快樂時光。」[7]她不會給對方難堪，「不是要對方記得她有這個好處，而是她十分自愛，一定要和平離去。」[8]

《喜寶》裡的聰慧是生活優渥的富家千金，令喜寶羨慕不已，但後來聰慧選擇前往大陸山區當老師找到自我實現的價值；原是劍橋學生的喜寶卻選擇當聰慧父親的情婦，她為了金錢出賣自己，她最想得到的是愛，如果沒有愛，有健康也可以；如果也沒有健康，那麼她要很多很多的錢。她雖獲得夢寐以求的物質享受，卻身心虛空，過得並不快樂。亦舒企圖利用這兩個對比的女性，告誡讀者：不要成為別人的附庸；精神與物質要平衡才會滿足。

---

6 亦舒：《結或不結　離或不離》，頁246。

7 亦舒：《結或不結　離或不離》，頁250。

8 亦舒：《結或不結　離或不離》，頁251。

## 敘述特色：夾敘夾議

亦舒時常會在緊湊的行文中，突然忍不住就藉著情節的推進，出現痛快淋漓警語型的議論，有譏諷、有評議，也有告誡。《玫瑰的故事》裡的黃玫瑰立志要減肥，亦舒說：女人若不對自己狠心，男人就會對她們狠心；在《結或不結　離或不離》中，亦舒說：「世上有真正的快樂嗎？有，這就是，不過，快樂隨年紀消逝，可是，細胞有記憶，還以為只要努力，仍可尋獲到快樂，於是在苦苦搜索當兒，變成最悲哀的人。」[9]

她還在人物的遭遇中，時不時出現金玉良言勸告讀者：「年輕男女往往衝動，尋找背景出身完全不同的伴侶式配偶，不單為好奇，而是下意識想下一代得到不同因數，以利生存，譬如說他只能吃米，配一個吃麥的人，萬一世間米糧滅絕，那麼，吃麥子下代也可存活。」[10]

亦舒告誡女性要樂觀且熱情面對生活，享受人生。「照說，一般婦女到了那種年紀，一定驚駭時光飛逝，流年暗渡，心緒漸漸苦澀，怨言日多，但唐詩與宋詞卻不一樣，她們維持著少女般天真，快活地與兄弟開玩笑，歡歡喜喜吃霜淇淋享受生活，難能可貴。」[11]即使唐詩為了雙胞胎忙碌；宋詞離

9 亦舒：《結或不結　離或不離》，頁266。

10 亦舒：《結或不結　離或不離》，頁159－160。

11 亦舒：《結或不結　離或不離》，頁174。

了婚，但亦舒說：「金錢不能買到幸福，但在追求幸福過程中總得花錢。」[12]《我的前半生》中的子君在沒有房貸壓力後，她還是想好好工作，她覺得不在乎薪水地做，只需辦妥公事，不必過度伺候老闆面色，情況完全不同。她說她以後不再超時工作，也不求加薪，她要活得快活逍遙。亦舒藉著女強人唐晶的口告誡子君：低級有低級的好處，人家不好意思難為你，只要你乖乖地，可以得過且過，一旦升得高，有無數的人上來硬是要同你比劍，你不動手？他們壓上頭來，你動手？殺掉幾個，人又說你心狠手辣，走江湖沒意思。

這種寫作方式有助於情節跌宕起伏的推進以及小說主題的顯露，這也成了亦舒小說相當迷人的風格。

## 女性同盟：女人不再為難女人

亦舒是具有人文關懷的作家，特別是女性關懷，她在作品中常為孤立無援的女性挺身而出。她幾乎為她小說裡的所有女主角安排了母親、女兒、閨密、姐妹或同學的角色，這些女性都會對主角情義相挺，她們站在一起面對生活考驗，給她勇氣、信心，也鼓勵幫助她。

唐詩準備結婚，父親不喜歡女婿，批評說：「公務員小老頭子一樣，沒有神采。」試婚紗時唐詩

---

12 亦舒：《結或不結　離或不離》，頁197。

說起丈夫不喜歡暴露和珠片；父親卻說管他喜不喜歡：「我嫁女，我付賬！」後來，父親生氣離去；這時母親冷靜地對唐詩說：「媽媽有收入，我作主，妳愛穿什麼都可以。」[13]亦舒塑造了霸氣有經濟能力的母親和女兒站在同一戰線而結盟，那是一種同性共舞的底氣。

這樣的母女同盟也出現在《我的前半生》裡。有了外遇準備跟子君離婚的涓生，以為子君是故意裝不知道，因為女兒已經兩三個月不理他了。涓生臉上露出厭惡的表情，提著衣箱準備離家，子君用顫抖的聲音求他不要走，還說那隻皮箱是他們蜜月時用的，問他怎麼可以那樣對她？此時女兒已經站到媽媽身後，告訴媽媽：讓他走。也堅定的面對爸爸，告訴他：你的話已經說完，你可以走了。涓生對女兒有點忌憚，低聲問她：「妳不恨爸爸吧，安兒？」女兒告訴他：「我恨不恨你，你還關心嗎？你走吧，我會照顧媽媽的。」十二歲的女兒一下子長大懂事了，成了捍衛媽媽的英雄。

子君曾一度絕望無所適從，但亦舒幫她安排了唐晶這個職場女強人的好朋友，除了陪伴她，還利用人脈讓她重新進入脫節多年的職場，讓她可以重拾信心站起來，除了遇見更新後的自己，也讓子君找到懂得欣賞和尊重她的好男人。亦舒想要告訴女性讀者：女性惺惺相惜彼此認同、理解的友誼是多麼重要且彌足珍貴。

---

13 亦舒：《結或不結　離或不離》，頁6。

## 結語

第一，亦舒獨特的女性書寫，擺脫了傳統的寫作模式，提供了未來不管是大眾小說或者嚴肅小說新形式的創作方法。

第二，亦舒藉由女性人物的內外在形象描寫，揭示了女性的生存與精神的困境，當她在為女性爭取社會尊重的同時也傳遞了兩性平權的呼籲，所以，她藉男性之口在《結或不結　離或不離》中讓張力為女性發聲：「你們中西合併社會十分狡猾，說是說男女平等，同工同酬，實際上向女性加壓，對她們既管內又顧外，懷孕還要上班，心力交瘁。」[14]從中也可以看出時代的進步。

第三，亦舒筆下的女性有一種家庭主婦細膩的溫柔，也有職場白領的霸氣與堅毅，感性與理性兼具。她格外重視女性的處事智慧與自我價值，所以她在描述愛情時很唯美浪漫，但其所呈現的愛情觀又很實際，再舉《結或不結　離或不離》來說，宋詞很清楚知道自己在演藝圈和藝人、老闆、記者周旋作息無定時，她也曾與前夫有美好的日子，但雙方缺點暴露無法容忍。她怕歷史重演，儘管她欣賞張力的優點，卻無法妥協於兩人品味的差異。她想把心力放在工作所帶給她的成就，最後決定拒絕張力的求婚。這些看似叛逆的女性，其實在追求兩性的自我完善。

14 同註一，頁208。

第四，亦舒的小說表面看來在「演繹愛情」，但其實主題都超越了感情，反而更深入了人生議題，除了婚戀，還有世態人情人性、社會生活、消費文化、職場性別等相關議題，因此，她的小說雖說是「通俗」卻又有嚴肅的教育深度與人生哲理蘊含其中。

語言文學類　PG2854　文學視界147

# 兩岸三地當代華文小說選評

作　　者／陳碧月
責任編輯／陳彥儒
圖文排版／陳彥妏
封面設計／吳咏潔

發 行 人／宋政坤
法律顧問／毛國樑　律師
出版發行／秀威資訊科技股份有限公司
114台北市內湖區瑞光路76巷65號1樓
電話：+886-2-2796-3638　傳真：+886-2-2796-1377
http://www.showwe.com.tw
劃撥帳號／19563868　戶名：秀威資訊科技股份有限公司
讀者服務信箱：service@showwe.com.tw
展售門市／國家書店（松江門市）
104台北市中山區松江路209號1樓
電話：+886-2-2518-0207　傳真：+886-2-2518-0778
網路訂購／秀威網路書店：https://store.showwe.tw
國家網路書店：https://www.govbooks.com.tw

2023年8月　BOD一版
2023年9月　BOD二版
定價：340元


讀者回函卡

國家圖書館出版品預行編目

兩岸三地當代華文小說選評/陳碧月著. -- 一版. -- 臺北
市 : 秀威資訊科技股份有限公司, 2023.08
面； 公分. -- (語言文學類)(文學視界 ; 147)
BOD版
ISBN 978-626-7187-96-8(平裝)

1.CST: 中國小說 2.CST: 現代小說 3.CST: 文學評論

820.9708 112008286